Über dieses Buch Michel Tournier, der berühmt dafür ist, überlieferte Mythen neu zu erzählen, hat sich in seinem Roman ›Der Goldtropfen‹ eine ganz heutige Geschichte vorgenommen. Sie handelt von der Unvereinbarkeit von archaischen Traditionen und moderner Zivilisation: Eine gedankenlose französische Touristin fotografiert in einer Sahara-Oase einen 15jährigen Berber-Jungen und bannt damit, wie er es verstehen muß, seine Seele. Fünf Jahre wartet er darauf, daß sie ihm das Foto schickt, vergebens. Schließlich macht er sich selbst auf die Suche, seine Seele wiederzufinden. Er reist über Oran, Marseille nach Paris – auf dem Weg dorthin stiehlt ihm eine Prostituierte seinen Talisman, einen goldenen Anhänger in Tropfenform (für ihn und seinesgleichen Symbol der Männlichkeit) – und landet zuletzt im Pariser Araberviertel ›La goutte d'or‹ (Goldtropfen). Ein neues Amulett besorgt er sich bei einem Einbruch bei einem Luxusjuwelier an der Place Vendôme. Thema des Buches ist das Diktum aus dem Alten Testament, das auch im Koran gilt: Du sollst Dir kein Bildnis machen. Im Spiegel des Goldtropfens stoßen die illiterate Gesellschaft der sogenannten Dritten Welt und die Wegwerfzivilisation des europäischen Westens zusammen – sie können zueinander nicht kommen.

Der Autor Michel Tournier, geboren 1924 in Paris, beide Eltern Germanisten, studierte Rechtswissenschaften und Philosophie in Paris und Tübingen, akademische Diplome in beiden Disziplinen; war mehrere Jahre beim französischen Rundfunk, dann als Presseattaché, schließlich als Lektor bei Plon tätig; Mitglied der Académie Goncourt; übersetzte Erich Maria Remarque ins Französische; gehört zu den meistgelesenen Autoren in Frankreich; neben seinen literarisch äußerst anspruchsvollen Veröffentlichungen auch erfolgreich als Autor für Kinder und Jugendliche. Michel Tournier lebt als freier Autor in der Nähe von Paris.
Vom selben Autor sind als Fischer Taschenbücher lieferbar: ›Der Erlkönig‹ (Bd. 5793), ›Die Familie Adam‹ (Bd. 5859), ›Freitag oder Im Schoße des Pazifik‹ (Bd. 5746), ›Gilles & Jeanne‹ (Bd. 5197), ›Kaspar, Melchior & Balthasar‹ (Bd. 5947), ›Der Wind Paraklet‹ (Bd. 5313) und ›Zwillingssterne‹ (Bd. 5792).

Michel Tournier
Der Goldtropfen
Roman

Aus dem Französischen
von Hellmut Waller

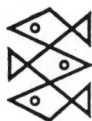

Fischer
Taschenbuch
Verlag

9.–10. Tausend: Januar 1991

Ungekürzte Ausgabe
Veröffentlicht im Fischer Taschenbuch Verlag GmbH,
Frankfurt am Main, Januar 1990
Lizenzausgabe mit freundlicher Genehmigung des
Hoffmann und Campe Verlags, Hamburg
Titel der Originalausgabe ›La Goutte d'Or‹
© 1986 Editions Gallimard, Paris
Copyright der deutschen Ausgabe
© 1987 by Hofmann und Campe Verlag, Hamburg
Umschlaggestaltung: Buchholz/Hinsch/Hensinger
Umschlagabbildung: Fotostudio Hans-Rüdiger Koop, Hamburg
Druck und Bindung: Clausen & Bosse, Leck
Printed in Germany
ISBN 3-596-29281-6

Du bist so sehr, was du scheinst,
daß ich nicht verstehe,
was du sagst.

Thomas Jefferson

Ein Hagel von Steinen jagte die flinke Schar der Ziegen, die immer drauf und dran waren, sich im Geröll zu verlaufen, zurück zu der dicht gedrängten, folgsamen Masse der Schafe. Idris trieb seine kleine Herde auf die rötlich erglühende Linie der Sanddünen zu, weiter, als er einen oder zwei Tage vorher mit ihnen gezogen war. In der Woche zuvor hatte er sich, auf Gegenseitigkeit, die Gesellschaft Babas und Mabrouks gesichert, und die Tage waren wie im Traum vergangen. Doch nun hatten seine beiden Gefährten Ausgangssperre; sie mußten im Garten bleiben und ihrem Vater helfen, seine Bewässerungsgräben vom Sand zu säubern. Idris mit seinen fünfzehn Jahren war nicht mehr jung genug, um zuzugeben, daß ihm die Angst vor dem Alleinsein die Füße beflügelte und ihn hinderte, sich in den Schatten eines wilden Sandbeerbaumes zu legen und so, wie manchmal mit seinen Kameraden, zu warten, daß die Stunden verrannen. Natürlich wußte er, daß die Winde von den fernen Grenzen der Wüste keine Djinns sind, die leichtsinnige, unfolgsame Kinder entführen, wie ihm das seine Großmutter einst erzählt hatte – wahrscheinlich aufgrund einer mündlichen Überlieferung aus der Zeit, als die Nomaden noch Jagd auf die bäuerlichen Oasenbewohner gemacht hatten. Diese Legende hatte aber in seinem Herzen Spuren hinterlassen, und das trügerische Spiegeln der ersten Sonnenstrahlen auf dem Schott-el-

Ksob, das überstürzte Flüchten eines dicken Warans, den Idris barfüßig aus seinem Sandbett aufgeschreckt hatte, oder das helle Auffliegen einer verstörten Schleiereule – alles drängte ihn, Kontakt mit Menschen zu suchen. Während er seine Tiere gen Osten trieb, hatte er die Idee, er könne doch Ibrahim ben Larbi besuchen, einen Hirten aus einem der halbnomadischen Chaambastämme, die längs des Erg Er-Raoui ihre Lager haben und sich von Berufs wegen um die Kamelherde der Oase kümmern, wofür ihnen die gesamte Milch und der halbe Nachwuchs der Herde zusteht.

Idris wußte, er werde seinen Freund nicht bei seinen Stammesgenossen finden, deren niedrige schwarze Zelte sich über die Ogla Melouane hinzogen, ein Gebiet, reich an Brunnen, von denen zwar die meisten eingestürzt waren, die übrigen jedoch für den Bedarf der Menschen noch ausreichten. Und so weideten hier in einem Umkreis von rund zwanzig Kilometern die Tiere, aufgeteilt in Herden von je ungefähr einem Dutzend ausgewachsenen und ebenso vielen Jungkamelen, jede Herde unter der Obhut eines Hirtenjungen, der seinen angestammten Brunnen besaß. Idris zog weiter nordwärts, auf einen steinigen Engpaß zu, jenseits dessen Ibrahims Weidegebiet begann. Es war eine dürre, mit spärlichen Salikornien- und Euphorbienbüscheln bestandene Reg, auf der der Ostwind lange, fein ausgeschliffene Rippen gelbroten Sandes hinterlassen hatte. Jetzt brauchte man bei den Tieren nicht mehr ständig hinterher zu sein, um sie zum Weiterziehen zu bewegen. Von nun an wirkte der nahe Hassi-Ourit-Brunnen – Ibrahims Brunnen – auf die Schafe wie ein unsichtbarer Magnet; sie hatten es auf einmal sehr eilig und rissen auch die Ziegen mit. Noch gewahrte man nur hier und da die krumm-unheimliche Silhouette toter Baumstümpfe oder mit Globularien bewachsener, flacher Abhänge, auf die sich die Ziegen mit einem Satz hinaufgeschwungen hatten. Doch bald sah Idris, wie sich von der grauen Steilwand der schirmförmige Umriß der Akazie abhob, in deren Schatten der Hassi-Ourit-Brunnen lag. Zwei Kilometer davor scheuchte er eine Kamelstute auf, die im Geröll kauerte und sichtlich in schlechter Verfassung war. Sie gab ein klägliches Brummen von sich und humpelte der Herde voraus. Idris war nicht unzufrieden, bei seinem Erscheinen dem Chaamba gleich ein Tier zurückbringen zu können, das er sonst vielleicht eingebüßt hätte.

Die Beziehungen der beiden Halbwüchsigen zueinander waren schlicht und eindeutig: bei Idris eine etwas ängstliche Bewunderung, bei Ibrahim eine beschützend-herablassende Freundschaft für den anderen. Ibrahim, als Nomade und Kameltreiber ganz auf sich allein gestellt, hegte gegenüber Oasenbewohnern eine nachsichtige Geringschätzung, die dadurch, daß er für sie arbeitete und ihnen seinen Lebensunterhalt verdankte, keineswegs gedämpft wurde. Etwas in seiner Haltung gemahnte noch an eine glorreiche Vergangenheit, da die Oasen und die Sklaven, die dort das Land bestellten, allesamt ohne Unterschied noch Eigentum der nomadischen Grundherren gewesen waren. Der junge Bursche, ein wenig verrückt vor Sonne und Einsamkeit, fürchtete im übrigen weder Gott noch Teufel und wußte sich sogar die unfruchtbare Öde der Wüste zunutze zu machen. Sein einziges Auge – das linke, denn das rechte war auf den Dornen eines Akaziengehölzes geblieben, in das sein Kamel sich gestürzt hatte – konnte auf zwei Kilometer Entfernung eine fliehende Gazelle oder die Stammeszugehörigkeit eines Eselstreibers erkennen. Seine dürren, harten Beine trugen ihn vierundzwanzig Stunden nacheinander übers Land, auch wenn er weder Wasser noch Datteln hatte. Er fand sich in der Nacht oder im Sandsturm zurecht, ohne je vom Weg abzukommen. Übrigens verstand er die Richtung des Windes zu ändern, indem er einen heiligen Skarabäus auf eine Nadel steckte und ihn so drehte, daß das zwanghafte Rudern seiner Beine in der Luft in die gewünschte Richtung wies. Er beobachtete den Weg einer Ameise, ging ihm nach bis zum Ameisenbau, trat mit dem Fuß ein Loch hinein und gewann ein köstliches Mahl, indem er den Inhalt der Gänge aussiebte – und das, obwohl man in Tabelbala große Scheu vor diesen Tierchen hatte, weil sie durch ihre unterirdische Behausung mit den Djinns in Verbindung stehen. Idris graute es oft vor Ibrahims unfrommer Art. Ibrahim zögerte nicht, im Stehen zu trinken, den Napf nur in einer Hand haltend, während man doch beim Trinken zumindest ein Knie auf dem Boden haben und das Gefäß in beiden Händen halten muß. Er sprach ganz offen vom Feuer und rief damit tollkühn die Hölle an, während die Oasenbewohner vorsichtshalber Umschreibungen benutzten wie »das alte Knisterchen« oder »der Aschemacher«. Er scheute sich sogar nicht einmal, eine Feuerstelle dadurch zu löschen, daß er Wasser darauf goß – was eine Entheiligung ist. Idris hatte ihn eines Tages gesehen, wie er sich ein Schafshirn schmecken ließ – während man in Tabelbala solch ein

Stück Fleisch vergräbt, weil es den, der es verzehrt, verrückt macht – so gewiß, als fräße er sein eigenes Hirn auf.

Als er, die hinkende Kamelstute immer noch voraus, im Schatten der Akazie anlangte, mußte er feststellen, daß Ibrahim nicht da war. Seine Tiere umdrängten das von der Abflußrinne des Brunnens gespeiste kleine, kreisrunde Becken, in dem ein Rest sandigen Wassers stand. Sie hätten bis zum Abend aufs Trinken verzichten können, doch das Becken bildete einen nützlichen Anziehungspunkt, der dafür sorgte, daß sie sich nicht in alle Winde zerstreuten.

Wo war Ibrahim? Hatte er vielleicht seine Kamele zu einem entfernten Weideplatz begleitet, der durch ein Unwetter in wenigen Stunden ergrünt war? Idris suchte im Umkreis des Baumes nach Ibrahims Fährte, doch war die Erde von Spuren durchsetzt, unter denen sich der Abdruck der dicken Sohlenballen von Kamelen mit den kleinen Vertiefungen von Ziegen- und Schafshufen mischte. Da umkreiste Idris in immer größerem Abstand den Brunnen und versuchte, einen Anhaltspunkt für die Richtung zu finden, die der Chaamba eingeschlagen hatte. Im Vorbeigehen fiel ihm die unregelmäßige Fährte auf, die ein Waran hinterlassen hatte, die winzigen Sternchen, die das Hüpfen einer Springmaus verrieten, die dreieckige, ziemlich alte Spur eines Wüstenfuchses, der eilig vorbeigeschnürt war. Er umging einen Basaltblock, dessen Schwärze sich hart von der mit dem Steigen der Sonne immer gleißenderen Helle der Reg abhob. Und da entdeckte er eine Spur, die ihn so stark beschäftigte, daß alles andere in seinem Kopf augenblicklich wie weggewischt war. Er dachte nicht mehr an Ibrahim noch an dessen Kamele noch an seine eigene Herde. Für ihn waren einzig noch jene beiden feingezackten Bänder vorhanden: Sie hatten schwache Gleise in den weißen Boden geprägt, die bis ins Endlose hinein sichtbar waren. Ein Wagen, ein Auto, von dem niemand in der Oase gesprochen hatte, war hier aus dem Dunkel aufgetaucht, mitsamt seiner Ladung von materiellen Reichtümern und Geheimnisvoll-Menschlichem! Idris, atemlos vor Erregung, ging sofort daran, die Spur des Fahrzeugs zu verfolgen, das westwärts davongefahren war.

Die Sonne glühte hoch am Himmel, als er im Flirren der überhitzten Erde, oberhalb eines Tamariskengehölzes dahingleitend, die plumpe Silhouette eines Landrovers gewahrte. Er fuhr nicht sehr schnell, doch Idris hatte keinerlei Aussicht, ihn einzuholen. Daran dachte er überdies auch gar nicht. Vor Staunen und Scheu wie angewurzelt blieb er stehen, und bald war er auch schon von seinen Schafen und Ziegen umringt. Der Landrover drehte nordwärts ab und bog auf die Piste nach Béni Abbès ein. In fünf Minuten würde er außer Sicht sein. Nein. Er fuhr langsamer. Nun machte er kehrt. Dann beschleunigte er wieder und kam jetzt stracks auf ihn zugefahren. An Bord waren zwei Personen, ein Mann, der am Steuer saß, und neben ihm eine Frau, an der Idris zunächst nur das blonde Haar und die große dunkle Brille bemerkte. Der Wagen hielt. Die Frau nahm ihre Brille ab und sprang vom Fahrzeug. Das Haar fiel ihr als hell-schimmernde Flut über die Schultern herab. Sie trug ein weit ausgeschnittenes Khakihemd und maßlos kurze Shorts. Idris sah auch ihre goldglänzenden Slipper und fand, damit werde sie in dem Geröll ringsum wohl nicht sehr weit kommen.

»He, Kleiner! Bleib' mal schön stehen, ich will dich fotografieren.«

»Du könntest ihn wenigstens fragen, was er dazu meint«, murrte der Mann. »Es gibt Leute, die mögen das nicht.«

»Das müssen gerade Sie mir sagen!« bemerkte die Frau.

Idris hörte gespannt zu und klaubte die paar Brocken Französisch, die er kannte, zusammen, um zu verstehen, was gesprochen wurde. Offensichtlich war zwischen dem Mann und der Frau ein Wortwechsel im Gange, bei dem es um ihn, Idris, ging, doch vor allem verwirrte ihn, daß es die Frau war, die sich für ihn interessierte.

»Mach' dir keine Illusionen«, gab der Mann ironisch zurück. »Er schaut vielmehr das Auto an als dich!«

Er war wirklich eindrucksvoll, dieser Wagen, mit seiner gedrungenen Form, weiß von Staub, gespickt mit Reservekanistern, Ersatzrädern, Wagenhebern, Feuerlöschern, Abschleppseilen, Schaufeln und Sandblechen. Idris, als Kenner der Wüste, bewunderte dieses Überlandfahrzeug, das ja eine gewisse entfernte Verwandtschaft mit einem voll bepackten Kamel hatte. Menschen, die ein so großartiges Transportmittel besaßen, konnten nur mächtige Herren sein.

»Ich mach' mir keine Illusionen«, sagte die Frau, »aber ich denke, für ihn bedeutet das keinen Unterschied. Der Wagen und wir – das ist für ihn dieselbe fremde Welt. Sie und ich sind für ihn Ausfluß des Landrovers.«

Sie hatte schon mehrmals die Kamera weitergeschaltet

und durch den Sucher wiederum Idris und seine Schafe im Visier. Doch nun betrachtete sie ihn lächelnd und schien ihn jetzt, ohne Fotoapparat, endlich normal zu sehen.

»Gib mir das Foto.«

Es waren die ersten Worte, die Idris herausbrachte.

»Er möchte sein Foto, das ist doch ganz normal, nicht?« mischte sich der Mann ein. »Siehst du, man sollte immer eine Sofortbildkamera mitnehmen. Der arme Kerl wird enttäuscht sein.«

Die Frau hatte die Kamera wieder in den Wagen gelegt. Sie langte eine Karte in einem Plastikrahmen heraus. Ging hinüber zu Idris.

»Unmöglich, mein Junge. Erst muß man den Film entwickeln und Abzüge machen lassen. Dein Foto kriegst du dann zugeschickt. Schau. Wir sind hier, siehst du: Tabelbala. Der grüne Fleck da, das ist deine Oase. Morgen Béni Abbès. Dann Béchar. Dann Oran. Dann aufs Fährschiff. Fünfundzwanzig Stunden auf See. Marseille. Achthundert Kilometer Autobahn. Paris. Und von da kriegst du dann dein Foto. Wie heißt du denn?«

Als der Landrover, eine Staubwolke aufwirbelnd, entschwand, war Idris nicht mehr ganz derselbe Mensch. In Tabelbala gab es nur ein einziges Foto. Zum einen, weil die Leute in der Oase zu arm sind, sich um Fotos zu kümmern. Zum anderen, weil die mohammedanischen Berber eine Scheu vor dem Bild haben. Sie schreiben ihm eine unheilvolle Kraft zu; sie meinen, es verkörpere gewissermaßen den bösen Blick. Trotzdem trug jenes eine, einzige Bild zum Prestige des Korporals Mogadem ben Abderraman, Idris' Onkel, bei, der vom Italienfeldzug eine anerkennende Erwähnung im Tagesbefehl und das Croix de Guerre nach Hause gebracht hatte. Anerkennende Erwähnung, Croix de Guerre und Foto waren an der Wand seines Gourbi zu sehen, und auf dem von Rissen durchzogenen und ein bißchen unscharfen Bild konnte man ihn, heiß von Jugend und Draufgängertum, im Verein mit zwei schalkhaft dreinschauenden Kameraden erkennen. In Tabelbala hat es bisher nur ein Foto gegeben, dachte Idris. Von nun an wird es noch ein zweites geben: das meine.

Er trabte über die weiße Reg auf die große Akazie von Hassi Ourit zu. Er war ganz und gar erfüllt von dem Abenteuer, das er soeben erlebt hatte, und freute sich schon im voraus darauf, bei Ibrahim damit auftrumpfen zu können. Auftrumpfen – konnte er das wirklich? Auf welchen Beweis konnte er sich denn stützen? Hätte er doch bloß sein Foto bekommen! Aber nein, zur Stunde war sein Bild fest im Gehäuse des Apparats verwahrt und der wiederum im Landrover sicher geborgen, unterwegs nach Béni Abbès. Auch das Fahrzeug selbst wurde immer unwirklicher, je weiter er kam. Gleich mußte er die Reifenspuren verlassen. Und bald würde nichts mehr dafür sprechen, daß die Begegnung, die ihm widerfahren war, wirklich stattgefunden hatte.

Als er in Ourit ankam, empfing ihn Ibrahim wie gewöhnlich mit einem Hagel von Steinen. Auch das hätten Oasenbewohner untereinander nicht getan. Einen Stein aufheben ist schon eine feindselige Geste, eine Drohung, die zu verwirklichen man zum Glück noch recht weit entfernt ist. Ibrahim vergnügte sich an der verteufelten Geschicklichkeit im Steinewerfen, die er sich seit seiner frühesten Jugend erworben hatte. Unfehlbar traf er einen Raben im Flug, einen Wüstenfuchs in vollem Lauf. Jetzt, da er seinen Freund ankommen sah, machte er sich ein Spielchen daraus, statt eines Willkommensgrußes den Sand bald rechts, bald links von ihm, bald vor ihm und zwischen seinen Füßen aufspritzen zu lassen, weniger in der Hoffnung, ihm Angst zu machen – Idris wußte seit langem, daß das für ihn ungefährlich war –, als einfach um ihm in einer Form, in der sich seine Angriffslust und sein Naturtalent vereinten, seine Wiedersehensfreude zu bekunden. Als die Entfernung zwischen Idris und ihm zu gering geworden war, als daß das Spiel ihn noch gereizt hätte, hörte er auf.

»Komm her!« rief er ihm zu. »Es gibt was Neues!«
Wirklich, das war ganz Ibrahim! Idris hatte eine ungeheuerliche Begegnung gehabt, hatte seine erste Erfahrung mit der Fotografie gemacht, obendrein durch eine blonde Frau, und war ganz unerwartet einer geworden, der mit dem Caporal-Chef Mogadem zu vergleichen war – und zwei Stunden später hatte ausgerechnet Ibrahim ihm Neues zu erzählen!

»Ich hab' eine Kamelstute, die jetzt gleich beim Hassi-el-Hora-Brunnen kalbt. Eine Stunde von hier. Der Brunnen ist morsch, aber sie muß etwas zu trinken haben. Wir müssen hin und ihr Milch bringen.«
Er stieß sein Berberisch in abgehackten Sätzen hervor, deren jeder sich wie ein herrisches Bellen anhörte. Zugleich blitzte sein einziges Auge von ironischem Funkeln, weil Idris ja nur ein einfältiger Oasenbewohner war, ein »Rundschwanz«, folgsam und sanft, aber ein Leichtgewicht gegenüber einem Kameltreiber vom

Stamm der Chaamba. Ein alter Kamelhengst stützte sich ab, und ein Urinstrahl zischte in den Sand. Ibrahim benutzte das, um sich die Hände abzuspülen, denn ein Chaamba melkt nicht mit schmutzigen Händen. Dann brachte er eine Kamelstute durch eine Schwenkung in die richtige Melkstellung und schickte sich an, das Netz loszuknüpfen, das ihre Zitzen umgab und ihnen Schutz vor den Kamelfüllen der Herde bot. Schließlich begann er, auf einem Bein stehend, den linken Fuß aufs rechte Knie gestützt und einen Tonkrug auf dem linken Oberschenkel balancierend, zu melken.

Idris sah zu, wie abwechselnd der eine, dann der andere Milchstrahl in den Krug schoß. Ständig unterernährt, litt er unter seinem Verlangen nach diesem weißen, warmen, lebendigen Naß, das seinen Durst und zugleich seinen Hunger zu stillen vermochte. Die Kamelstute spitzte ihre kleinen Bärenohren, ihr After öffnete sich, und grüne Diarrhöe lief an der Innenseite ihrer Schenkel hinunter – Zeichen einer arglosen Zutraulichkeit, die den Milchfluß förderte.

Ibrahim hielt mit dem Melken inne, als er genug Milch zu haben meinte, um einen jener getrockneten, mit Deckel versehenen Flaschenkürbisse füllen zu können, wie sie zumeist in einem Netz aus Palmfasern an den Flanken der Kamele hängen. Er trat zu dem alten Kamelhengst, und ohne daß er ihn zu berühren brauchte, nur auf einen kehligen Ruf hin, legte sich das Tier nieder. Dann schwang er sich auf dessen Widerrist, den Rücken an den Höcker gelehnt, und ließ Idris vor sich aufsitzen. Das Kamel erhob sich, mürrisch bläkend, und strebte sogleich mit raschem Schritt nordwärts. Nachdem sie einen Gürtel rötlichen, mit magerem baumartigem Buschwerk bewachsenen Landes durchquert hatten, gelangten sie in das Bett eines Wadis, dem sie einige Kilometer weit bergan folgten. Vom Wasser ausgewaschen – Wasser, das hier offensichtlich seit Jahren nicht mehr geflossen war –, wies der Boden große flache, hartgebackene Stellen auf, die unter den breiten Fußballen des Kamels krachend einbrachen. Mehrmals wären die beiden Reiter fast abgeworfen worden. Zornig murrte das Tier. Sie mußten eine langsamere Gangart anschlagen. Am Fuß eines Basaltfelsens, bei dem das Kamel ein Wasserloch gewittert hatte, blieb es ganz stehen. Ibrahim ließ es saufen. Auf dem grauen Wasser flitzten Insekten. Das Tier hob den Kopf, traurig und stolz, schürzte die triefnassen Lefzen und stieß unter Salz- und Schwefeldunst ein heiseres Brüllen aus. Dann ging es weiter. Je näher Hassi-el-Hora kam, desto deutlicher merkte Idris, daß Angst und Ungeduld seinen Gefährten erfaßten. Unheil lag in der Luft; ein untrüglicher Instinkt warnte den Chaamba davor. Nur ein Erdwall – der einstige, steinhart gewordene Aushub vom Ausschachten – ließ erkennen, daß hier ein Brunnen lag. Kein Becken, keine Ummauerung, keine Einfassung – da war nur ein gefährlich gähnendes, rundes Loch zu ebener Erde. Eine dürftige Hütte, aus Palmwedeln geflochten, zeugte immerhin davon, daß Hirten diese Wasserstelle kannten und, nachdem sie ihr Vieh getränkt, hier zuweilen vor der Sonne Schutz gesucht und sich ausgeruht hatten. Derzeit lag der Ort öde da. Doch von weitem schon sah Ibrahims einziges Auge die magere Silhouette eines neugeborenen Kamelfüllens, das verlassen und hilflos zwischen Brunnen und Schutzhütte lag. Seine schlimmsten Ahnungen bestätigten sich.

18

Er sprang vom Kamel und lief zum Rand des Brunnens. Idris sah, wie er auf die nächste erreichbare Strebe des Innengebälks kletterte, mit dem die Erde der Schachtwand abgespießt war, und sich darauflegte, um besser hinunterschauen zu können. Es gab keinen Zweifel: Durch die Anstrengung der Geburt durstig geworden, war die Kamelstute dem Schachtrand zu nahe gekommen und in die Tiefe gestürzt. In diesem Augenblick gab das Kamelfüllen ein klägliches Bläken von sich, und seine Mutter antwortete ihm: Der Mündung des Brunnens entstieg ein Gebrüll, so laut, als würde es durch eine riesige Orgelpfeife verstärkt. Nun beugte sich auch Idris über den Schacht. Zuerst sah er nur das Gewirr der Balken, die der Verschalung der Brunnenwand den Halt gaben. Doch als seine Augen sich an die Dunkelheit gewöhnt hatten, konnte er zwischen den hell schimmernden Reflexen in der Tiefe den schwarzen Umriß eines Tieres erkennen, das auf der Seite und halb im Wasser lag, und auch, wie einen winzigen Stichel am Rand dieses sinistren Gemäldes, das Abbild seines eigenen Kopfes, der weit vorgebeugt und sich bewegend vor dem tiefen Azur des Himmels stand.

Ibrahim war wieder aufgestanden und lief zu der Hütte. Mit einem Lederseil kam er zurück.

»Ich will hinunter und nachsehen, ob das Tier verletzt ist«, erklärte er. »Wenn nicht, müssen wir versuchen, es mit Hilfe der anderen Hirten herauszuziehen. Falls es ein Bein gebrochen hat, müssen wir es schlachten.«

Dann befestigte er das Seilende an einem Felskegel und ließ sich in den Schacht hinunter. Es wurde still. Und bald scholl hohl dröhnend seine Stimme herauf:

»Sie hat ein Bein gebrochen. Ich schneide ihr jetzt die Kehle durch und zerlege sie. Du ziehst die einzelnen Stücke herauf. Fang' mit meinen Kleidern an!«

Idris zog ein leichtes Bündel zerlumpter Kleidungsstücke herauf. Dann wartete er, ohne die schauerliche Arbeit sehen zu wollen, der sich der Chaamba zwanzig Meter unter der Erdoberfläche im schlammigen Wasser hingab.

Das große Kamel war zu dem Kamelfüllen hinübergetrottet, hatte es lange beschnuppert und es schließlich liebevoll zu lecken begonnen. Idris sah belustigt zu. Daß der alte Kamelhengst einem plötzlichen Vatertrieb nachgab, war wenig wahrscheinlich. Viel eher ging es ihm wohl um den starken Geruch der Mutter, der dem Tierkind anhaftete. Das Kamelfüllen, ganz verstört, allein zu sein, schmiegte sich an diesen unerwarteten Beschützer; dann schnüffelte es, vom Instinkt getrieben, mit der Schnauze in dessen Geschlechtsgegend umher, sichtlich auf der Suche nach vermeintlichen Zitzen.

Ein herrischer Zuruf riß Idris aus seiner Beschaulichkeit. Er begann das Lederseil einzuholen, an dem etwas Schweres hing. Bald konnte er ein Bein und eine Keule heraufziehen; sie waren noch lebenswarm. Er brachte diese ganze Schlachtplatte in den Schatten der Hütte. Und schon hallte von neuem die Stimme des Kameltreibers herauf.

»Zieh' einen Eimer Wasser hinauf, misch' das Wasser mit der Milch, die wir mitgebracht haben, und gib dem Kleinen zu trinken.«

Selbst im Bann der aufreibendsten Arbeit hatte er also das Kamelkind nicht vergessen und opferte ihm das einzige, was ihm als Nahrung zur Verfügung stand. Idris gehorchte widerstrebend, jedoch ohne einen Gedanken an die Möglichkeit, diesen Gehorsam zu verweigern, beispielsweise einen Teil der Milch zu trinken. Der übermenschliche Mut seines Gefährten überwältigte ihn. Das Kamelfüllen war nicht fähig, zu trinken. Idris mußte ihm aus einer Flasche, deren Boden er herausbrach, so daß eine Art Trichter entstand, eine behelfsmäßige Saugflasche zurechtbasteln. Kaum hatte er so begonnen, ihm Nahrung einzuflößen, da wurde ihm aus der Tiefe des Brunnens ein weiteres Stück Fleisch heraufpediert. Als die Sonne den höchsten Punkt ihrer Bahn erreicht hatte, hörte er Ibrahim laut seine Freude äußern, weil ihm nun das senkrecht einfallende Licht zugute kam. Die Laube aus Flechtwerk war nur noch ein Stapel von Fleischstücken, über denen Schwärme blauer Fliegen, wenn sie gestört wurden, wütend umherschwirrten. Doch was Idris vor allem beunruhigte, war die Tatsache, daß der Himmel, der eine Stunde zuvor noch leer gewesen war, sich nun mit schwarzen Kreuzchen bevölkerte, die langsam dahintrieben, einen Augenblick regungslos schienen, dann plötzlich im Gleitflug niederschwebten. Die Geier hatten alles gesehen und waren drauf und dran, herabzustoßen. Dennoch war von ihnen weniger zu befürchten als von den Raben, deren Kühnheit und Angriffslust vor nichts zurückschreckten. Im Geiste sah er schon den Heimweg vor sich: das Kamelfüllen, das kaum seine Beine gebrauchen konnte, den Kamelhengst, der auf seinem Höcker einen Berg von frischem Fleisch trug, und den schwarzen, kreischenden Zug der Raben, die ihnen folgen würden.

Zu seiner Überraschung sah er, wie Ibrahim sich unversehens auf den Querbalken des Brunnens schwang. Er war nur noch eine lebende Statue aus blutigem Lehm. Von der grellen Sonne geblendet, bedeckte er mit den Händen sein Gesicht und hob das Haupt gen Himmel. Dann sanken die Hände herab, und Idris sah in seiner Augenhöhle einen Klumpen geronnenen Blutes, als wäre ihm das Auge ausgerissen worden. Der Chaamba war wie trunken von Anspannung, Müdigkeit und mittäglichem Überschwang. Er warf die Arme hoch und stieß ein Trotz- und Triumphgeheul aus. Dann begann er mit den Füßen wild zu stampfen und wie ein Seiltänzer auf dem Balken herumzuhüpfen. Er hatte sein Glied in die Hand genommen und hielt es Idris entgegen.

»Na, du Rundschwänzchen! Schau! Ich hab' einen spitzen Schwanz!«

Und wieder sprang er auf dem morschen Stamm in die Höhe. Krachen und Bersten. Der Chaamba verschwand wie in einer Fuchsfalle. Abermals ein Krachen. Idris wußte sofort, der Körper seines Gefährten war nun auf der Hauptstrebe des Brunnengebälks aufgeschlagen, und die war ebenfalls in sich zusammengebrochen. Es war wie ein Erdbeben. Der Boden schütterte. Die Hütte stürzte ein, die ganzen Fleischbrocken von der Kamelstute unter sich begrabend. Aus dem Brunnen quoll eine Staubwolke, und Idris gewahrte darin das wirre Flattern zahlloser Fledermäuse, die tagsüber in dem Gebälk des Brunnens gehaust hatten. Das Bersten der beiden Balken hatte zum Bruch der ganzen Verschalung geführt, die den Schachtwänden ihren Halt gegeben hatte. Der Brunnen war mit einem

Schlag eingestürzt. Bis zu welcher Tiefe? Wo war Ibrahim?

Idris geht und schaut hinunter. Schon in kaum zwei Metern Tiefe sieht er Sand, durchsetzt von Balkensplittern. Er ruft den Namen seines Kameraden. Seine dünne Stimme fällt in ein Schweigen hinein, das durch die königlich zuhöchst im Zenit stehende Sonne erst recht zur Grabesstille wird. Da packt ihn Panik. Brüllend vor Angst läuft er davon, einfach geradeaus. Lange läuft er so. Bis er über einen Baumstumpf stolpert, hinschlägt und, von Schluchzen geschüttelt, im Sand liegt. Doch er steht gleich wieder auf, die Hände gegen die Ohren gepreßt: die Wange am Boden, glaubt er aus der Tiefe das Lachen seines Gefährten zu hören, der da unten lebendig begraben liegt.

Er hat dich fotografiert? Und wo ist denn das Foto?«

Wieder einmal war seine Mutter auf diese Fotogeschichte zurückgekommen, während eine Matrone, die Nachbarin Kuka, ihr beim Frisieren und beim Schminken half. Er hatte sie nicht für sich behalten können, seine Begegnung mit den Franzosen aus dem Landrover – und auch nicht, was die ihm versprochen hatten: ihm sein Foto zu schicken. Das Foto würde schon kommen, zusammen mit der spärlichen Post für die Oase und mit der allwöchentlichen Anlieferung der bestellten Lebensmittel, Werkzeuge und Kleider durch den Lastwagenfahrer Salah Brahim, der die Verbindung zu der großen Nachbaroase Béni Abbès aufrechterhielt. Doch um seine Mutter zu schonen, die immer geneigt war, sich das Schlimmste vorzustellen, hatte er die Rolle der blonden Frau dabei und sogar ihre Existenz verschwiegen. Nur zwei Männer seien im Auto gewesen, hatte er erzählt; einer von ihnen habe das Foto gemacht.

»Es wird nie ankommen«, prophezeite Kuka ben Laid düster, wobei sie mit drei Eisenstacheln das Haar der Mutter entwirrte. »Und was dann? Was machen die mit dem Foto? Das kann kein Mensch wissen!«

»Da ist ein Stück von dir selbst fort«, trumpfte die Mutter auf. »Wenn du nun krank wirst – wie soll man dich da kurieren?«

»Und womöglich geht er deswegen ebenfalls fort«, setzte Kuka hinzu. »In sechs Monaten sind drei junge Burschen aus dem Dorf ausgewandert und in den Norden gezogen!«

Idris war in eine feine, kniffflige Arbeit vertieft: Aus einem ockerfarbenen Kaolinbrocken schnitzte er mit dem Messer ein kleines Kamel, und er verwandte um so mehr Sorgfalt darauf, als er vermeiden wollte, sich in die griesgrämige Litanei der beiden Frauen einzumischen. Seine geschnitzte Kamelherde benutzte er schon von frühester Kindheit an, um *Chaamba den Nomaden* zu spielen. Anfangs hatte er diese Figuren einzeln, eine nach der anderen, geschenkt bekommen. Später hatte er seine Herde dann bemalt und sie mit Stoffetzen und Palmfasern überzogen. Jeden Tag hatte er ihr zu trinken gegeben, sie auf die Weide geführt und sich um die verletzten oder kranken Tiere gekümmert. Inzwischen freilich war er zu groß für derlei Kindereien, und so hatte er seine Tiere eines nach dem anderen seinen jüngeren Brüdern überlassen und neue geschnitzt, die einen ohnehin schon zahlreichen Tierbestand noch vermehrten.

»Ich weiß gut, weshalb sie fortgehen, die Jungen«, äußerte Kuka geheimnisvoll.

Eine Anstandspause lang herrschte Schweigen, dann fragte die Mutter:

»Na? Weshalb gehen die Jungen denn fort?«

»Weil sie zu früh laufen lernen mußten. Das ist eine nomadische Belastung, an der sie ihr Leben lang zu tragen haben.«

»Idris konnte erst mit zwei Jahren laufen«, sagte die Mutter zögernd.

Es schmerzte sie, an eine Familieneigenheit erinnert zu werden, die ihr einst bittere Sorgen bereitet und sie mit düsteren Ahnungen gequält hatte: Fast alle ihre Kinder hatten erst spät laufen gelernt. Für ihr drittes hatte man sogar, als es zwei Jahre alt geworden war, eine Art Bittprozession veranstaltet, wie sie in solchem Falle üblich ist. Das Kind, in Lumpen gekleidet und absichtlich rotznasig und schmutzstarrend, wurde von zwei jungen Mädchen – von Schwestern, Cousinen oder mangels solcher eben einfach von Mädchen aus der Nachbarschaft – in einem Bastkorb umhergetragen, und die Mädchen gingen von Haus zu Haus und leierten dabei unaufhörlich den Singsang: »Er kann nicht laufen, er will nicht laufen, Gott gebe, daß er laufen kann!« Jede Familie, bei der sie erschienen, spendete ein Geschenk – Weizen, Gerste, Zucker, Zwiebeln, Münzgeld –, das in den Bastkorb und dort mit dem Kind in Berührung kam. Anschließend mußte die Mutter dann für das Kind, das nicht gehen konnte, und für die Mädchen, die an seiner Statt herumgegangen waren, mit Hilfe der zusammengebrachten Spenden ein kleines Festessen veranstalten.

»Ja, aber schon mit sechs Jahren«, beharrte Kuka, »da spielte er mit einem Ölkanister, an dem vier Keramikräder und ein Reserverad waren, Lastauto. Was hatte das zu bedeuten?«

»Wenn Idris fortgehen soll, geht er fort«, schloß die Mutter fatalistisch.

»Gewiß, aber nicht unbedingt unterm Einfluß des bösen Blicks«, wandte Kuka ein, während sie das Haar der Mutter mit einer dicken Salbe aus Henna, Gewürznelken, getrockneten Rosenblättern und Myrte ein-

rieb, die der Frisur eine reizvolle und satte Fülle gab.
Kuka hatte das Wort ausgesprochen, das unablässig im
Kopf der Mutter spukte, seit sie von der Episode mit
dem Landrover Kenntnis hatte. Möglichst unbemerkt
bleiben, um nicht durch den bösen Blick Schaden zu
nehmen, ist schiere Vorsicht. Durch seine Kleidung,
seine Kraft, seine Schönheit das Auge auf sich ziehen
heißt den Teufel versuchen. Die Mütter von Tabelbala
vernächlässigen absichtlich ihre Kleinkinder und halten sie bis zu einem gewissen Grade in schmutzigem
Zustand, damit sie ja keine Bewunderung erregen, solange sie in einem so besonders anfälligen Alter sind.
Der Mann, der stolz das brandneue, gerade erst ge-
kaufte Messer herumzeigt, hat alle Aussicht, sich daran
zu schneiden, sobald er es benutzt. Die Amme, die eine
üppige Brust zur Schau stellt, die Ziege, die sichtlich
von Fruchtbarkeit strotzt, die überreich blühende
Palme – sie alle setzen sich dem Blick aus, durch dessen
Kraft sie versiegen, unfruchtbar werden, verdorren.
Jedes erfreuliche Bild ist voll drohenden Unheils. Was
soll man da vom fotografischen Auge und vom Leicht-
sinn dessen halten, der sich ihm bereitwillig stellt!
All dies wußte Idris. Er war vom Belbalidenken tief
genug durchdrungen, um vor den Gefahren zu zittern,
denen er sich aus freien Stücken und absichtlich aus-
setzte. Doch gleichzeitig hatte er das brennende Verlangen, sich freizumachen von dem übermächtigen
Einfluß der Oase, in der er aufgewachsen war. Seine
Bewunderung für die nomadischen Chaamba ging in
diese Richtung, wie auch jene kleine Herde von ge-
schnitzten Kamelen, mit der er sich noch in einem
Alter, da man solche Kindereien sonst lächerlich findet,

gern und liebevoll beschäftigte. Seine Mutter übrigens schätzte diese Sammlung recht wenig, doch Idris war ja ein Junge, würde bald ein Mann sein, und Kamele waren immerhin keine Puppen – ein Spielzeug, das sie in den Händen ihrer Töchter nicht geduldet hätte.

Kuka hatte die Haare, die im Kamm hängengeblieben waren, sorgsam zu einem Knäuel zusammengedreht. Wichtig war dabei, daß keines verlorenging, denn weil sie Ausfluß der Persönlichkeit der Mutter waren, behielten sie unmittelbaren Einfluß auf deren körperliche und geistige Gesundheit. In den Händen Böswilliger stellten sie ein furchtbares Werkzeug bösen Zaubers dar. Sie einfach zu verbrennen, konnte gleichwohl nicht in Frage kommen. Man vergrub sie am Fuß einer Tamariske, eines Baumes, der bei den Frauen Verehrung genießt.

»Ist es wahr, daß Idris an die Neger verkauft worden ist?« fragte Kuka unvermittelt.

Die Frage war taktlos, und die Matrone hätte wohl nicht die Stirn gehabt, sie vor Zeugen oder auch nur Auge in Auge zu stellen. Doch hätte die Mutter, die ihr den Rücken zuwandte und sich ihren Händen überließ, der Frage recht zwanglos ausweichen oder ihr gar Stillschweigen entgegensetzen können.

»Ja«, sagte sie nach kurzem Nachdenken. »Bevor er zur Welt kam, hatte ich zwei totgeborene Kinder.«

Das war eine ausreichende Erklärung. Wenn eine Familie hartnäckig von Unglück verfolgt wird, besinnt man sich am Tag der Geburt eines Kindes auf die als kleine Gemeinde in der Oase lebenden Nachkommen schwarzer Sklaven. Die kommen dann und tanzen im Hof des Hauses. Der Vater legt das kleine Kind symbolisch auf die Trommel des Häuptlings und spendet der schwarzen Gemeinde ein beachtliches Naturalien- und Geldgeschenk. Bleibt das Kind am Leben, so haben die Neger, die ja sein Schicksal auf sich genommen haben, Anspruch auf eine neue Spende; das Kind aber muß sein ganzes Dasein hindurch seiner Beschützer gedenken. Bis zu seinem sechsten Lebensjahr hatte Idris dieselbe Haartracht getragen wie die Negerkinder: den Schädel ganz glatt rasiert, mit Ausnahme eines dicken Grates, der wie eine Helmzier von der Stirn bis zum Nacken ging.

Kuka fragte nicht weiter, doch erkannte die Mutter, die Alte sehe in diesem Hergang einen weiteren Grund dafür, daß Idris von zu Hause fortgehe. Geduldig flocht sie die üblichen drei Zöpfe der verheirateten Frauen – wobei sie darauf achtete, daß das Haar nicht zu fest wurde, weil das Unfruchtbarkeit zur Folge haben kann –: zwei ziemlich dünne, mit silbernen Ringen geschmückte seitliche Zöpfe und einen dicken Zopf auf dem Rücken, der in einen Hohlkegel, das Symbol für ein schützendes Auge, auslief.

Die Alte wollte nun darangehen, das Gesicht der Mutter zu bemalen; sie wechselte den Platz und hockte ihr jetzt gegenüber. Gleichzeitig nahm das Gespräch von Kuka aus eine weniger verfängliche Wendung, und von der Mutter her wurde es deutlich zurückhaltender. Idris machte sich ganz klein und unauffällig, wie er das immer dann zu tun gelernt hatte, wenn er in der viel zu kleinen Behausung eine Szene miterlebte, bei der er eigentlich seiner Jugend und seines Geschlechts wegen nichts zu suchen hatte. Aber er dachte an das Fest, das am Abend beginnen und das zehn Tage dauern sollte:

Achmed ben Baada verheiratete ja seine Tochter Aischa mit Mohammed ben Souhils ältestem Sohn, und
eine Gruppe von Tänzern und Musikanten aus dem
Hohen Atlas sollte den Feierlichkeiten ihre Farbe und
ihren Rhythmus verleihen.

Den ganzen Tag über hatten die Frauen im Hause des künftigen Ehemannes einen Tazou zubereitet, der für hundertfünfzig bis zweihundert Personen reichte. An die zehn ältere Frauen hatten drei Stunden lang ihre Mühlen aus Muschelkalk gedreht, um den nötigen Weizengrieß zu mahlen. Die Erregung, die von diesem unablässig schwatzenden, singenden und kichernden Chor ausging, teilte sich den Schaulustigen mit, wenn sie vorbeizogen, um sich die Ausstellung der Hochzeitsgaben anzusehen, die von der Familie des jungen Mannes der seiner künftigen Gattin geschenkt worden waren. Sie taxierten den Wert von gewebten Stoffen, von Schals, Gürteln, Lederpantoffeln, von silbernen Armbändern und Colliers, von Kämmen und Spiegeln, Eau de Cologne und jener Dinge, ohne die es keine weibliche Schönheit gibt: Henna, Myrte, Weihrauch, Nußbaumrinde, Gewürznelken und Wurzeln der wilden Iris. In der extremen Armut der Oase war die Ausbreitung solcher Herrlichkeiten eine Augenweide, die man sich nicht entgehen lassen durfte.
Am Nachmittag vereint ein bescheidener, fast schüchterner Tanz die Frauen. Zwischen Ehefrauen und jungen Mädchen bilden sich Paare, als müßten die Mädchen von den älteren eine Einweihung erfahren. Der Bräutigam seinerseits, begleitet von seinen »Wesiren« – sieben bis acht seiner unverheirateten Gefährten –, kommt von einem etwas mysteriösen Brennholzsam-

meln zurück, wie ein halbes Dutzend reisigbeladener Esel bezeugt, die sie vor sich hertreiben. Der Brauch verlangt, der Bräutigam müsse bis zu den Augen in einen weiten Burnus gehüllt und der Burnus mit demselben Seil gegürtet sein, das schon seiner Mutter geholfen habe, ihn zur Welt zu bringen. In Wirklichkeit hat er die Nacht mit seinen gewohnten Kameraden durchgefeiert, um das Ende seiner Jugendjahre gehörig zu unterstreichen. So ergibt die Trennung der Geschlechter am Tag vor der Hochzeit einen doppelten Anlaß zum Feiern.

Idris nahm an diesen Riten nur insoweit Anteil, als es ihm gelang, sich in den nur drei Jahre älteren Bräutigam hineinzuversetzen – und das gelang ihm nur wenig. Ibrahims tragischer Tod hatte um ihn, was Freundschaft betraf, ein großes Vakuum geschaffen, das kein Junge aus der Oase auszufüllen vermochte. Die Braut war so alt wie er. Sie waren miteinander aufgewachsen, und in seinen Augen war dieses dicke, passive, schlaffe Mädchen bar jeden Geheimnisses und jeglichen Zaubers. Beides fehlte ihr vielleicht auch in den Augen ihres künftigen Ehemannes. Aber Ali ben Mohammed blieb der Tradition treu, wonach die Ehegatten einander lieben und achten, weil die Hochzeitszeremonie sie vereint hat, und wonach Gefühle die Wirkung und nicht die Ursache einer ehelichen Verbindung sein müssen. Die umgekehrte Auffassung, wonach Liebe das Primäre und der Urgrund der Ehe ist, diese moderne, gottlose Auffassung hatte sich in Idris' Kopf eingenistet. War die Zukünftige als ein reizloses Geschöpf einzuschätzen, so erschien ihm das ganze Fest als etwas Unnötig-Umständliches und sogar als eine gewisse mögliche Bedrohung seiner Freiheit, obschon er entschlossen war, alle Manöver zu vereiteln, die von seinen Eltern und von den Eltern irgendeines heiratsfähigen Mädchens aus der Oase unternommen werden mochten, um ihn auf den Weg der Ehe zu lotsen. Wenn er diesen jungen Mann ansah, der nun als werdender Ehemann und bald wohl auch Vater feierlich Wurzeln in Tabelbala schlug, fühlte Idris Flügel an seinen Füßen wachsen, und er dachte in einer Anwandlung plötzlicher Gier an die blonde Frau, die ihn fotografiert, ihm sein Bild geraubt und es in ihrem Traumgefährt mitgenommen hatte. In Wahrheit stritten in seiner Phantasie zwei gegensätzliche Vorstellungen miteinander: Eines Tages käme Salah Brahim gefahren, spränge von seinem Lastwagen und gäbe ihm einen Briefumschlag aus Paris, in dem er sein Foto fände. Doch vor allem sah er sich selbst, wie er aufbräche und in einem langen Marsch, der in Paris enden würde, den Weg nach Norden anträte. Die alte Kuka hatte es erraten: Er dachte nur noch ans Fortgehen.

Schon längst war die Nacht hereingebrochen, als ein wirrer Lärm, der vom Ksar Chraia herüberdrang, die Gäste ins Freie lockte. Fackeln übergossen die gekalkten Wände der Gourbis mit loderndem Flammenschein. Heisere Rufe und schrille Jujuhs, dumpfes Gedröhn einer Vielzahl von Trommeln und durchdringend-helles Trompetengeschmetter zerrissen die nächtliche Stille. Es war die Schar der Leute aus den Bergen, die über die Hammada des Draa gekommen waren und dem Hochzeitspaar auf ihre Weise eine Serenade darbrachten. Die Trommler vollführten einen Höllenlärm. Die Trommeln wurden stets waagrecht an der Hüfte des Trommlers hängend getragen; sie gaben zweierlei Klang von sich, einen hellen und einen dunklen, je nachdem, ob das eine Ende mit einem Schlegel oder das andere Ende mit der Faust bearbeitet wurde. Das Näseln der Dudelsäcke bildete das Grundgewebe, und darüber woben zwei Solisten, abwechselnd in ihre kurzen Kupfertrompeten stoßend, das Auf und Ab eines schmerzhaft-bedrängenden Ritornells. All das war weit entfernt von dem reinen, klaren Monolog, den Idris manchmal in den heißesten Stunden des Tages der Schilfrohrflöte mit ihren sechs Löchern entlockte.

Die Musikanten hatten vor Mohammed ben Souhils Haus einen von Fackeln bizarr umloderten Halbkreis gebildet. Mit jedem Augenblick wurde die Musik wilder und wilder, lauter und lauter und sprang als unbändiges Fieber auf die reglosen Körper der Zuhörer über. Immer kraftvoller, immer eindringlicher wurde der Rhythmus, und das Ziel war jedem deutlich: der plötzliche Ausbruch des Tanzes, die jähe Verwandlung der ganzen kleinen Musikantenschar in einen einzigen Tanz. Und sie geschah wirklich, diese Geburt: Eine schwarzhäutige Frau, in rote Schleier und Silbergeschmeide gehüllt, erschien mitten auf der freien Fläche. Zett Zobeida trat immer erst auf, wenn das Fest am heißesten glühte, denn sie war dessen Seele und Flamme. Zunächst lief sie vornübergeneigt mit schnellen Schritten am Rand des Kreises dahin, der ihr gehörte – wie um sich zu vergewissern, daß dies ihr Reich sei. Dann beschrieb sie, immer weiter zur Mitte hin, eine Folge von Figuren. Es war klar: Sie sammelte all die Musik auf, die auf ihrem Gebiet ausgebreitet lag, heimste gleichsam eine unsichtbare Ernte ein: all den ringsum verstreuten Tanz. Und nun tanzte die Menge mit, und alle leierten immer und immer wieder einen bedrängenden, rätselhaften Singsang:

Die Libelle bebt über dem Wasser
Die Grille kratzt über den Stein
Die Libelle, die bebt und sie singt keine Worte
Die Grille, die kratzt und sie sagt keinen Ton
Doch der Flügel der Libelle ist ein feiner Libell
Doch der Flügel der Grille ist eine Schrift
Und der Libell vereitelt des Todes Hinterlist
Und die Schrift, die entschleiert des Lebens Geheimnis.

Zett Zobeida bewegt sich nun mit ganz kleinen Schritten, eng umringt von den Musikanten. Bald treten ihre Füße auf der Stelle, denn der Tanz ist völlig in ihren Körper eingegangen. Und von diesem Körper ist nur zwischen dem unteren Rand ihres Mieders und dem oberen ihres Rockes eine Handbreit schimmernd-schwarzer Nacktheit sichtbar. Mitten in dieser verschleierten schwarzen Statue tanzt allein, von eigenwilligem, höchst expressivem Leben erfüllt, der Bauch. Er ist dieses ganzen Körpers lippenloser Mund, der Teil, der sprechen, lächeln, Grimassen schneiden und singen kann:

Die Libelle besiegelt des Todes Hinterlist
Und die Grille, die schreibt des Lebens Geheimnis.

Zett Zobeidas Tanz – jetzt ist er auf dieser unbewegt-schleierumhüllten Statue zum Ballett hundertfach klingenden Geschmeides geworden. Fatmahändchen und

Mondsicheln, Gazellenhufe und perlmuttene Muscheln, Korallenhalsketten und Ambraarmbänder, Amulette, Sterne und Granate tanzen ihren Reigen in einem großen, klirrenden Hexensabbat.

Doch was Idris' Blick vor allem fesselt, ist, an einer Lederschnur umherschwingend, ein Tropfen aus Gold, wundervoll in seiner Form und seinem Glanz. Ein Ding von schlichterer, knapperer Vollkommenheit läßt sich nicht denken. Alles scheint enthalten in diesem an der Basis leicht schwellenden Oval. Alles scheint ausgedrückt im Schweigen dieses einsam-stolzen Gebildes, das bei seinem kurzen Baumeln nie an ein anderes Schmuckstück schlägt. Im Gegensatz zu den Ohrgehängen, die den Himmel, die Erde, die Tiere der Wüste und die Fische des Meeres nachbilden, bedeutet der goldene Tropfen nichts als sich selbst. Er ist reines Zeichen, absolute Form.

Daß Zett Zobeida und ihr Goldtropfen Ausfluß einer bilderlosen Welt seien, Gegensatz und vielleicht Gegengift zu der platinblonden Frau mit dem Fotoapparat – vielleicht begann Idris es an diesem Abend zu ahnen. Er wäre in seiner neuen Erkenntnis wohl noch weiter gediehen, hätte nicht Abdullah Fehr, der weither von den Grenzen des Sudan und des Tibesti angereiste schwarze Märchenerzähler, nach all dem Singen und Tanzen nun wieder in der Ruhe einer sternfunkelnden Nacht, die abenteuerliche Geschichte des ehemaligen Seeräubers Kheir ed Din wieder lebendig werden lassen, der für kurze Zeit König von Tunis gewesen war und dem sein Haar und sein Bart schwer zu schaffen gemacht hatten.

ROTBART
oder
DAS BILDNIS DES KÖNIGS

Er hieß in Wahrheit Kheir ed Din, doch die Roumis, die Europäer, nannten ihn spöttisch Rotbart. Der Seeräuber von der Levante hatte mit seinem älteren Bruder einst das Mittelmeer in Angst und Schrecken versetzt. Gemeinsam hatten sie sich zu Herren über Algier gemacht und dessen Hafen befestigt, um einen sicheren Liegeplatz für ihre vierzig Galeeren zu haben. Als der Ältere dann zu Tlemcen umgebracht worden war, hatte der Jüngere seine glanzvolle Laufbahn allein fortgesetzt. Im Jahre 912 nach der Hedschra* bemächtigte er sich Bizertas und verjagte den Sultan von Tunis, Moulay Hassan, aus dem Bardo-Palast.
Als Kheir ed Din und seine Gefährten, noch dampfend vom Gefecht, in den Palast stürmten, waren sie ergriffen von der Stille, die sie plötzlich umgab, und sie hatten das seltsame Gefühl, in ein verzaubertes Reich einzudringen. Nirgends ein Zeichen von Leben in diesen Innenhöfen, auf diesen übereinandergestuften Terrassen, in diesen riesigen Sälen, unter diesen Säulengängen, die gleich zierlichen Stickereien traumhafte Gärten säumten. Diese edle, stolze Wohnstatt war, so schien es, erst einen Augenblick zuvor von ihren Höflingen, Kriegsknechten, Bedienten und Palastwächtern aufgegeben und mitsamt ihren Baldachinen, ihren Pa-

* im Jahre 1534 christlicher Zeitrechnung

ravents, ihren Kissen, ihrem Tafelgeschirr, ja sogar mit den lodernden Kaminfeuern, über denen sich noch die Bratspieße drehten, unversehrt den vom Meer kommenden Barbaren überlassen worden. Alles war geflüchtet und hatte Pferde, Dromedare und Affen mitgenommen – und auch die Sloughis, jene feinen Windhunde der Wüste, deren schmaler, langer Kopf sich an die Knie der adligen Herren Weißafrikas schmiegt. Selbst die Brunnen waren nicht mehr umschwirrt vom wirbelnden Flug der Tauben.

Kheir ed Din und seine Gefährten fühlten sich bedrückt von der Magie dieser dunklen Räume. Verrat fürchtend, schritten sie langsam vorwärts, schauten nach rechts und nach links, und manche rieten dem Piraten, diesen unheilschwangeren Palast in Brand zu stecken und bis auf den letzten Stein zu zerstören.

So gelangten sie durch einen Saal nach dem anderen und über eine Treppe nach der anderen schließlich zu einem entlegenen Flügel des Gebäudes, wo die Türen, die sie öffnen wollten, zunächst jedem Druck standhielten. Sie mußten sich entschließen, eine Tür aufzubrechen, und ebendies hatten die Kriegsknechte zu tun begonnen, als die Tür von selbst aufging. Heraus trat ein hochgewachsener Mann, der ernst und streng anzusehen und in ein weißes Gewand mit vielerlei Farbklecksen darauf gekleidet war. Seine Miene spiegelte Überraschung und Zorn.

»Was bedeutet dieser ganze Lärm?« fragte er. »Ich habe doch Befehl gegeben, mich bei der Arbeit nicht zu stören!«

Ein osmanischer Gardist, mit dem Krummsäbel bewaffnet, trat auf ihn zu in der offenkundigen Absicht, dem, der es gewagt hatte, gegenüber seinem Herrn derartige Frechheiten zu äußern, den Schädel einzuschlagen. Kheir ed Din schickte ihn mit einer Handbewegung zur Seite.

»Dieser Lärm bedeutet, daß der Sultan Moulay Hassan geflohen ist und daß ich jetzt seine Stelle einnehme«, sagte er. »Wer bist du denn, daß dir Ereignisse, die das Land erschüttern, so fremd sind?«

»Achmed ben Salem, offizieller Porträtist und Palastmaler.«

Und da Kheir ed Din weiter auf ihn zuschritt, trat er zur Seite und ließ ihn eintreten.

Kheir ed Din war dem Gegner, den er geschlagen hatte, mehr als einmal begegnet. Er hegte nur Verachtung für diesen Moulay Hassan, den unwürdigen Erben der ruhmreichen Hafzidendynastie. Schmächtig und von kümmerlichem Äußeren, wirkte er, als ginge er krumm und gebeugt unter der Last der Krone und des Königsmantels seiner Ahnen. Gewiß waren sie ihm vorherbestimmt, die Niederlage und die Demütigung durch ihn, den furchtbaren Piraten, den Herrn des Mittelmeeres!

Hier, an den vier Wänden des großen Raumes war er wieder, der besiegte Sultan, aber nicht mit krummem Rückgrat, gesenktem Haupt und fluchtbeflissenen Füßen. Hier war er gänzlich anders zu sehen: auf einem sich bäumenden Roß, umgeben von seinen Würdenträgern, die ihre Mäntel vor ihn breiteten, um ihm den Weg zu ebnen, oder auch auf einem Turm hoch über der Stadt, ja sogar in seinem Harem inmitten liebelechzender Favoritinnen.

Kheir ed Din eilte durch den Raum, den Blick flammend vor Zorn – einem Zorn, der bei jedem Gemälde noch um einen Grad stieg. Er hatte Moulay Hassan vernichtend geschlagen. Hatte ihn mit Schimpf und Schande aus seinem Palast gejagt. Ihn gezwungen, Hals über Kopf das Weite zu suchen, so überstürzt, daß die Braten sich noch an den Spießen drehten. Und nun, von dieses verteufelten Malers Gnaden, war der Besiegte noch immer in diesen Wänden zu Hause, triumphierend, königlich, strahlend in all seiner Herrlichkeit.

»In den Kerker mit ihm!« grollte er schließlich. »Und ins Feuer mit all diesem Geschmier!«

Dann ging er rasch hinaus, während seine Kriegsknechte Achmed ben Salem umringten und ihn in Ketten legten.

In den Wochen danach war Kheir ed Din ganz damit beschäftigt, den überwältigenden Sieg, der ihn zum mächtigsten Mann des ganzen Maghreb gemacht hatte, zu festigen und auszubauen. Doch sein neuester Sieg bewirkte in ihm eine Verwandlung, die ihn selber am meisten überraschte. Schon die Herrschaft über Algier und Algerien hatte aus dem seefahrenden Freibeuter, der er zuvor gewesen, den landbeherrschenden Burgherrn gemacht. Und nun, in diesem raffinierten Palast einem König gleich geworden, fühlte er, daß neue Pflichten auf ihm ruhten. Als erstes hatte er begriffen, es gezieme sich für ihn nicht mehr, irgend etwas selbst zu tun. Zwischen ihn und die Dinge mußte fortan der Minister, der Ausführende, der Stellvertreter, zumindest der Diener treten. Mit seinem Säbel hatte es angefangen. Er war sein ältester Kampfgefährte, eine schwere, grobschlächtige Waffe mit einem riesigen, muschelförmigen Korb, der die ganze Hand umgab, mit einer Klinge, die breit und trotz ihrer Dicke von ganz kleinen Scharten gezackt war. Was hatte er mit diesem Bullentöter schon Schädel gespalten! Es konnte ihn zu Tränen rühren, wenn er nur mit der Handfläche zärtlich darüberstrich! Klar jedoch war, daß er künftig niemals mehr Schädel spalten würde und daß die alte Plempe ihm nicht mehr um die Beine baumeln dürfe. Er vertauschte ihn mit einem zierlichen, kurzen Dolch, dessen Griff fein ziseliert war und dessen Klinge ihm zu nichts anderem gut schien als zur Pflege der Fingernägel.

Dann wandelte sich seine Kleidung: Das Panzerhemd wurde durch Samt, das Hanfleinen durch Seide ersetzt.

Aber das war erst der Anfang, denn siehe da, dieser ganz von seinen Taten vorwärtsgerissene Krieger, der niemals Zweifel gekannt, der jede Frage stets mit seinem Mut und seiner Kraft beantwortet hatte – dieser neue Herrscher, mit einemmal durchdrungen von seiner eben erst gewonnenen Würde, betrachtete sich im Spiegel des Königtums und zögerte, sich darin zu erkennen.

Da erinnerte er sich an Achmed ben Salem und an die Galerie mit den Porträts, auf denen der elende Moulay Hassan eine so hervorragend gute Figur gemacht hatte. Mußte er jetzt nicht, nachdem er sich den kleinen Prunkdolch, das Seidenjabot und den samtenen Leibrock zugelegt hatte, sein offizielles Porträt malen lassen? Und doch – schon bei dieser für jeden anderen ganz natürlichen Vorstellung sträubten sich ihm vor Besorgnis und Schrecken die Haare...

Es gab dafür einen sehr triftigen Grund: Kheir ed Din

zeigte nie einem Menschen seinen Schädel, der von einem Turban umhüllt, noch sein Kinn, das unter einem grünseidenen, mit zwei Kordeln an den Ohren befestigten Überzug verborgen war. Weshalb solche Vorsicht? Das war sein Geheimnis – ein Geheimnis, das jedermann in seiner Umgebung kannte, auf das auch nur im geringsten anzuspielen jedoch niemand gewagt hätte.

Kheir ed Din war, als er die Koranschule besucht hatte, von seiten seiner Mitschüler und Lehrer den schlimmsten Quälereien ausgesetzt gewesen, und zwar wegen der Farbe seiner Haare. Die flammend rote Mähne, die sich auf seinem Kopf sträubte, hatte ihm jahrelang anzügliche Witze und Schläge eingebracht und hatte, schlimmer noch, anderen eine Art heiligen Abscheu gegen ihn eingeflößt. Nach herkömmlicher Auffassung in der Sahara sind rothaarige Kinder nämlich verflucht. Sie sind verflucht, denn rothaarig sind sie nur deshalb, weil sie empfangen wurden, während die Mutter ihre Regel hatte. Und darum tragen sie das augenfällige, untilgbare Mal dieser Ruchlosigkeit an sich, denn nichts anderes als dieses unreine Blut ist es, das ihr Haar rot gefärbt hat. Und diese Schande erstreckt sich auf ihre ganze Haut – die milchweiß, aber von Sommersprossen wie mit Kleie übersät ist –, auf jedes kleinste Härchen am Körper und sogar auf ihren Geruch, und Kheir ed Dins Schulkameraden hatten seine Nähe gemieden und sich die Nase zugehalten.

Der Junge hatte ein Martyrium durchlitten. Dann war er groß und ein Mann geworden, der ob seiner Kraft gefürchtet war. Schließlich hatte das Turbanalter es ihm ermöglicht, den Anlaß des Ärgernisses zu verbergen. Doch einige Jahre später hatte alles von neuem angefangen, als ihm ein Bart gewachsen war, der nicht rotblond wie sein Haar, sondern schlechterdings rot war, als ob er aus Kupferdrähten bestünde. Da hatte er die Mode eingeführt, einen Bartüberzug zu tragen, ein Requisit, das er nie ablegte und das die Höflinge in seiner Umgebung willig übernommen hatten.

Gleichwohl spähte er unaufhörlich nach den Blicken der anderen, und wenn die an seinem Kinn verharrten, fuhr seine Hand gleich an seinen Degen und krampfte sich um dessen Griff. Die Roumis hatten ihm den Spitznamen Rotbart angehängt, und er war um ihrer Köpfe willen froh, daß sie am anderen Ufer des Mittelmeers saßen. Kheir ed Din war in diesem speziellen Punkt so reizbar, daß seine Vertrauten es vermieden, bestimmte Worte – wie etwa Fuchs, Eichhörnchen, Reineke, Tabak – in seiner Gegenwart auszusprechen, und jedermann wußte, daß er in den Nächten, in denen ein großer rötlicher Mond am trüben Himmel dahintrieb, in unausstehlicher Stimmung war.

Und nun, auf dem Gipfel seiner Macht, da entdeckte er, welche Kraft dem Bild innewohnt und daß ein König nicht umhin kann, sich in einem Spiegel zu sehen. Und so ließ er eines Tages Achmed ben Salem aus dem Gefängnis holen und sich vorführen.

»Du hast dich mir als offizieller Porträtist und Palastmaler vorgestellt«, sprach er zu ihm.

»Gewiß, Herr, das ist mein Amt und mein Titel.«

»Geh mir weg mit Amt und Titel – was ist deine Aufgabe?«

»In erster Linie habe ich von den hohen Würdenträgern bei Hofe Porträts zu malen. Ebenso muß ich auch die architektonischen Schönheiten und den Prunk des Palastes im Bild wiedergeben, damit sie durch Raum und Zeit hin niemandem verborgen bleiben.«

Kheir ed Din nickte. Genau das hatte er von dem Künstler erwartet.

»Sage mir eines: Gesetzt den Fall, der hohe Würdenträger, den du porträtierst, wäre von einem häßlichen körperlichen Fehler entstellt, einer Warze, einer gebrochenen Nase, einem schielenden oder ausgeschlagenen Auge. Gibst du dann diese Entstellung genau wieder, oder bemühst du dich, sie zu vertuschen?«

»Herr, in bin Maler und nicht Höfling. Ich male die Wahrheit. Meine Ehre heißt getreu sein.«

»Vor lauter Sorge, naturgetreu zu malen, hättest du also keine Scheu, der ganzen Welt kund zu tun, daß dein König eine Warze auf der Nase hat?«

»Nein, ich hätte keine Scheu davor.«

Kheir ed Din, der sich von dem furchtlosen Stolz des Malers irgendwie herausgefordert fühlte, wurde rot vor Zorn.

»Und hättest du keine Angst, daß dir dadurch alsbald der Kopf auf den Schultern zu wackeln begänne?«

»Nein, Herr, denn beim ersten Blick auf sein Bildnis würde der König sich geehrt, nicht lächerlich gemacht fühlen.«

»Wieso?«

»Mein Bild würde das Bild des Königtums selber sein.«

»Und die Warze?«

»Es würde eine Warze sein, so königlich, daß es niemanden gäbe, der nicht stolz wäre, eine solche Warze auf der Nase zu haben.«

Kheir ed Din war zuinnerst aufgewühlt von diesen Worten, die sich mit seinen eigenen quälenden Gedanken so gut trafen. Er wandte dem Maler den Rücken und zog sich in seine Gemächer zurück. Aber Achmed durfte wieder in sein Atelier zurückkehren. Schon am folgenden Tag suchte Kheir ed Din ihn dort auf und stellte ihm weitere Fragen.

»Ich verstehe immer noch nicht«, sagte er, »wie du ein Gesicht, das durch eine Mißbildung häßlich und lächerlich geworden ist, naturgetreu wiedergeben kannst, ohne zugleich seine Häßlichkeit und Lächerlichkeit öffentlich anzuprangern. Willst du wirklich behaupten, daß du die Schönheitsfehler derer, die du malst, nie abmilderst?«

»Ich mildere nie ab«, versicherte Achmed.

»Und du verschönerst auch nie?«

»Freilich verschönere ich, doch ohne etwas zu vertuschen. Im Gegenteil, ich unterstreiche. Ich betone alle Züge eines Gesichts.«

»Ich verstehe immer weniger.«

»Weil man bei einem Porträt darauf achten muß, daß die Zeit mit ins Spiel kommt.«

»Welche Zeit?«

»Du betrachtest ein Gesicht. Du siehst es eine Minute, höchsten zwei. Und während dieser ganz kurzen Zeit ist das Gesicht von zufälligen Mühen und Nöten, von kleinen Alltagssorgen verzerrt. In Erinnerung behältst du dann das Bild eines Mannes, einer Frau, beide erniedrigt von den platten Ärgernissen des Lebens. Doch nun unterstelle einmal, dieselbe Person kommt, um mir zu sitzen, in mein Atelier. Nicht für ein bis zwei Minuten, sondern zum Beispiel zwölfmal eine Stunde, über einen ganzen Monat hinweg. Das Bild, das ich dann von ihr male, ist rein von allen Verunreinigungen des Augenblicks, von den tausend kleinen Aggressionen des Alltags, von den winzigen Niederträchtigkeiten, die das Häuslich-Banale niemandem erspart.«

»Das Modell, das du malen sollst, wird sich in der Öde und Stille deines Ateliers langweilen, und sein Gesicht wird nur die Leere seiner Seele widerspiegeln.«

»Ja, falls es ein nichtiger Mensch ist. Dann, ja, dann gebe ich auch auf meiner Leinwand jenen abwesenden Gesichtsausdruck wider, der in der Tat die Maske mancher Menschen ist, wenn von außen nichts mehr auf sie einstürmt. Doch habe ich je den Anspruch erhoben, das Porträt eines Dutzendmenschen zu malen? Ich, als Maler, strebe in die Tiefe, und der tiefste Grund eines Menschen schimmert durch sein Gesicht hindurch, sobald Unruhe und Hast des Alltags aufhören – so, wie dem Seefahrer der Felsgrund des Meeres mit seinen grünen Algen und seinen goldenen Fischen sichtbar wird, sobald der leichte Wellenschlag aufhört, den Ruderer oder eine launische Brise erzeugt haben.«

Kheir ed Din schwieg einen Augenblick, und Achmed, der kein Auge von ihm ließ, ahnte zum ersten Mal die heimliche Wunde, die unter den Triumphen des Abenteurers schwärte.

»Ist die Seele, die du entdeckst und auf deine Leinwand bannst, vom einen zum anderen Menschen sehr unterschiedlich? Oder ist sie ein Schatz, der allen Menschen gemeinsam ist?«

»Sie ist sehr unterschiedlich, und zugleich gibt es auch einen Schatz, der gemeinsam ist und in den Lebensumständen des Menschen selbst begründet liegt. Manche beispielsweise sind erfüllt von einer großen – glücklichen oder unglücklichen – Liebe. Andere träumen immerzu von Schönheit, einer Schönheit, die sie überall suchen und von der sie da und dort einen Schimmer finden. Wieder andere reden mit Gott und verlangen zu ihrer Glückseligkeit nichts als diese Seine herrliche, liebende Gegenwart. Andere...«

»Und die Könige? Was ist das Besondere an einer königlichen Seele?«

»Der König herrscht und der König regiert. Und das sind zwei recht unterschiedliche, ja gegensätzliche Tätigkeiten. Denn der König, der regiert, kämpft Tag für Tag gegen Elend, Gewalt, Lüge, Verrat und Habsucht an. Ja, rechtlich gesehen ist er zwar der Mächtigste, tatsächlich aber steht er furchtbaren Feinden gegenüber und ist im Kampf gegen sie gezwungen, ihre eigenen ungerechten Waffen gegen sie zu kehren: Gewalt, Lüge, Verrat. Und Spritzer davon fallen auch auf ihn, bis empor zur Krone. Der König hingegen, der herrscht, strahlt wie die Sonne, und wie die Sonne verbreitet er Licht und Wärme um sich. Der König, der regiert, geht mit einer Kohorte scheußlicher Henkersknechte umher, die man *die Mittel* nennt. Der König, der herrscht, ist von einem Chor schöner, duftender junger Frauen umgeben, die sich *die Zwecke* nennen. Es heißt manchmal, diese jungen Frauen heiligten die Henkersknechte, doch ist das eine weitere Lüge von seiten der Henkersknechte. Muß ich noch hinzufügen, daß ich den König male, der herrscht, und nicht den, der regiert?«

»Aber was, was sind Zwecke ohne Mittel?«

47

»Wenig, ja, das gebe ich zu, aber was sind die Mittel wert, wenn ihretwegen die Zwecke vergessen oder durch ihre brutale Handhabung gar zerstört werden? In Wahrheit ist das Leben eines Königs ein ständiges Hin und Her zwischen diesen beiden Begriffen. Moulay Hassan galt als ein schwacher, unentschlossener Mann. Denn er konnte sein Bild nicht ertragen, wie es sich im Auge des Henkersknechts, des Gefolterten oder des einfachen Soldaten spiegelte. Dann suchte er mich auf, und wenn ich sage, er suchte mich auf, so war viel eher er selbst es, den er hier aufsuchte. Bleich trat er ein, mutlos, angeekelt von den gemeinen Seiten seines Amtes. Er betrachtete seine Porträts, jene, die du hast verbrennen lassen. In ihrem Licht wusch er sich rein von allem Schmutz der Macht. Zusehends weitete sich sein Herz wieder von königlichem Stolz. Er gewann wieder Vertrauen zu sich selbst. Ich brauchte kein stärkendes Wort zu äußern. Er lächelte mir zu und ging, nun wieder heiteren Sinnes, von dannen.«

Derart an seinen Feind erinnert zu werden mißfiel Kheir ed Din sichtlich. Durfte ihn einer, ohne unverschämt zu werden, mit diesem Schlappschwanz vergleichen? Und doch war es dessen Bett, in dem er schlief, dessen Porträtist, mit dem er sich unterhielt!

»Und dieser gemeinsame Schatz, der sich, wie du sagst, bei allen Menschen wiederfindet?«

»Wenn du den Tumult des täglichen Lebens zum Schweigen bringst, um nur noch die Stimme der Seele zu hören, dann mag diese Stimme noch so sehr dein eigen, so persönlich und anders als jede andere sein – in ihr ist etwas, ein Wesenszug, der sich in jedem Menschen findet und dir beweist, daß diese Stimme – wenn es sie überhaupt gibt – das Tiefste ist, das in ihm erklingt.«

»Ein Wesenszug? Welcher?«

»Das Edle.«

Kheir ed Din verstummte wiederum für eine Weile und dachte über alles nach, was ihm Achmed gesagt hatte. Schließlich wandte er sich zur Tür. Bevor er das Atelier verließ, drehte er sich nochmals um und sprach:

»Morgen früh, eine Stunde nach Sonnenaufgang, fängst du mein offizielles Porträt an.«

Er war schon unter der Tür, da kam ihm noch etwas in den Sinn.

»In Schwarz und Weiß«, bestimmte er.

Am nächsten Morgen war Achmed bereit. Er stand in fleckenlosem Gewand vor einer großen Malfläche aus zusammengesetzten und übereinandergelegten Papyrusbändern, die man mit Zedernöl abgerieben hatte. Auf einem niedrigen Tisch standen in Reichweite seiner Hand ganze Büschel von Federn, Bündel von Zeichenkohle und Flaschen mit chinesischer Tusche. Auch lagen Brotkugeln zum Abschwächen da und jener in Weingeist gelöste Gummilack, der zum Fixieren auf die Zeichnung gesprüht wird. Es fehlte nur der, der gemalt werden sollte. Der erschien nicht.

Achmed wartete den ganzen Tag auf ihn. Als die Nacht herabsank, war sein Malgrund mit Skizzen bedeckt, die er so hingeworfen hatte, um sich die Langeweile zu vertreiben. Es war der Entwurf zu einem Porträt Kheir ed Dins, nach dem Gedächtnis skizziert, das heißt nach der Vorstellung, die sich im Geist des Malers gebildet hatte. Lag es an diesem abstrakten, sinnbildnahen Ursprung oder daran, daß dieses Gesicht zu schwarzen

Schraffen auf weißem Grund vereinfacht war? Nur ein Eindruck von Kraft, ja von Brutalität ging von diesem Bild aus. Das verwirrte Achmed. Er sann darüber nach, weshalb sein neuer Herr nicht gekommen sei, ihm Modell zu sitzen, und weshalb das Porträt – das er nun gezwungenermaßen aus der Erinnerung malen mußte – so völlig bar jenes Heiter-Majestätischen sei, das einem Herrscher allein ansteht. Doch daß beide Fragen ein und dieselbe Antwort erheischten, begriff er, als drei Tage später Kheir ed Din ins Atelier stürmte, sich breitbeinig und die Hände in die Hüften gestemmt vor der Skizze seines Porträts aufpflanzte und in ein wildes Lachen ausbrach.

»Ich sehe, du brauchst mich ja gar nicht, um mein Porträt zu malen! Und das ist auch besser, das kannst du mir glauben. Einmal, weil der Gedanke, mich stundenlang deinen aufdringlichen Blicken auszusetzen, mir ganz und gar zuwider ist. Zum anderen, weil mir dieses Bild von mir in seiner überschäumend brutalen Kraftfülle höchlichst gefällt.«

»Herr«, erwiderte Achmed, »ich bedarf Eurer Anwesenheit, um ein echtes Bildnis von Euch zu malen, ein königliches Bildnis, das Euer Herrschertum über Eure Untertanen und Eure Lande versinnbildlicht. Und dazu kommt noch ein weiteres: Es sollte ein Porträt in Farbe sein. Und ich habe auch noch ein anderes Erfordernis vorzubringen.«

»Welches Erfordernis?« brüllte der ehemalige Seeräuber.

»Ihr müßtet Euch bereitfinden, Euren Turban abzulegen und auch...«

»Und was noch?« schrie Kheir ed Din.

»Und auch Euren Bartüberzug«, stieß Achmed kühn hervor.

Kheir ed Din stürzte sich auf ihn und zückte seinen Dolch. Aber noch rechtzeitig fiel ihm ein, daß dieses lächerliche Ding eine bloße Zierwaffe war. Wütend stieß er sie wieder in die Scheide, drehte sich um und verschwand, gefolgt von seinen Höflingen, deren Blicke auf den Maler deutlich genug ausdrückten, sie gäben nicht mehr viel für seine Haut.

Achmed war von diesem Geschehnis tief erschüttert. Er rechnete damit, wieder ins Gefängnis abgeführt zu werden, doch ließ sich die nächsten Tage kein Soldat blicken. Dabei waren die Leere und die Stille, denen er ausgesetzt war, beängstigender als eine klare Bedrohung. Er versuchte sich wieder an die Arbeit zu machen. Aber jeder weitere Pinselstrich an dem Bildnis Kheir ed Dins verstärkte darin den Ausdruck der Roheit und Grausamkeit, was freilich nach seinem jüngsten Besuch kaum verwunderlich war.

Schließlich beschloß Achmed, hinzugehen und eine Frau um Rat zu fragen, zu der er größtes Vertrauen hatte – sofern man ihn so weit reisen ließ, denn sie wohnte in einer fernen Oase mitten in der Wüste. Doch schien niemand auf ihn zu achten, als er sich aus seinem Atelier hinauswagte und schließlich den Palast verließ, und so konnte er sich zu seiner Verwunderung ohne Schwierigkeiten mit einem Diener und zwei Kamelen auf den Weg machen.

Kerstin war eine Künstlerin wie Achmed, im Grunde eine Kollegin; davon abgesehen aber unterschied sie sich von ihm, wie sich Tag und Nacht unterscheiden. Sie, blond und blauäugig, stammte aus Skandinavien und hatte eine Kunst mitgebracht, die aus der Kälte erwachsen war. In der Villa mit den tief unter Palmen verborgenen, niedrigen, weißen Gebäuden, die sie bewohnte, sah man andeutungsweise die ungefügen Umrisse großer Webstühle, hergestellt aus dem Holz eines in Afrika unbekannten Baumes, des Spitzahorns. Auf diesem zu wunderbarer Vollkommenheit entwickelten Gerät ließ sie mit unendlicher Geduld Stunde um Stunde Schneelandschaften entstehen, Szenen einer Jagd im Schlitten, eisumfangene Burgen, pelzbekleidete Gestalten, wie ein Afrikaner sie niemals gesehen, sich nicht einmal auch nur ausgedacht hatte. Mitunter brachte Achmed ihr eines der Bilder, die er gemalt hatte. Das nahm sie dann als Vorlage und gestaltete daraus mit meisterhaftem Geschick einen Wandteppich, der dem Original getreu, aber durch seinen dichten Flor, seine Weichheit so viel reicher war, daß Achmed Mühe hatte, sein derart verwandeltes Werk wiederzuerkennen. Und weil das Material des Wandteppichs Wolle ist – das Weichste, Wärmste, was aus tierhaftem Leben erwächst –, so feiert der Wandteppich die große, beglückende Wiederbegegnung des nackten Menschen mit der verlorenen Tierhaftigkeit, mit ihrem seidigen, flaumzarten, wuscheligen Vlies.

Kerstin empfing Achmed wie gewohnt und wie es sich unter Künstlern ziemt, mit freundschaftlicher Vertrautheit, freilich gedämpft durch die Zurückhaltung, die ihrer nordländischen Herkunft entsprach. Achmed hatte das mit Kohle gezeichnete Porträt Kheir ed Dins mitgebracht. Er erzählte seiner Freundin alles, was er von dem ehemaligen Seeräuber und jetzigen Beherrscher von Tunis wußte und was er von ihm erlitten hatte. Kerstin war sichtlich betroffen von der maßlosen Empfindlichkeit, die er im Hinblick auf seinen Bart und sein Haar an den Tag legte. Sie machten Pläne, beschlossen, sie solle ihm möglichst bald einen Besuch abstatten, und Achmed machte sich auf den Weg zurück nach Tunis, nicht ohne sein Kohleporträt gegen einen quadratischen Wandteppich eingetauscht zu haben, auf dem eine große Sonnenblume blühte – eine von denen, wie sie die sonnenarmen Menschen des Nordens wegen ihrer sonnenhaften Pracht in den Gärten ziehen.

Kheir ed Din blieb Tunis mehrere Monate fern, um den Süden des Landes zu unterwerfen. Als er zurückkam, stand er im Zenit des Ruhmes. Er hatte allen Grund zu dem Glauben, eine Dynastie begründet zu haben, die ein Jahrtausend überdauern würde. Die Notwendigkeit, der ärgerlichen Frage um sein offizielles Porträt ein Ende zu machen, war damit nur um so quälender. Und so stürmte er eines Morgens in Achmeds Atelier. Sofort suchte er mit den Augen das Kohlebildnis, das er bei seinem letzten Besuch so gern gesehen hatte und das ihm obendrein Glück gebracht zu haben schien.

»Das war nur eine Skizze«, erklärte Achmed. »Ich habe sie nicht mehr.«

»Du hast es gewagt, sie zu vernichten?« fuhr Kheir ed Din auf, als ginge es um einen Anschlag gegen seine Person.

»Im Gegenteil«, sagte Achmed, »ich habe sie einer genialen Frau geschenkt, bei der ich sicher war, sie würde das Beste daraus machen.«

»Inwiefern?«

Statt jeglicher Antwort eilte Achmed zu einer Wand

seines Ateliers, die mit einem Tuch verhängt war. Mit großer Gebärde enthüllte er sie. Kheir ed Din stieß einen Laut der Überraschung aus. Hinter dem Tuch war ein großer Wandteppich aus hochfloriger Wolle sichtbar geworden. Ganz in fahlem Rot gehalten, zeigte er eine europäische Landschaft im Herbst, das Unterholz tief im dürren Laub begraben, mit munteren Füchslein, flinken Eichhörnchen und einem Rudel Rehe, das flüchtend davonstob. Aber das war noch gar nichts. Dem Betrachter, der weit genug entfernt und mehr auf das Ganze als auf die Einzelheiten achtete, ging es mit einemmal auf, diese ganze Symphonie in Gelbrot sei in Wahrheit nichts anderes als ein Porträt, ein Kopf, dessen Haupt- und Barthaar mit seiner reichen Fülle den Stoff abgab für diese ganze waldesdichte Welt – für das Fellkleid der Tiere, das Geäst der Bäume, das Gefieder der wilden Vögel. Es war, ja, es war das Bildnis Kheir ed Dins, auf seine Grundfarbe vereinfacht, deren Töne allesamt – von den schwächsten bis zu den sattesten – wundervoll sanft das Auge beglückten.

»Welch eine Harmonie!« murmelte Kheir ed Din nach langem, bewunderndem Schweigen.

»Die Künstlerin kommt aus dem Norden Europas«, glaubte Achmed erläutern zu müssen. »Was sie hier darstellt, ist eine Landschaft bei ihr zu Hause im Oktober, wenn die Jagd wieder beginnt. Das ist im hohen Norden die königlichste Zeit des Jahres.«

»Es ist mein Bildnis«, beharrte Kheir ed Din.

»Gewiß, Herr. Das ist Kerstins Kunst: von der Kohleskizze ausgehend, die sie von mir hatte, und vor dem geistigen Auge das Bild einer schlichten skandinavischen Herbstlandschaft, erfaßte sie sofort das untergründig Verwandte zwischen Eurem Gesicht und dieser Landschaft und hat Euer Bildnis derart in das Unterholz hineinverwoben, daß niemand genau sagen kann, was nun Laubwerk und was Haar, was Reineke Fuchs und was Bart ist.«

Kheir ed Din war zur Wand getreten und strich mit beiden Händen über den Teppich.

»Mein Haar«, stammelte er, »mein Bart ...«

»Ja, wirklich, das seid Ihr, wieder eingesetzt in Eure Würde, als König der Bäume, als König der Tiere«, sagte Achmed.

Und er dachte im stillen an einen geheimnisvollen Satz zurück, den Kerstin geäußert, als er Kheir ed Dins rotes Haar und dessen schmachvolle Ursache erwähnt hatte:

»Was eine Frau angetan hat, können allein die Hände einer Frau wieder abtun.«

Um besser zu spüren, wie sanft, wie weich er sei, hatte Kheir ed Din seine Wange an den Teppich geschmiegt. Dann, mit einer Wendung des Kopfes, grub er das Gesicht darein.

»Welch guter, kräftiger Geruch!« rief er aus.

»Der Geruch der Natur, der Geruch der Rothaarigen«, sagte Achmed. »Es ist Wolle von wilden Schafen, im Gebirgsbach gewaschen und auf Euphorbienbüschen getrocknet. Ja, das macht die große Überlegenheit der Teppichkunst über die Malerei aus: ein Wandteppich ist dazu da, betrachtet zu werden, aber auch befühlt und gar mit dem Geruchssinn erspürt zu werden.«

Da tat Kheir ed Din etwas, so unerhört und neu, daß es die Höflinge, die ihn begleiteten, mit Entsetzen erfüllte:

Mit einem Ruck riß er den grünen Seidenüberzug ab, der sein Kinn verhüllte, und schleuderte seinen großen Turban zur Erde. Dann schüttelte er sein Haupt wie ein Raubtier, wenn es die Mähne üppig schwellen läßt.

»Rotbart!« brüllte er. »Sultan Rotbart heiße ich! Mag man das nur sagen! Ich will, daß dieser Wandteppich an gebührendem Platz hinter meinem Thron den Ehrensaal ziere!«

Tags darauf* setzte Sultan Moulay Hassan, der die italienischen Fürsten, den Papst und Kaiser Karl V. auf seine Seite gebracht hatte, mit einer Flotte von vierhundert Segeln ein dreißigtausend Mann starkes Heer an Land und eroberte Tunis zurück.

Kheir ed Din flüchtete nach Europa, ins Land der gelbroten Herbste, und wurde dort der Freund Franz' I., des Königs von Frankreich. Er erlebte noch vielerlei Abenteuer, doch niemals mehr verbarg er sein Haar und seinen Bart.

* am 14. Juli 1535

War auch Zett Zobeida in der Menge geblieben, um dem Märchenerzähler Abdullah Fehr zuzuhören? Idris hatte mit den Blicken nach ihr gesucht, es aber, von dem Erzählten mitgerissen, schließlich aufgegeben. Nun, da alles wortlos aufstand, konnte er der Lockung vom Ksar Chraia her nicht widerstehen, wo sich die Musikantengruppe niedergelassen hatte. Schweigend schritt er vorwärts bis zu den ersten Mauern des Ksar. Hier standen, von spärlichen Lichtern belebt, zwei Zelte. Gemurmel war zu hören, das Geschrei eines kleinen Kindes, dann wieder ersticktes Lachen. Plötzlich das wütende Bellen eines Hundes. Dann eine Männerstimme, die ihm befahl, still zu sein. Gleich darauf sirrte ein Stein an Idris' Ohren vorbei und ließ dicht neben ihm Geröll herabbröckeln. Eiligst machte er kehrt. Doch später lag er lange auf der Terrasse des Elternhauses, die weit offenen Augen auf den schwarzen Himmel gerichtet, ohne Schlaf zu finden. Grille, Libelle, Schrift, Libell – der alte Kehrvers tanzte ihm immerfort im Kopf herum, und wieder sah er vor sich Zett Zobeidas nackten Bauch, der stumm zu ihm sprach. Kerstin aber, die blonde Frau aus dem Nordland mit ihren vielfarbigen Wollfäden gab den Bildern etwas Samten-Zartes, das selbst einen von der Natur körperlich noch so sehr Benachteiligten mit seinem eigenen Bildnis versöhnte. Wäre Kerstin dies mit einem

Fotoapparat ebenso gelungen? Sicher nicht. Mit welchem Blick würde sich Idris auf dem Foto sehen, das die blonde Frau gemacht hatte? Er mußte wohl ein bißchen geschlafen haben, denn er hatte den Himmel nicht hell werden sehen, und der östliche Horizont färbte sich rosen, als er aufstand. Er mußte nochmals zurück zum Lager der Musikanten. Er rannte in Richtung Ksar Chraia. Aus Vorsicht lief er langsamer und verbarg sich, als er zu den ersten Ruinen kam, hinter zerfallenen Mauern. Unnötige Vorsicht: Die beiden Zelte sind verschwunden. Idris geht hinüber zu dem Platz, wo das Lager war. Nichts ist mehr da außer erloschenen und rauchenden Feuerstellen, verfaulten Früchten, Kothaufen, undefinierbaren Resten, die Idris mit dem nackten Fuß umdreht. Unsagbare Schwermut überkommt ihn. Fort! Fort will er, mit ihr! Wie die blonde Frau in ihrem Landrover. Fort – oder sonst heiraten, den Riten getreu! Fort, lieber fort!

Mit einemmal sieht Idris im Sand zwischen seinen Zehen etwas blinken. Er bückt sich und hat Zett Zobeidas schönstes Schmuckstück in der Hand: den Goldtropfen mit seiner zerrissenen Lederschnur. Er läßt ihn in der hohlen Hand kullern. Er hält ihn an der Schnur in die Höhe und läßt ihn in der aufgehenden Sonne tanzen.

Die Grille trägt eine Schrift auf ihren Flügeln,
Die Libelle läßt einen Libell beben auf ihren Flügeln ...

Wieder hat er sie im Ohr, die Musik, die ihn verfolgt, der Tanz Zett Zobeidas, der schwarzen Frau mit dem Juwel, das abstrakt, absolut, in der Natur ohne Vor-

bild ist. Und da tanzt er selber, tanzt mitten auf diesem schmutzigen Gelände im jungen Licht des Morgens.
Dann steckt er den Goldtropfen in die Tasche und läuft davon.

Der übernächste Tag war Salah Brahims Tag. Mit seinem alten Renault-Lastwagen befuhr Salah Brahim die dreihundert Kilometer lange Strecke Tabelbala–Béni Abbès hin und zurück und brachte den Leuten in der Oase ihre Post und alles, was sie bei ihm bestellt hatten, als er das vorige Mal vorbeigekommen war: Werkzeug, Medikamente, Kleidungsstücke, ja sogar Salz und Sämereien, eine ganze Lastwagenladung, die überdies von Jahr zu Jahr mehr anschwoll – ein Zeichen dafür, daß die Fähigkeit der Oase, sich selbst zu versorgen, im Schwinden begriffen war. Wenn Salah Brahim am späten Vormittag anlangte – er war in Béni Abbès beim Morgengrauen abgefahren –, so war das immer ein bißchen ein Ereignis. Seine Art, mit seinem ganzen urwüchsigen Mutterwitz zur Postverteilung zu schreiten, machte ihn zu einer populären, von einigen freilich auch ein bißchen gefürchteten und verachteten Figur. Er war die wichtigste lebendige Verbindung zur Außenwelt, und sein Benehmen gegenüber den Leuten in der Oase war unterschiedlich, je nachdem, ob sie schon nach außerhalb gereist waren oder nicht. Denen, die nie aus Tabelbala hinausgekommen waren, begegnete er mit gönnerhafter Vertraulichkeit und mit überlegenem Gehabe, das viele beeindruckte, andere dagegen zur Weißglut brachte. In den Augen der Jungen, die davon träumten, die Heimat hinter sich zu lassen, stand er in glänzendem, doch verdächtigem Ansehen.

Idris wußte, daß sein Foto nicht schon unter der Post sein konnte, die vier Tage nach dem Auftauchen und Verschwinden des Landrovers ankam. Trotzdem war er bei der Postverteilung dabei, denn bei ihr würde er ja einmal auch das Foto bekommen, und so war nun jede Postverteilung etwas, das ihn anging und ihn immer mehr angehen würde, je wahrscheinlicher es wurde, daß das Foto kam. Wie lange würde er wohl darauf warten müssen? Drei, fünf, sieben Wochen? Sein Pech war, daß seine stumme Teilnahme an jeder Postverteilung Salah Brahim nicht entgehen konnte, und schon beim dritten Mal hatte der Lastwagenfahrer begonnen, ihn unversehens darauf anzusprechen und Anspielungen auf die ferne Braut zu machen, von der – so behauptete er – Idris verzweifelt einen Liebesbrief erwarte. Später ließ er den Worten auch Taten folgen. »Er ist da, er ist da!« rief er, einen Briefumschlag schwenkend, aus. Dann tat er, als entziffere er mühsam den Namen des Adressaten, und schloß mit jammervoller Miene: »Ach nein, mein armer Idris, es ist noch nicht für dich. Aber der Name, weißt du, ähnelt ein bißchen dem deinen. Du brennst ja, Idris, du brennst lichterloh! Hab' noch ein wenig Geduld!« Die herumstehenden Leute aus der Oase lachten schallend über diese Späße.

Idris wagte am Ende nicht mehr, sich blicken zu lassen, wenn der Lastwagen, weiß von Staub, vor der kleinen Schar der Wartenden hielt. Doch er versprach einem Jungen aus der Nachbarschaft eine Handvoll Datteln, wenn der zur Post gehe, und an dem Tag, da er ihm seinen Brief bringe, ein Taschenmesser. Und so sah er eines Morgens den Jungen atemlos heranstürmen: »Er ist da, er ist da, dein Brief ist angekommen!« Nur hatte Salah Brahim es abgelehnt, ihm den Brief anzuvertrauen. Er behauptete, ihn dem Empfänger eigenhändig übergeben zu müssen. »Aber das Taschenmesser, das gibst du mir trotzdem?« flehte der Junge. Idris schritt in aller Gemächlichkeit, wie ein Rest von Würde dies nach den Witzen des Fernfahrers verlangte, zu dem Lastwagen hinüber. Salah Brahim tat zuerst, als sähe er ihn nicht, und setzte das Aufrufen der Namen fort. Als schließlich auch das letzte Päckchen den Lastwagen verlassen hatte, hielt er einen mit Stempeln bedeckten und mit Klebeband umgürteten, dicken Briefumschlag in die Höhe und brüllte Idris' Namen in alle vier Himmelsrichtungen. Da und dort platzte Gelächter los. Idris trat vor.

»Bist du das wohl?« erkundigte sich Salah Brahim mit schalkhafter Heuchelei. »Bist du Idris, dem dieser Liebesbrief weither von den Grenzen des Meeres gilt?«

Er mußte ein groteskes Verhör über sich ergehen lassen, bei dem die Männer um den Lastwagen her vor Lachen brüllten. Schließlich bekam Idris den Brief ausgehändigt, und alles wurde mucksmäuschenstill, als er sich anschickte, den Umschlag aufzureißen. Als das geschehen war, zog er eine großformatige, bunte Postkarte daraus hervor: Sie stellte einen quastengeschmückten Esel dar, der – den Kopf emporgereckt, das Gebiß weit entblößt – aus vollem Halse iahte. Salah Brahim, in einem Sturm von Gelächter und Beifall, setzte eine verwunderte Miene auf:

»Das ist wohl deine Braut? Oder ist das ein Foto von dir selbst?«

Idris warf die Postkarte weg und rannte, Tränen der

Wut unterdrückend, davon. Es war das erste Bild, das er dem Umstand verdankte, daß die blonde Frau mit dem Landrover sein Leben gekreuzt hatte.

Ob sich der Korporal Mogadem wohl die Frage stellte, weshalb sein Neffe Idris seit einiger Zeit um seinen Gourbi herumstrich und ihm schüchterne Besuche machte? Ob die Geschichte mit dem Landrover, wie sie die alte Kuka wortreich in der Oase verbreitet hatte, auch bis zu ihm gedrungen war? Nichts war fraglicher, und überdies – weshalb hätte sie ihn denn interessieren sollen? Er genoß in Tabelbala wegen seiner militärischen Vergangenheit, wegen seiner Kriegsteilnehmerrente und wegen des relativ behaglichen Lebens, das sie ihm ermöglichte, ein gewisses Ansehen. Aber er war alleinstehend. Er hatte es stets abgelehnt, zu heiraten, und das genügte, um ihn zu einem Außenseiter zu stempeln, und nie war jemand auf die Idee gekommen, ihn zu benennen, wenn es darum ging, Ersatz für ein ausgeschiedenes Mitglied der Djemaa zu finden. Eine Zeitlang immerhin hatte er sich für seinen Neffen interessiert und ihn nicht nur französisch sprechen, sondern auch notdürftig lesen und schreiben gelehrt.

Er hatte gerade ein Gewehr in seine Einzelteile zerlegt und war dabei, sie zu reinigen, als Idris ins Haus schlüpfte. Wie gewöhnlich fiel zwischen ihnen kein Wort der Begrüßung. Idris, den Rücken an die Wand gelehnt, sah seinem Onkel ein Weilchen zu.

»Ist das dein Gewehr vom Krieg her?« fragte er schließlich.

»O nein! Wo denkst du hin!« sagte Mogadem. »Ein Gewehr für den Krieg, das sieht anders aus. Das da ist gerade recht fürs Spatzenschießen!«

Er lachte, nahm den Lauf des Gewehrs und schaute, ein Auge zukneifend, wie durch ein Fernglas hindurch.

»Und für Gazellen? Ist es dafür auch gut?« wollte Idris wissen.

»Für Gazellen, ja, und für Kamele, und sogar für Diebe. Für Soldaten braucht man ein richtiges Gewehr. In Italien, da hatte ich ein 7,5 Millimeter mit versenkbarem Bajonett und fünfschüssigem Magazin. Die Deutschen, die hatten fast alle Maschinenpistolen. Die Maschinenpistolen, die spritzen nur so. Die sind gut für den Kampf Haus um Haus in einer Stadt. Aber die reichen nicht weit und treffen nicht genau. Zum Schießen auf größere Entfernung gibt's nichts außer dem Gewehr.«

Während er redet, spaziert Idris durchs Zimmer. Er kennt nichts Prächtigeres, nichts Komfortableres als Onkel Mogadems Haus. Die Wände sind über und über voller Jagdtrophäen: Gazellengehörne, ein ausgestopfter Milan, ein Fächer aus Straußenfedern, der Kopf eines Wüstenfuchses, der sein kleines rotes Maul aufsperrt. Auf einer samtüberzogenen Kiste steht ein Batterieradio, das Idris nie hat spielen hören, weil man – wie Mogadem ihm erklärt hat – die Sender nur nachts gut hereinbekommt. Was Idris' Aufmerksamkeit jedoch vor allem fesselt, ist ein Bilderrahmen: Er birgt unter Glas das Croix de Guerre und ein unscharfes, vergilbtes Foto, auf dem man einen erstaunlich jungen Mogadem nebst zwei Kameraden erkennt, beide wie er lächelnd in ihrer schönen Uniform.

Der Korporal schaut auf und wischt sich an einem fettigen Lappen die Hände ab.

»Na, du darfst es dir anschauen, das Foto! Es ist wohl das einzige, das es in Tabelbala gibt. Es gab einmal noch das Foto von Mustapha, der auf Hochzeitsreise nach Algier gefahren war. Er hatte sich mit seiner Frau fotografieren lassen. Aber das Foto ist, glaube ich, verschwunden. Vielleicht hat die Schwiegermutter es verbrannt. Die Alten hier mögen Fotos nicht besonders. Sie glauben, ein Foto, das bringt Unglück. Sie sind abergläubisch, die Alten...«

»Und du? Glaubst du nicht, ein Foto kann Unglück bringen?« fragt Idris.

»Ja und nein. Meine Vorstellung, siehst du, ist die, daß man ein Foto festhalten, es bändigen muß«, sagt er und macht dabei mit beiden Händen eine Bewegung, als packte er etwas mit festem Griff. »Deshalb hatte Mustapha von dem Foto aus Algier nichts zu fürchten: es hing mit Stecknadeln fest an der Wand. Man sah es täglich. Ebenso wie das hier. Ich halte es da unter seinem Glas eingesperrt und hab' ein wachsames Auge darauf. Das Foto, weißt du, hat ja eine ganze Geschichte. Eine tragische Geschichte. Hör dir das an. Wir waren in einem Dorf bei Cassino in Ruhestellung. Da war ein Kerl vom Fotografischen Dienst der Armee. Er hat eine Aufnahme von mir mit diesen beiden Kameraden gemacht. In der Ruhestellung lagen verschiedene Abteilungen beisammen, und die zwei Burschen, die bei mir sitzen, gehörten zu einer anderen Abteilung als ich. Aber wir kannten uns. In der Ruhestellung trafen wir uns wieder. Und hatten viel Spaß miteinander. Zwei Tage später begegne ich dem Fotografen. Er zieht einen Umschlag aus der Tasche und gibt ihn mir. Darin ist in drei Exemplaren das Foto: ›Das ist für dich und deine Kameraden‹, sagt er. ›Du mußt jedem seines geben.‹ Ich bedanke mich und warte, bis ich den beiden anderen begegne. Gelegenheit dazu ergibt sich nicht. Am übernächsten Tag mußten wir alle wieder vor an die Front. Das war am 30. April 1944. Das Datum werde ich schwerlich vergessen. Wir griffen wieder die Deutschen an, die sich im Kloster Monte Cassino verschanzt hatten. Mindestens zweimal schon hatten sich die Amerikaner die Zähne daran ausgebissen. Jetzt waren wir an der Reihe. War das ein Gemetzel! Auf beiden Seiten, bei den Alliierten und bei den Deutschen. Dabei hab' ich mein Croix bekommen. Du denkst, ich hätte die Fotos vergessen! Dabei trug ich sie immer bei mir, schön warm an meiner Brust, ein Detail, auf das es ankommt. In der Woche danach lagen wir wieder in Ruhestellung. Ich gehe hinüber zur Abteilung meiner beiden Kameraden. Diese Abteilung hatte es bös erwischt. Nun, und nach einigem Suchen habe ich schließlich erfahren, daß sie alle beide gefallen waren...«

Schweigend betrachtet er das gerahmte Foto an der Wand.

»Das ist eine Geschichte, die mich nachdenklich gemacht hat, weißt du. Ich meine, daß dieses Foto, weil ich es bei mir trug, mir eher Glück gebracht hat. Die anderen, die zwei Kameraden, die hatten aber – wofür sie natürlich nichts konnten – ihr Bild entwischen lassen. Das darf man nicht. Ich kann nicht umhin zu denken: Hätte ich den beiden ihre Fotos geben können, so wäre ihnen vielleicht nichts geschehen.«

»Und ihre Fotos – was hast du mit denen gemacht?«
will Idris wissen.

»Ich habe sie beim Chef ihrer Abteilung abgegeben,
damit der sie ihren Angehörigen schickte. Es waren
Algerier, der eine aus Tlemcen, der andere aus Mosta-
ganem.«

Idris fragt sich, ob sein Onkel denn Bescheid weiß über
die Geschichte mit dem Foto, das die blonde Frau von
ihm gemacht hat. Er zweifelt nicht mehr daran, als
Mogadem ihm nach kurzem Schweigen ins Gesicht
schaut und sagt:

»Nein, weißt du, Fotos, die muß man hüten. Die darf
man nicht sausen lassen!«

Fort! Sich auf den Weg machen gen Norden wie so viele andere aus Tabelbala, aber auch aus Djanet, aus Tamanrasset, aus In Salah, aus Timioun, aus El Golea, aus all diesen grünen Flecken auf der gelbbraunen Karte der Wüste. Das war der Rat, den Ibrahims jäher Tod, die Gestalt der blonden Frau, die Legende von Kheir ed Din, die Sarkasmen Salah Brahims und sogar der Bericht Onkel Mogadems ihm gaben. Aber es war auch das Drängen eines alten nomadischen Urtriebs, der sich nicht abfinden wollte mit einer am Geburtsort fest verwurzelten Zukunft, mit einem wandelnden Gefängnis, wie Frau und Kinder es für einen Mann darstellen: gemütswarm, aber darum erst recht zu fürchten. Nein, er war fest entschlossen, nicht zu heiraten. Obendrein lieferte ihm seine Armut dafür ein vortreffliches Alibi. Wo sollte er die Mitgift hernehmen, die ein junger Mann seinem künftigen Schwiegervater entrichten muß, wenn er nicht im Norden droben arbeiten ging? Und so versprach er auch seiner seit drei Jahren verwitweten Mutter, die erschrak, ihn aufbrechen zu sehen, er werde ihr einen Teil seines künftigen Verdienstes schicken. So werde sie, ebenso wie seine fünf Geschwister, nicht mittellos sein. Und er führte als Beispiel sechs Leute aus der Oase an, die zugunsten ihrer Angehörigen in unregelmäßigen Abständen Geld an den Lebensmittelhändler in Tabelbala überwiesen.

Auch bei einem entfernten Vetter war das der Fall, einem fröhlichen, großzügigen Burschen, der Tabelbala schon vor einigen Jahren verlassen hatte, um in Paris zu arbeiten, der aber die ganze Zeit hindurch immer wieder von sich hatte hören lassen. Ihm würde man schreiben und ihm Idris' Eintreffen ankündigen, und so würde der Junge in Paris eine Adresse und jemanden haben, den er kannte.

Es war ganz natürlich, daß er Onkel Mogadem als erstem seinen Entschluß mitteilte, in Bälde fortzugehen. Er traf ihn an, wie er, eine Armeefeldmütze auf dem Kopf und Pfeife rauchend, auf dem Mauervorsprung saß, der bei den Gourbis unten an der Außenwand eine Bank bildet. Schweigend wartete Idris, daß sein Onkel als erster spräche. Mogadem hatte es nicht eilig. Friedlich ins Blaue blickend sog er an seiner Pfeife. Endlich raffte er sich auf:

»Stimmt das, was man sagt? Du willst fort?«

»Ja, ich will auf Arbeitssuche in den Norden.«

»Gehst du nach Béni Abbès?«

»Ja, und dann weiter.«

»Nach Béchar?«

»Ja, und dann weiter.«

»Du willst übers Meer nach Marseille?«

»Nicht nur nach Marseille.«

»Du willst nach Paris?«

»Nach Paris, ja, und mir Arbeit suchen.«

Eine ganze Weile schien es Mogadem nur zu interessieren, ob seine Pfeife zog. Dann blickte er, die Augen ironisch verkniffen, zu seinem Neffen auf.

»Arbeit suchen? Geht es nicht eher um eine blonde Frau, die du in Paris suchen willst?«
»Das weiß ich nicht.«
»Das weißt du wirklich nicht?«
»Vielleicht ist das dasselbe.«

Mogadem stand Idris nahe genug, um zu begreifen, was der meinte. Norden, Arbeit, Geld, platinblonde Frauen – das alles gehörte zu ein und demselben Ganzen, das unklar, aber herrlich war. Gewissermaßen das Gegenteil von Tabelbala. Aber da war noch etwas anderes, und Mogadem wußte es besser als irgendeiner.

»Na ja, ich werd' dir sagen, was du im Norden suchst. Du suchst das Foto, das man dir entwendet hat und das von alleine niemals nach Tabelbala kommt. Geh' und hol' dein Foto, bring' es her und hefte es an die Wand deiner Kammer, wie ich hier das meine. Das ist besser so. Dann kannst du heiraten und Kinder haben. Falls du nicht lieber allein bleiben willst wie ich.«

Idris setzte sich zu ihm. Sie wechselten kein Wort mehr, aber ihre Gedanken nahmen wohl denselben Lauf. Im Geiste sahen sie Idris von Tabelbala, der zu Idris von Béni Abbès, Idris von Béchar, Idris von Oran, Idris von Marseille, Idris von Paris geworden und schließlich an seinen Ausgangspunkt, auf diese Bank aus gestampftem Lehm, zurückgekehrt war. Äußerlich würde er wohl den alten Oasenbewohnern ähnlich sein, deren schläfrige Augen die Oase nicht mehr sehen, weil sie nie etwas anderes gesehen haben. Aber er, er würde Augen haben zum Sehen, Augen, geschärft vom Meer und von der Großstadt und erleuchtet von schweigsamer Weisheit.

Auf Geheiß seiner Mutter hatte er seinen nackten Fuß auf die Schwelle des Hauses gestellt, und sie hatte ein wenig Wasser darübergegossen. »Auf daß dein Fuß dieser Schwelle gedenke und dich zu ihr zurückbringe«, so hatte sie gesprochen. Nun ist er fort. Ist unterwegs auf der Piste nach Nordosten, nach Béni Abbès. Doch Tabelbala ist für ihn noch nicht zu Ende. Als er die Oase hinter sich läßt, gesellt sich Orta, der Sloughi der Nachbarn, zu ihm. Ein edles, rassiges Tier. Seine Pfoten sind mit einem Brandmal gezeichnet, um Unheil abzuhalten. Als Idris noch seine Wüstenfuchs- und Schnepfenfallen leerte, war er immer glücklich und stolz, wenn das goldbraune Windspiel seine Volten und Sprünge um ihn vollführte. Orta begrüßt ihn stürmisch. Wenn der Junge von der Oase fortstrebt – geht's da nicht auf die Jagd? Idris bleibt stehen und befiehlt dem Tier, zurück ins Dorf zu laufen. Der Windhund, die Ohren angelegt, schweifwedelnd, umkreist ihn nur. Idris ist gezwungen, die Bewegung zu machen, die der Hund fürchtet: Er hebt einen Stein auf. Der Hund winselt und geht auf Abstand. Idris droht ihm. Der Hund zieht den Schwanz ein und sucht das Weite. Idris macht sich wieder auf den Weg. Das wenigstens hätte ihm erspart bleiben können! Diese Abschiedsszene setzte ihm schlimmer zu als alles andere.

Er weiß, er wird die hundertfünfzig Kilometer, die ihn von Béni Abbès trennen, nicht zu Fuß zurücklegen. Auf einer Wüstenpiste geht man nie lange zu Fuß. Auf Wüstenpisten herrscht das Gesetz der Freundschaft und Hilfsbereitschaft. Und Idris wandert dahin, hat die aufgehende Sonne zu seiner Rechten und eine Mondsichel zu seiner Linken und weiß, in einer Minute, in einer Stunde, oder wenn ihm die Sonne mit ihrer ganzen lautlosen Wut aufs Haupt herunterbrennt, wird er von einem Fahrzeug aufgelesen und mitgenommen werden, das ihn seinem Ziel näher bringt. Er träumt, das möchte ein Landrover sein, mit einer blonden Frau am Steuer – eine von denen, die mit einem Kästchen auf Bilderfang ausgehen –, doch diesmal würde sie den jungen Burschen ganz und gar mit sich nehmen. Kein Mann würde neben ihr sitzen, und so würde Idris ihr ein willkommener Reisegefährte sein. Gehört es sich denn für eine Frau, allein durch die Wüste zu fahren? Außerdem würde sie beim Führen ihres schweren, mit all dem ganzen Pistenzeug überladenen Wagens rasch müde werden und darum bald froh sein, das Steuer ihrem jungen Reisegenossen zu überlassen, der damit Herr des Fahrzeugs und Beschützer der Frau würde.

Bis hierher war er in seinen Träumereien gekommen, als das ferne Dröhnen eines Motors ihn veranlaßt, stehenzubleiben. Hinter ihm, am Ausgangspunkt einer ungeheuren Staubwolke, ist ein kleiner schwarzer Fleck zu sehen. Stehenbleiben ist ein eindeutiger Ausdruck für die Bitte, einsteigen zu dürfen. Das Winken mit erhobenem Daumen, in Europa das Zeichen der Tramper, ist hier unbekannt. Man wartet, sonst nichts. Idris bleibt stehen und wartet. Und jählings packt ihn blankes Entsetzen. Er hat, schwitzend und schnaubend, Salah Brahims alten Renault-Lastwagen erkannt. Seine erste Regung ist, von der Piste wegzulaufen, so schnell ihn seine Beine tragen. Doch der Fahrer hat ihn sicherlich schon erkannt, und dieses Fortrennen wäre unter seiner Würde gewesen. Darum setzt er seinen Weg fort, dem Lastwagen hartnäckig den Rücken kehrend und damit klar bekundend, daß er kein Anwärter fürs Mitfahren ist, daß er von dem großmäuligen Fahrer, der ihn so übel lächerlich gemacht hat, nichts haben will. Und wenn der Lastwagen dennoch hält, wird Salah Brahim in der Situation des Bittstellers sein.

Lauter und lauter wird der Höllenlärm der ankommenden alten Klapperkiste. Idris kostet es Mühe, nicht zurückzuschauen. Er kann freilich nicht umhin, nach rechts auszuweichen, denn das Gefühl, daß das Ungetüm mit all seinen Blechteilen, Ketten, Achsen und Kolben von hinten herandonnert, ist einigermaßen unheimlich. Ob Salah Brahim wohl hält? Nein. Idris sieht links neben sich die dampfende Schnauze des Untiers, das ihn überholt, die eisenklirrende Wucht, die an ihm vorbeidröhnt, und schon ertrinkt er in einer Staubwolke. Er hat noch Zeit, das rückwärtige Planenverdeck zu erkennen, ehe es verschwindet. Und urplötzlich hört der Lärm auf. Der Staub verzieht sich. Der Lastwagen hält. Das linke Fahrerhausfenster ist offen, und Salah Brahims lachender Kopf schaut heraus und mit ihm seine tätowierten, nackten Arme und, im engen, khakifarbenen Armeetrikot, sein behaarter Oberkörper.

»Ah – hab' mir doch gesagt, wer ist dieser stolze Fußwanderer, der mir den Rücken kehrt! Das ist ja Idris! Also auf diese Art bist du jetzt unterwegs nach Norden?«

»Das siehst du ja«, bestätigte Idris kühl.

»Ich frage dich nicht, wohin du gehst und weshalb. Du weißt ja, wie taktvoll ich bin. Das geht mich nichts an. Und was mich nichts angeht, das ist für mich tabu. Wie könnte ich sonst das Metier betreiben, das ich betreibe, und all diese Post, diese Pakete befördern? Aber unterstellen wir mal, du lenkst, so wie du dastehst, deine Schritte gen Béni Abbès, na? Da wär's doch zu dumm, nicht von Salah Brahims Lastwagen zu profitieren, wie?«

Und bei diesen Worten hat er die rechte Tür geöffnet und sich mit einem Satz wieder auf den Fahrersitz geschwungen. Idris bleibt nichts übrig, als widerwillig einzusteigen. Immerhin hat er keine Bitte geäußert. Der Fahrer scheint es gut zu meinen. Darf man annehmen, daß er wegen des Streichs mit dem Eselsfoto doch Gewissensbisse hat, oder will er den jungen Kerl wiederum nur zum besten haben?

»Ich kann nicht lange halten«, erklärt er, indem er die Kupplung losläßt. »Dreht der Motor im Leerlauf, so wird er heiß. Und wenn ich ihn abstelle, kann niemand sagen, ob er wieder anläuft. Weißt du, es gibt Leute, die davon reden, sie gingen in den Ruhestand. Meinen Ruhestand, den tret' ich an, wenn mein Lastwagen mich entläßt. Einen Zwangsruhestand, weil ich nicht sehe, wie ich den hier ersetzen könnte, meinen Lastwagen. Aber ich frag' mich auch, was aus ihnen, den Leuten von Tabelbala wird, wenn Salah Brahim einmal nicht mehr kommt. Wahr ist freilich, daß es bis dahin in Tabelbala vielleicht niemanden mehr gibt. Heute gehst du. Letzten Monat habe ich deinen Vetter Ali mitgenommen. Und drei Monate früher hab' ich vier aufgelesen, die wie du auf der Piste nach Norden zogen. Manche Leute fragen sich, wann die aufhört, diese Flucht. Ich sage: Die hört auf, wenn in der Oase nur noch alte Leute leben. Du wirst mir sagen: Was soll ein Junger in Tabelbala? Kein Kino, kein Fernsehen, ja nicht einmal ein Ball, bei dem er tanzen kann. Arbeit? Datteln und Ziegen, das ist alles. Nicht verwunderlich also, daß die Jungen sich aus dem Staub machen. Beachte, daß ich nie derjenige bin, der sie zum Fortgehen von der Oase veranlaßt. Oh, das nicht! Verrückt ist er nicht, der Salah Brahim! Ich weiß genau, was die Leute dächten und was mir früher oder später passierte, wenn ich im Ruf stünde, ich holte aus der Oase die Jungen weg! Schon jetzt gibt es Leute, die mich nicht mögen. Nein, die Jungs, die gehen ohne mich fort, auf eigenen Füßen. Später vielleicht, nicht immer, fahr' ich mit meinem dicken rollenden Besen darüber und kehr' sie zusammen. Was soll's, ich bin nun mal gern gefällig! Wenn ich von Tabelbala nach Béni Abbès fahre, versteht sich. Fahre ich nämlich von Béni Abbès nach Tabelbala zurück, nun, da ist nie jemand auf der Piste zum Mitfahren! Tabelbala – das wird eben immer leerer, nicht voller!«

Idris hörte nur mit einem Ohr auf Salah Brahims Geschwätz, das sich mit dem Dröhnen des Motors mischte. Drei Worte jedoch waren unwiderstehlich-verführerisch in seinem Kopf aufgeblitzt: Kino, Fernsehen, Ball. Mit ihrem magisch-phosphoreszierenden Schimmern waren sie das Kolorit des so neuen, so beglückenden Gefühls, zwei Meter über der Piste in einem Sessel sitzend in schnellem Tempo dahinzusausen. Kein Kamel konnte das ersetzen. Welch ein Wunder, das motorisierte, automatisierte, moderne Leben! Die rötliche Erde wies Schluchten und rundliche Anschwemmungen auf, ähnlich dem Relief eines Strandes, den die ablaufende Ebbe gerade erst freigelegt hat. Dabei war hier seit Jahren, vielleicht seit Jahrhunderten kein Tropfen Regen gefallen. Idris, der diesen Boden als sein ureigenes Element kannte, entdeckte ihn durch den Lastwagen aus einer neuen Sicht. Er erfuhr, daß Sandkuhlen das Fahrzeug jäh abbremsen, daß Spurrinnen es aus dem Gleichgewicht bringen, daß Felsen, die kaum aus dem Boden ragen, verteufelt plötzlich auftauchen können. Und, als hätte es so kommen müssen, fuhren sie mit einemmal wie auf Wellblech. Salah Brahim stieß einen Fluch aus, schaltete zurück und trat das Gas durch. Mit rasendem Schüttern stürmte das Fahrzeug vorwärts. Die Achsen bebten. Alles, was der Lastwagen geladen hatte, hüpfte und zuckte. Zähneklappernd schauten Salah Brahim und Idris einander an.

»Man muß über achtzig schnell sein«, stieß der Fahrer hervor, »oder aber Schritt fahren.«

Die überanstrengte alte Klapperkiste schien jetzt über die Hindernisse nur so wegzufliegen. Das furchtbare Stoßen und Holpern beim Gasgeben war zu einem nahezu erträglichen Zittern geworden. Gewandt wich Salah Brahim den Löchern und den offensichtlichen Buckeln auf der Piste aus.

»Käm' ich mit voller Ladung aus Béni Abbès, so könnt' ich das nicht machen. Aber mit dem leeren Wagen geht's, wenn ich achtgebe.«

Plötzlich sauste eine Gazelle vor den Lastwagen. In weiten Fluchten jagte sie dahin, so leicht, als wär's für sie ein Spiel. Idris dachte einen Augenblick, der Fahrer wolle das Tier verfolgen, aber das sah nur so aus. Zu einer so nutzlosen und gefährlichen Kinderei hätte er sich nicht hinreißen lassen. Idris war enttäuscht zu sehen, wie die Gazelle schräg nach links abbog und seinem Blick entschwand.

»Früher, als der Lastwagen und ich noch jünger waren«, meinte Salah Brahim dazu, »da hätte ich versucht, sie zu schießen. Ja, ich hatte immer mein Gewehr im Fahrerhaus. Mit der rechten Hand hielt ich das Lenkrad, und mit der linken schoß ich. Aber damit ist es vorbei. Übrigens fahren wir für meinen Motor zu schnell. Wenn das Wellblech in zehn Minuten immer noch so weitergeht, müssen wir haltmachen.«

Sie brauchten nicht haltzumachen. Auf das Wellblech war eine Sandfläche gefolgt, hart wie eine Zementplatte; darauf rollte das Fahrzeug rasch und sanft dahin. Die Erleichterung war so spürbar, daß die beiden im Fahrerhaus sich locker zurücklehnten.

»Fech-fech«, äußerte Salah Brahim. »Eine Kruste aus Sand und Lehm. Das reine Vergnügen, solange die Kruste das Gewicht eines Lastwagens aushält. Aber wenn sie einbricht, oh, là, là! Dann wird's ein Bockspringen, Bruder, ein Bockspringen!«

Wegen der schnellen Fahrt und des starken Luftzugs im Fahrerhaus hätte man die Hitze fast vergessen mögen. Doch die Landschaft hatte jenen stumpfen Ausdruck, wie sie ihn unter dem Hämmern der Sonne annimmt, die im Scheitelpunkt ihrer Bahn steht. Salah und Idris, etwas schläfrig geworden und halb bewußt, daß sie der Gluthitze wunderbarerweise entgingen, schwiegen eine ganze Weile. Daß sie nun einer gespenstischen

Oase ansichtig wurden, ließ die Trauer, die das Übermaß an Licht, das Fehlen von Schatten einer Landschaft verleihen, nur noch lastender werden. Man gewahrte einzelne Wände, einen verfallenen Schafstall hinter einer Reihe grindiger Palmen und die weiße Kuppel einer kleinen Moschee.

»Siehst du«, brummte Salah Brahim, »hier sind nur noch die Toten zu Hause. Ich frage mich oft, ob's in Tabelbala nicht in wenigen Jahren genauso ist.«

Er mußte das Gas wegnehmen und kam nun in ein Gebiet mit weißem Sand, der wie Schnee blendete.

»Ich habe mir sagen lassen, im Osten, bei El Oued, da sei der Sand ganz und gar weiß, wie hier«, erzählte Salah Brahim. »Bei uns, da ist er eher gelb. Das mag ich lieber. Der weiße Sand hier, der ist schlecht für den Wagen, und er tut auch den Augen weh.«

Das Fahrzeug schleuderte und rutschte nach rechts und nach links wie auf Glatteis. Salah Brahim knurrte einen Fluch. Ein Mann stand regungslos am Rand der Piste. Er regte keinen Finger, doch seine Haltung sagte deutlich genug, er warte auf den Lastwagen. Idris hatte den Eindruck, Salah Brahim gebe Gas, und tatsächlich fuhren sie in raschem Tempo an dem Fußgänger vorbei – jedoch nur, um gleich darauf abzubremsen und anzuhalten. Aus dem Fenster lehnend sah Idris den Mann auf den Wagen zulaufen. Er war noch ungefähr zehn Meter von ihm entfernt, als Salah Brahim anfuhr und wieder Gas gab. Das Fahrzeug setzte sich in Bewegung, kam in Fahrt und vergrößerte so den Abstand zu dem Mann, der langsamer wurde und schließlich stehenblieb. Sogleich fuhr auch der Lastwagen wieder langsamer und hielt. Der Mann fing erneut an zu laufen, um den Wagen zu erreichen. Salah Brahim fuhr an und brauste abermals in rascher Fahrt davon. Verwirrt hörte der Mann auf zu laufen und ging mit gleichwohl noch beschleunigtem Schritt am Rand der Piste weiter. Der Lastwagen fuhr erneut langsamer und hielt.

»Weshalb machst du das?« fragte Idris.

»Ich muß ihn mitnehmen, das ist Gesetz. Aber ich mag ihn nicht. Und so soll er einiges zu leiden haben.«

»Wie heißt er?«

»Das weiß ich nicht.«

»Also kennst du ihn gar nicht?«

»Den? Nein. Aber es ist ein Toubou.«

Mehr braucht Idris nicht zu fragen. Obschon er in Tabelbala nie einen Toubou gesehen hatte, kannte er den entsetzlich schlechten Ruf dieser schwarzen Nomaden aus dem Tibesti, die durch das Seßhaftwerden dezimiert, in alle Winde zerstreut und zu Vagabunden und Abenteurern der Wüste geworden waren. Man sagte ihnen nach, sie seien faul und doch unermüdlich, seien Trunkenbolde und Freßsäcke und doch übermenschlich genügsame Wüstenwanderer, sie seien wortkarg, aber sobald sie den Mund aufmachten, große Schwindler und Angeber, sie seien scheue Einzelgänger, aber sobald sie beisammen seien, Diebe, Frauenschänder und Mörder. All dies lag auch in dem harten Gesicht mit dem stechenden Blick, das im Fensterrahmen des Lastwagens auftauchte. Salah Brahim zog Idris recht unsanft an sich, um für den Neuankömmling Platz zu schaffen. Dann setzte sich der Lastwagen in Bewegung, der Fahrer jedoch hüllte sich nun in feindseliges Schweigen. Bald kam eine Schotterstrecke, und sie mußten, um die Reifen zu schonen, langsamer fahren. Und dann verschwand jede Spur von einer Piste, und der Lastwagen schwenkte nun voll ostwärts ab, denn die Asphaltstraße Adrar–Béni Abbès konnte nicht mehr weit sein. Tatsächlich kam sie schon eine Stunde später in Sicht, und der Lastwagen bog nach links, in Richtung Norden, auf sie ein und konnte nun mit normaler Reisegeschwindigkeit fahren – einer Geschwindigkeit, die Idris berauschend erschien.

Sie mußten rund hundert Kilometer gefahren sein, als der Toubou plötzlich das Schweigen brach. In einem kehligen Dialekt gab er ein paar Worte von sich, und Idris erriet deren Sinn.

»Was sagt er?« fragte Salah Brahim.

»Er sagt: Die Straße ist unterbrochen«, übersetzte Idris.

»Offensichtlich«, knurrte Salah Brahim. »Er hat ebenso wie ich gemerkt, daß uns, seit wir die Straße befahren, kein einziges Fahrzeug begegnet ist. Das ist ganz und gar ungewöhnlich.«

»Wodurch kann denn die Straße unterbrochen sein?« fragte Idris.

»Oh, da gibt es nur einen möglichen Grund: das Wadi Sahoura. Es führt durchschnittlich einmal im Jahr Wasser. Bis dahin ist's noch eine Viertelstunde. Dann Inschallah!«

Zwanzig Kilometer weiter führte die Straße tatsächlich hinab in eine Art Talklinge und verschwand dort in einem Gebirgsbach, der wild tosendes, schokoladebraunes Wasser führte. Hinter einer Kolonne von Fahrzeugen, die nicht weiterkamen, mußte auch der Lastwagen anhalten. Auf der anderen Seite des Wadis, etwa hundert Meter entfernt, stand eine ähnliche Kolonne, die gleichfalls nicht weiterkam. Mangels einer Brücke durchquerte die Straße das Bett des Wadis auf einer etwa dreißig Zentimeter hohen Betonplatte. Zumeist konnte man trocken hinüberfahren. An diesem Tag jedoch war etliche Kilometer oberhalb ein Unwetter losgebrochen, und die Wassermassen davon überfluteten nun die Fahrbahn, ohne daß man genau abschätzen konnte, wie tief sie waren. Und das Ganze konnte ebensogut zwei Stunden wie zwei Tage dauern. Die drei Männer sprangen vom Fahrzeug und gingen hinunter zu einer Gruppe, die in angeregtem Palaver am Rand des Gießbachs stand. Die große Frage war, ob ein Fahrzeug bei der Tiefe und der Gewalt des strömenden Wassers eine Chance habe, hinüber ans andere Ufer zu kommen. Es war zu befürchten, daß sich auf der Betonplatte Schlamm abgesetzt hatte, so daß sie glitschig geworden war, und daß zudem der Auspuff unter Wasser geriete, was zwangsläufig zum Stillstand des Motors führen mußte. Ein junger Bursche krempelte seine Djellaba hoch und tastete sich, auf eine Stange gestützt, in die Strömung hinein. Er machte einige Schritte, sprang aber dann schnell ans Ufer zurück. Seine Beine waren über und über voller Wunden. Denn eines kam noch hinzu: die Steine, die der Strom pfeilschnell mitriß.

Etwas weiter drüben machten sich einige an einem alten Dodge zu schaffen, der Wollballen geladen hatte. Der Fahrer hatte gerade einen Gummischlauch an der Auspuffmündung befestigt und band ihn an die Pritsche, hoch genug, daß kein Wasser eindringen konnte. Er sprang auf den Fahrersitz und hupte mehrmals laut, um die allgemeine Aufmerksamkeit auf sich zu ziehen. Dann begann er die Böschung hinunterzufahren, und die Vorderräder des Dodge verschwanden in der schlammigen Flut. Der Versuch schien zunächst gelingen zu wollen, denn es zeigte sich, daß das Wasser nicht über Radhöhe stieg und keine lebenswichtigen Teile des Motors bedrohte. Mit braunen Dreckspritzern übersät, schaukelte das schwere Fahrzeug langsam vorwärts. Als es ungefähr ein Drittel der Strecke zurückgelegt hatte, war deutlich zu erkennen, daß es von der Richtung abkam. Gab es dem Druck der Strömung nach, der es auf dem glitschigen Grund nach links schob, oder hatte der Fahrer wegen des Gießbachs, der mit schwindelerregender Schnelligkeit vor der Windschutzscheibe vorbeischoß, keine klare Sicht mehr? Jetzt mußte der Lastwagen schon ganz am linken Rand der unsichtbaren Betonplatte sein. Und da – plötzlich neigte er sich nach links, zuerst vorne, dann auch hinten. Die Räder hatten keinen festen Grund mehr. Langsam kippte der Dodge und senkte sich zur Seite in die braune Flut. Nicht mehr als einen Meter tief konnte sie dort sein. Der Fahrer stieg durchs rechte Fenster nach oben aus und begann, heftig, verzweiflungsvoll gestikulierend, auf seiner Wolleladung herumzulaufen.

Salah Brahim und Idris kehrten wieder zu ihrem Renault zurück. Der Toubou war verschwunden.

»Ich weiß nicht, was der so treibt«, murrte Salah Brahim, »aber so wie ich diese Kerle kenne, würde es mich sehr wundern, wenn er lange wartend auf dieser Seite des Wadis bliebe. Einen Toubou hat noch nie was längere Zeit aufgehalten.«

Er setzte sich, legte die Hände auf die Knie und starrte mit düsterer Miene die Rückwand des vor ihm haltenden Lastwagens an.

»Und soll ich dir was sagen? Na ja, wenn du ihn fragtest, wohin er will und was er dort zu tun gedenkt, gäb' er dir keine Antwort. Oder aber er erfände eine haarsträubende Geschichte. Weil er in Wirklichkeit erstens nicht weiß, wohin er will, und zweitens gar nicht die Absicht hat, irgend etwas zu tun. So ist ein Toubou nun mal, der zieht aus Prinzip von Ort zu Ort, grund- und ziellos. Das totale Vagabundendasein, sonst gar nichts!«

Er schwieg und sah einem dicken Toyota-Geländewagen zu, der zum Wadi hinunterfuhr. Der hielt an, und ihm entstieg der Toubou. Salah Brahim war nicht wenig verblüfft, ihn erklären zu hören, der Toyota werde dank seines Vierradantriebs und seines dachhohen Auspuffs das Wadi durchfahren, und er habe dessen Fahrer überredet, den Renault-Lastwagen hinüberzuschleppen. Und dem Wort folgte gleich die Tat: er zückte ein stählernes Abschleppseil mit Federstoßdämpfer.

Ungläubig und doch willig stand Salah Brahim auf. Die Absprachen mit dem Fahrer des Toyota – einem Engländer – beschränkten sich auf ein Mindestmaß, bestätigten jedoch die Absichten des Toubou. Wie hatte der Teufelskerl nur diese Lösung aushecken können, und vor allem: weshalb handelte er so? Nun galt es nur noch das Metallseil vorn am Renault und hinten am Toyota zu befestigen und die beiden Fahrzeuge behutsam zum Wadi hinunterrollen zu lassen. Der Toubou blieb an Bord des Toyota. Schwer und kraftvoll wie ein Panzer, Garben erdbraunen Wassers um sich sprühend, durchquerte er das Wadi. Salah Brahim, der ihm folgen mußte, schimpfte, dieser verdammte Engländer brauche nicht so schnell zu fahren, zumal die von dem Toyota erzeugten Wirbel mit wütenden Wellen bis zur Windschutzscheibe hinauf gegen das Vorderteil schlugen. Als sie am rechten Ufer wieder festen Grund gewannen, glichen die beiden Fahrzeuge zwei glänzenden Dreckklumpen. Sogleich waren sie umringt, mußten aussteigen und auf Fragen, auf muntere Seitenhiebe, auf Glückwünsche erwidern. Man half ihnen die Frontscheibe zu säubern. Bei all diesem lebhaften Treiben bemerkte wohl als einziger Idris einen vereinzelten Mann, der sich mit ruhigem, leichtem Schritt von der Straße entfernte: den Toubou.

Salah Brahim und der Engländer drückten einander die Hand, und die beiden Fahrzeuge fuhren, wegen der höheren Geschwindigkeit des Toyota schon bald weit auseinander in Richtung Béni Abbès davon. Erst eine Stunde später begann Salah Brahim sich wegen des Toubou Sorgen zu machen.

»Glaubst du, er ist bei dem Engländer geblieben?« fragte er.

»Nein«, erwiderte Idris, »ich habe ihn zu Fuß weggehen sehen, in die Wüste hinein.«

Salah Brahim dachte einen Augenblick nach, bremste scharf und brachte sein Fahrzeug zum Stehen. Er öffnete den Handschuhkasten im Armaturenbrett und holte eine umfängliche alte Brieftasche heraus.

»Verdammter Schweinekerl! Er ist mit meiner Pinke abgehauen!«

»Wieviel?«

»Ich weiß nicht genau. Mindestens zwölfhundert Dinar. Er hat seinen Tag nicht schlecht genutzt!«

»Er hat uns auch Zeit gespart«, plädierte Idris für ihn.

»Ganz schön teuer, diese Wadiüberquerung!«

Salah Brahim brachte bis zu den ersten Häusern von Béni Abbès die Zähne nicht mehr auseinander. Er hatte nicht die Zeit, seinem jungen Reisegefährten die Stadt vorzustellen. Zwei Gendarmen mit Motorrädern, die am Straßenrand Wache standen, winkten ihm, zu halten.

»Sie werden gebeten, uns zur Gendarmerie zu folgen.«

Und die nächsten fünfhundert Meter wurden in Begleitung motorisierter Polizisten zurückgelegt. Bei der Gendarmerie trafen sie den Engländer mit dem Toyota wieder. Er hatte Anzeige erstattet: Der Fahrtgenosse Salah Brahims habe ihm ein Geldscheinbündel mit fünftausend Dinaren entwendet. Glücklicherweise war Salah Brahim in Béni Abbès bekannt. Er schilderte das Zusammentreffen mit dem Toubou und den Diebstahl, dessen Opfer er selbst geworden war. Der Engländer räumte ein, Idris sei nicht der Mann, den er in seinem Toyota mitgenommen habe. Der Chef der Gendarmerie machte sich mitleidslos über Salah Brahim lustig. Daß ein englischer Tourist sich von einem Toubou ausplündern lasse, möge ja noch hingehen. Aber er, ein alter Wüstenfuchs! Natürlich hatte das Hochwasser des Wadi Sahoura dabei mitgespielt, aber auch das gehörte zur Wüste!

Als sie ihre Protokolle unterschrieben hatten und die Gendarmerie verließen, entlud sich Salah Brahims bissigster Ärger über Idris. Gewiß war der junge Bursche unschuldig an diesem ganzen abscheulichen Tag, aber Salah Brahim hatte ihn am Straßenrand aufgelesen, wie er dann später den Toubou hatte auflesen müssen, und das schuf eine gewisse Affinität zwischen dem Toubou und ihm. Und zudem – das Mindeste, was man sagen konnte, war, daß Idris ihm kein Glück gebracht hatte. Einen Reisegefährten wie den – den mußte man besser vermeiden. In Zukunft würde er das wissen!

Idris verbrachte die Nacht im Hof eines zerfallenen Bauernhauses, das zu dem im Palmenhain gelegenen alten Ksar gehörte. Durch die Fremdenlegion zu Beginn des Algerienkrieges* von Bewohnern evakuiert, diente dieses in herkömmlicher Weise aus getrocknetem Lehm gebaute Dorf den Durchreisenden als Zuflucht, ehe sie vollends verschwanden. Idris, dem von den Abenteuern seines ersten Reisetages der Kopf schwirrte und der zwischen dem Schnarchen eines dicken Mannes und dem Wimmern eines an seine Mutter geklammerten Kleinkindes lag, fand keinen Schlaf. Unablässig sah er vor sich das harte, listige Gesicht des Toubou, ob der Geschicklichkeit, mit der er Schlag auf Schlag den Engländer und Salah Brahim ausgeplündert hatte, vom Nimbus des großen Ganoven umstrahlt. In Idris' Vorstellungswelt gesellte sich der Toubou zu der Erinnerung an Ibrahim, doch war er noch viel bestechender als jener. Die Einsamkeit, mit der sich der Toubou wie mit einem düsteren Lichthof umgab, war noch ungeselliger, noch wilder als die des Chaamba. Ibrahim hatte zumeist allein bei seiner Kamelherde gelebt. Doch er hatte mit seinen Tieren geredet und hatte für ihren Lebensbedarf gesorgt, so wie sie andererseits ihn ernährt hatten. Er hatte mit anderen Hirten und mit Leuten aus der Oase gegenseitige menschliche

* im Jahre 1957

Beziehungen gepflogen. Der Toubou hingegen schien in offenem oder verdecktem Kampf mit seinesgleichen zu leben. Rasch hatte Idris die Anwandlung von Sympathie unterdrückt, die er empfunden hatte, als er den Toubou nach dem Überqueren der Sahara mit seinem beflügelten Gang dahinschreiten sah. Nein, dieser Mensch hätte keinen Kameraden akzeptiert, oder allenfalls aus Arglist und mit der Absicht, ihn zu bestehlen und ihn danach, tot oder lebendig, seinem Schicksal zu überlassen. Das war ein Raubtier. Nein, kein Raubtier: Kein Tier umgibt sich mit solcher Einsamkeit, kein Tier zeigt in seinem Verhalten gegenüber seinesgleichen soviel feindselige Gleichgültigkeit. Dazu ist nur ein Mensch imstande. Nur ein Mensch... Nur ein Mensch... Idris sah in seinem Traum noch das Gesicht Ibrahims und des Toubou durcheinandergehen und war endlich eingeschlafen.

Von einem »Sandmeer« hatte er gehört. Idris hatte das Meer nie gesehen, aber er hatte ein vollkommen getreues Bild davon, als er am Ende einer Straße auf die große Sanddüne stieß, die, unberührt und golden, himmelan stieg. Ein Hügel, mindestens hundert Meter hoch, sanft und völlig makellos, unablässig vom Wind gestreichelt und neu geformt, war der Vorbote, gleichsam die erste Welle eines ungeheuren Ozeans namens Großer Westlicher Erg. Idris konnte sich nicht enthalten, auf dieses sanft rieselnde Gebirge loszustürmen, das unter seinen Füßen in blonden Kaskaden einbrach und in dessen Flanke er sich ein Weilchen niederlegte, um wieder zu Atem zu kommen. Dennoch hatte das Klettern nichts Anstrengendes, und so fand er sich bald rittlings auf dem Kamm sitzend wieder, einem haarfein gezeichneten Grat, den ein vom Wind erzeugtes leichtes Kräuseln unablässig weiter scheitelte und schärfte. Nach Osten hin wogte grenzenlos, bis zum Horizont, die goldene Kette zahlloser anderer Dünen, ein Sandmeer, ja, aber erstarrt, regungslos und ohne ein Schiff. Als er sich umwandte, sah er zu seinen Füßen die kubischen Gourbis, die Kuppeln und Terrassen des Dorfes und, weiter hinten und tiefer, das grüne Vlies des Palmenhains. Ein wirrer Lärm von Rufen, Schreien, Hundegebell und plötzlich auch, über dem kleinen Gemeinwesen schwebend, das Lied des Muezzins, stiegen zu ihm empor, gleichsam als einziger Beweis, daß die Oase lebte. Als er den Abstieg antrat, stellte er fest, daß die Spur seiner Schritte am Hang der ersten Düne bereits verweht war, gleichsam verschluckt und aufgezehrt von der schweren Fülle des Sandes. Die Düne war wieder unberührt und makellos wie am ersten Schöpfungstag. Er sann darüber nach, durch welches Wunder diese Masse lockeren, ständig von der Luft umgewühlten Sandes nicht die Straßen überschwemme, nicht die Häuser unter sich begrabe. Doch nein, am Fuß einer kleinen, nur ein paar Zentimeter hohen Mauer, die das Dorf abgrenzte, da hielt sie ganz brav inne!

Seine Schritte führten ihn in die Nähe des Hotels *Rym*, eines von dem Architekten Fernand Pouillon erbauten aufwendigen Wohnkomplexes mit Schwimmbad, Tennisplatz und Terrasse hoch über dem Palmenhain. Zu dieser noch morgendlichen Stunde war vor den Eingangstüren ein Hin und Her von Wagen und Motorrädern aller Marken und Nationalitäten im Gange.

Sprachlos vor soviel Luxus und neugierig wegen der Vielzahl verschiedenster Fahrzeuge blieb Idris stehen. Andeutungsweise sah er auch den Beginn der Terrasse, wo unter hübschen roten Sonnenschirmen fröhliche Paare saßen und frühstückten. Bärtige Männer in blauen Latzhosen waren da, Soldaten in khakibrauner Uniform, auch etliche Kinder, die einander unter viel Geschrei um die Tische herum nachrannten, doch vor allem Frauen, und von ihnen sah eine blonde, die laut sprach, der Frau im Landrover ähnlich – ohne ihr ganz zu gleichen.

»Sag mal, du da drüben! Du hast hier nichts zu suchen! Geh ein Stück weiter!«

Ein schwarzer Angestellter, der die Koffer und Taschen einer abreisenden Familie heruntergebracht hatte, schnauzte Idris an und riß ihn aus seiner Betrachtung. Es war das erste Mal, daß jemand in einem solchen Ton mit ihm sprach. Starr vor Staunen blieb er stehen, nicht etwa, weil er die Worte nicht verstanden hatte, sondern im Gegenteil, weil er plötzlich mit lichtvoller Klarheit seinen Platz in dieser für ihn so neuen Gesellschaft erkannt hatte. Es ging nicht nur darum, daß er nicht zur Gruppe der Hotelgäste gehörte – sogar das Personal hatte das Recht, ihn unwirsch anzufahren und fortzujagen. Und an dieser bedeutsamen Wahrheit kauend, die augenfällig war, die er jedoch ein paar Minuten früher noch nicht einmal geahnt hatte, ging er fort.

Er durchquerte das Dorf, sich mit Cafés, Lebensmittelläden, Friseurgeschäften, Handwerkerbuden, mit Bergen von Grüngemüse die Augen vollschlagend, von Hunden beschnuppert, von vorbeifahrenden Wagen zur Seite gedrängt, staunend vor Wundern stehend und zugleich schmerzhaft verletzt, nämlich immer noch den Anschnauzer des Schwarzen vom Hotel *Rym* im Ohr: Du hast hier nichts zu suchen, geh ein Stück weiter. Er entdeckte das kommunale Freibad, von einer sprudelnden Mineralquelle gespeist und von einem Rankenwerk aus Glyzinien und Bougainvilleen überschattet. Junge Burschen sprangen ins Becken und suchten einander unter Lachen und lauten Rufen zu fangen. Nach dem Hotel *Rym* war es das zweite Bild eines Paradieses, das sich ihm bot, ein Bild von Frische, von glücklicher Nacktheit, von unbeschwertem Spiel. Er setzte sich an den Fuß einer Palme, um dieses Schauspiel in Ruhe zu betrachten. Einer der Halbwüchsigen, naßglänzend wie ein Fisch, lief dicht an ihm vorbei. Sein lachender Blick streifte ihn, und einige Wasserspritzer trafen ihn. Idris rührte sich nicht. Denn was er betrachtete, war ja ein Schauspiel, eine abgesperrte Bühne, zu der er keinen Zutritt hatte. Staubbedeckt und hungrig und auch schon müde, da der Vormittag beinahe zu Ende ging, war er nicht der Bruder dieser – obschon gleichaltrigen – Jungen, die sich da zwischen den grünen Fluten des Schwimmbeckens und den malvenfarbenen Dolden, die über ihren Köpfen hingen, jauchzend vor Lebensfreude tummelten. Idris, ein kleiner, aus dem Süden kommender Wanderer, der sich auf ein ungewisses Abenteuer eingelassen hatte und den nichts aufhalten durfte, hatte sich da nur wie ein Zugvogel für kurze Zeit niedergelassen.

Er nahm seinen Rundgang wieder auf, ging eine Gasse hinunter, verweilte an der Auslage eines Konditors, der auf einem Stuhl döste und ihm einen Honigkuchen schenkte, nachdem er festgestellt hatte, daß Idris ihm nichts gestohlen hatte. Idris war schon recht nah an den großen Palmenhain gekommen, da sah er sich auf einmal vor der Tür des Sahara-Museums, einer Zweigstelle des vom französischen C.N.R.S.* betriebenen Laboratoire des zones arides**. Der Eintritt kostete zwei Dinar, für die schmale Barschaft, die er mitgebracht hatte, ein maßlos hoher Betrag. Er war schon im Begriff, wieder in den Palmenhain hinunterzugehen, als ein großer klimatisierter Bus vor dem Museum hielt. Seine Türen vorn und hinten schwenkten nach außen, und Touristen begannen auszusteigen und sich draußen zu ergehen. Es war eine Gesellschaftsreise für Senioren, und der Eindruck, den all die gebeugten Rükken, die weißen Haare und die den Stock umklammernden dürren Finger machten, war seltsam. Im Vergleich dazu schien der Reiseleiter noch frisch und munter, und er legte in seine Rolle als Stimmungskanone eine Jugendlichkeit, die etwas gekünstelt wirkte. Zur großen Erheiterung der Mitreisenden reichte er mit der Miene clownesker Galanterie seinen Arm einer alten Jungfer von säuerlich-steifem Aussehen. Man spürte, daß das ein Scherz war, der schon vom Beginn der Reise an währte. Idris, der sich unter die Gruppe mischte, fand sich alsbald im ersten Saal des Museums wieder, der mit Glasschränken ausgestattet und von präparierten Tieren bevölkert war. Der Führer begleitete seine Worte mit weitausholenden Gesten und lief hierhin und dorthin, wobei er im Ton eines Markt-

* Centre national de la recherche scientifique (Nationales Zentrum für naturwissenschaftliche Forschung)
** Forschungslabor für Dürregebiete

schreiers einen Gag oder einen Witz von sich gab. Ein kleiner Hofstaat von Getreuen umgab ihn und skandierte seine Aussprüche mit begeistertem Gelächter. Die übrigen Besucher hatten sich über die anderen Räume und den Garten des Museums verteilt. Idris war ganz Ohr: Er hörte einem Vortrag zu, von dem jeder Satz, jedes Wort ihn anging.

»Sie sind hier, Mesdames et Messieurs, ja sogar auch Sie, Mademoiselle, um die Geheimnisse der Wüste und die Reize der Sahara zu entdecken. Wie Sie feststellen können, ist die Wüste nicht so wüst und leer wie der Name sagt, denn sie ist von all den ausgestopften Tieren bevölkert, die Sie hier um sich sehen. Ausgestopft, ja, denn was die lebendigen Tiere angeht, muß man wohl sagen, daß sie alle entschwunden, und zwar nicht etwa den Härten des Klimas, sondern der Bosheit der Menschen zum Opfer gefallen sind. Das gilt namentlich für die graziöse Gazelle und für den Vogel Strauß mit seinen so viel berufenen Magenkapazitäten. Dies gilt auch für den Mufflon, den Gepard, den Wüstenfuchs, das Stachelschwein. Nur der Erinnerung wegen erwähne ich den Löwen, den König der Wüste, dessen letztes Exemplar, wie jedermann weiß, von Tartarin aus Tarascon erlegt worden ist. Dafür sehen Sie hier in ihrem Käfig die bescheidene Springmaus. Die Springmaus ist – wie Sie sich überzeugen können – das stark miniaturisierte Produkt der Kreuzung zwischen dem australischen Känguruh und der auvergnatischen Waldmaus. Für Liebhaber von aalglatten, kriechenden Wesen habe ich die Eidechse und den Waran zu bieten, dazu den Skink, auch Sandfisch genannt. Nichts jedoch gleicht der Heuschrecke, die sowohl in Öl fritiert wie auch in Honig eingemacht gleichermaßen köstlich schmeckt.«

Ein alter Herr hob wie ein Schüler schüchtern den Finger. Verschmitzten Blickes wollte er wissen, ob man den Sandfisch mit dem Wurm oder mit der Fliege angle.

»Eine vorzügliche Frage!« rief der Führer. »Merken Sie sich also, daß die Oasenkinder sie mit der Hand fangen, nicht mehr und nicht weniger wie die Forellen in einem Gebirgsbach. Zum Essen braten sie sie auf einem Bett aus glühenden Kohlen. Aber sie machen sie auch zu Haustieren, mit denen sie spielen und die sie beispielsweise vor kleine Wagen spannen.«

Er wechselte seinen Standort zwischen den Glasschränken, gefolgt von der kleinen Gruppe seiner Getreuen, unter die sich auch Idris gemischt hatte. In einer Ecke war aufgebaut, was auf einem Schild als *Der Ernährungsbereich der Sahara-Wohnstätte* bezeichnet war.

»Hier also sehen Sie die Miniküchen-Eßecke des Oasenbewohners«, fuhr der Führer fort. »Küchengeräte: Mörser und Stößel aus Akazienholz, mit deren Hilfe man Datteln, Karotten, Henna und Myrrhe zu feinem Pulver zerstoßen kann. Wenn das geschehen ist, muß die Frau den Stößel im Mörser belassen, und dazu ein paar restliche Stückchen, damit er sich nach der Arbeit, die er geleistet hat, daran gütlich tun kann. Hier sehen Sie auch den Seiher, die Mühle aus Muschelkalk und die Siebe mit den Löchern für das Saatgut. Die große Allzweckschüssel, in der man Brot- und Kuchenteig knetet. Und die Krüge für die Milch, die Schläuche für das Wasser, die ausgehöhlten Kürbisse für Käse, ausgelassene Butter und Schmalz.

Idris machte große Augen. All diese Dinge, jetzt unwirklich sauber, zu ihrem ewigen Wesenskern erstarrt, unberührbar, zu Mumien geworden – sie alle waren in seiner Kindheit, seiner Jugend um ihn gewesen. Vor nicht einmal achtundvierzig Stunden hatte er noch aus dieser Schüssel gegessen, hatte er seine Mutter noch diese Mühle drehen sehen.

»Ich sehe weder Löffel noch Gabel«, wunderte sich eine alte Dame.

»Das kommt daher, Madame, daß der Oasenmensch, nicht anders als unser Ahnherr Adam, mit den Fingern ißt. Er braucht sich dessen nicht zu schämen. Jeder schöpft mit seiner rechten Hand von der Speise eine kleine Handvoll, nimmt sie in die hohle linke Hand, dreht einen kleinen Kloß daraus, schiebt den dann mit dem rechten Daumen zu den Fingerspitzen und führt ihn zum Munde.«

Und er führte das Ganze vor, und ihm folgend versuchten es auch einige Touristen, deren Ungeschick sogleich Gelächter erregte.

»Aber glauben Sie ja nicht, dem Oasenbewohner mangele es darum an Lebensart! Die elementaren Regeln der Höflichkeit sind in der Sahara wohlbekannt. Vor jeder Mahlzeit muß man sich die Hände waschen, und nicht etwa in stehendem Wasser, sondern in einer Quelle oder unter dem feinen Wasserstrahl eines Kruges, den ein anderer hält. Und man muß auch Allah um seinen Segen anrufen. Während des Essens trinkt man nicht, erst nach dem Hauptgericht. Wasser oder Buttermilch kreisen dann rechtsherum, und es geziemt sich, beide Hände auszustrecken, um den Krug oder das Milchgefäß zu übernehmen. Man darf nicht im

Stehen trinken. Wenn man steht, setzt man zum Trinken ein Knie auf die Erde. Auch darf man kein Ei zerteilen.«

Idris hörte mit Erstaunen zu. Diese Gesetze des Alltagslebens, die kannte er, weil er sie immer beachtet hatte, jedoch ganz spontan und ohne daß er sie jemals hatte formulieren hören. Sie aus dem Munde eines Franzosen mittendrin unter einer Gruppe weißhaariger Touristen zu hören, versetzte ihn in eine Art Taumel. Er hatte den Eindruck, man entreiße ihn seinem eigenen Ich, als hätte seine Seele plötzlich den Körper verlassen und sehe ihm verblüfft von außen zu.

Der Führer erregte allgemeine Heiterkeit, als er schloß:

»Und die gesunde Rangordnung muß stets eingehalten werden: Die besten Happen kriegen die Männer, die weniger guten die Frauen und die Kinder.«

Am Ende machte die Gruppe noch vor dem Glasschrank Station, in dem Schmuckstücke und Amulette ausgestellt lagen.

»Zwecklos, Mesdames et Messieurs, den Hundekopf, die Gestalt eines Kamels, den Skarabäus oder gar Männlein und Weiblein hier drin zu suchen. Nein, in der Sahara stellen die Schmuckstücke nie etwas bildlich dar. Es sind abstrakte geometrische Formen, die als Zeichen, nicht als Bilder zu werten sind. Hier sehen Sie etwa Kreuze in massivem Silber, Halbmonde, Sterne, Rosetten. Da sehen Sie Agraffen, Gürtelschließen, Ringe aus Ziegenhorn. Die Fußreifen oder Fußkettchen sollen die Erddämonen hindern, an den Beinen emporzusteigen und den ganzen Körper zu befallen. Die am wenigsten kostbaren Schmuckstücke sind bloße Muscheln. Die kostbarsten sind aus Gold, aber solche können Sie in diesem Museum nicht sehen. Vermutlich sind sie längst gestohlen.«

Als die Besucher zu gehen begannen, trat Idris dicht an den Glasschrank heran. Diesen Silberschmuck hatte er an seiner Mutter gesehen, an seinen Tanten, an anderen Frauen in Tabelbala. Fotos zeigten Gesichter in ritueller Gesichtsbemalung, und fast hätte Idris ihnen vertraute Vornamen geben können. Als er schließlich von der Scheibe des Glasschranks zurücktrat, sah er darin ein Bild aufschimmern, einen Kopf mit üppigem schwarzem Haar, mit schmalem, verletzlichem, bangem Gesicht: ihn selber, der in solch verschwimmender Gestalt in dieser ausgestopften Sahara weilte.

Von Béni Abbès nach Béchar rechnet man zweihundertvierzig Kilometer auf schöner, asphaltierter Straße, doch ohne eine Möglichkeit, sich mit Wasser oder Treibstoff zu versorgen. Idris hat als überzähliger Fahrgast in einem Taxi Platz gefunden, das fünf mozabitische Kaufleute gemietet haben. Mitgenommen haben sie den jungen Burschen nur aus Sparsamkeit und weil sie ohne Frau reisen. Sie sind allesamt Nahrungsmittelhändler, leicht zu erkennen an ihren breiten, gelben, weichlichen Gesichtern mit den getönten Brillengläsern, die ihnen ein fragil-tückisches Aussehen geben; wahrscheinlich sind sie steinreich und Eigentümer einer luxuriösen Behausung in den Gärten von Ghardaia, stellen sich aber während der fünf Stunden, die die Reise dauert, als wüßten sie das nicht. In ernstem Ton, mit langem, meditativem Schweigen dazwischen, wechseln sie gelegentlich ein paar Worte über die Verteuerung der Korinthen, den Zusammenbruch des Dattelpreises, den Preisauftrieb bei den Mispeln, und zuweilen schauen sie traurig auf ihre Hände hinab, um die ein Rosenkranz aus Ebenholz geschlungen ist. Idris ahnt, während er ihnen zuhört, einen ganzen Horizont von Ladengeschäften, Supermärkten, Lagerhäusern, von Schiffen und Frachtflugzeugen, ein Hin und Her mit ungeheuren Reichtümern, die alle durch diese Männer hindurchgehen, aber zu bloßen Zahlen und Zeichen und abstrakten Figuren geronnen und darum unfaßbar, farblos, geruch- und geschmacklos geworden sind. Die diskrete Melancholie der fünf Reisegenossen, ihre Härte sich selbst gegenüber – sie bedeuten Reichtum, über den Nüchternheit herrscht, Geschäftsgewinn mit dem Segen der Selbstlosigkeit, Erfolg auf Erden nur als Beweis für die Einhaltung der Gebote des Himmels. Idris sollte sich später noch an diese Lektion erinnern, die kurze, herbe Lektion über die weltbeherrschende Macht der Puritaner aus der Wüste.

Dennoch übersahen diese ernsten, hochgesinnten Männer ihn nicht so völlig, wie es den Anschein hatte, und taten etwas für ihn, bevor sie ihn verließen. Sie standen am Straßenrand und hatten gerade die Bezahlung des Taxifahrers geregelt, als der älteste von ihnen sich an Idris wandte.

»Ich glaubte zu verstehen, daß du nach Marseille willst?« sagte er zu ihm. »Wenn du nicht weißt, wo du wohnen kannst, so wende dich in meinem Namen an Youcef Baghabagha, dem das Hotel *Radio*, Rue Parmentier 10, gehört. Aber laß dir eine Empfehlung von mir mitgeben. Er nimmt nur Mozabiten und ihre Freunde.«

Er kritzelte den Namen, die Adresse und ein paar empfehlende Worte in sein Notizbuch, riß die Seite heraus und gab sie Idris.

Für den Europäer gibt es nichts weniger Malerisches als Béchar: große Blocks mit Sozialwohnungen, Kasernen, Schulen, ein Elektrizitätswerk, Verwaltungsgebäude, die um so zahlreicher sind, als man diese Bezirkshauptstadt mit ihren nicht einmal fünfzigtausend Einwohnern als die letzte Stadt vor der Wüste be trachtet, welche die Bezeichnung Stadt verdient. Für Idris war das wie die Entdeckung eines neuen Planeten. Die Schaufenster, die Metzgereien und gar ein noch im Embryonalzustand befindlicher Supermarkt überwältigten ihn. Doch vor allem berauschte ihn der Autoverkehr, und er verbrachte eine ganze Weile damit, das Gefuchtel eines Polizisten zu beobachten, der den Verkehr regelte. Als er dann den Bahnhof entdeckt hatte, konnte er sich davon kaum losreißen. Jede Ankunft oder Abfahrt eines Zuges beeindruckte ihn, als wäre sie ein denkwürdiges Ereignis. Er bedauerte, daß ihm nachdrücklich geraten worden war, nach Oran lieber mit dem Bus zu fahren, und er verbrachte, unter dem immer neuen Donnern der Züge sanft erbebend, die Nacht auf einer Bank im Wartesaal. Erst beim Morgengrauen schlief er ein. Als er sich gegen acht Uhr an der Bushaltestelle der S.N.T.F. einfand, mußte er sich sagen lassen, der Bus nach Oran sei um sechs Uhr abgefahren, und der nächste gehe erst übermorgen, ebenfalls um sechs Uhr. Er hatte zwei Tage vor sich.

Er verlor sich in einer Markthalle, strich durch ein Gewirr von Gäßchen, kam auf einer verlassenen, staubigen Avenue wieder ans Licht. Seine Ungebundenheit verband sich mit dem Hunger seines leeren Magens, und so schwelgte er in einem mit leichter Übelkeit gepaarten Glück. Als er vor der grellbunten Frontseite eines Ladens vorbeiging, auf der die Lettern *Mustapha Artiste Photographe* tanzten, drangen von drinnen Musik- und Stimmfetzen an sein Ohr. Die heisere Musik ließ orientalische Basarstimmung erstehen. Mit hochtrabender Betonung verkündete die Stimme:

»Du bist der Scheich, der Sultan, der Maharadscha. Du bist stolz. Du bist das große, machtvolle männliche Wesen. Du herrschst. Du gebietest über eine Schar nackter Frauen, die dir zu Füßen liegen. Klick-klack, fertig!«

Idris war näher getreten, um das Innere des »Studios« erkennen zu können. Ein Hintergrundgemälde stellte, sehr naiv, einen orientalischen Palast dar. Um ein fontänegeschmücktes Wasserbecken deckte eine Menge keusch-unbekleideter Frauen den mit bunten Kissen belegten Boden. Als orientalischer Sultan verkleidet, setzte ein junger Mann eine prahlerische Miene auf. Mustapha, ein rotes Käppchen auf dem Kopf, schaltete den alten Phonographen ab, der die akustische Einstimmung geliefert hatte. Der junge Mann begann sein orientalisches Flitterzeug abzulegen.

»Das Foto ist morgen abend fertig«, versprach Mustapha. »Macht fünfzehn Dinar.«

Da bemerkte er Idris und hielt ihn, kurzsichtig wie er war, für einen neuen Kunden.

»Kommt Monsieur wegen eines Porträts? Hier ist der Palast der Träume. Mustapha, der Künstlerfotograf, bietet Ihnen die Verwirklichung Ihrer verrücktesten Phantasien.«

Doch seine Unterwürfigkeit war gleich zu Ende, als er begriff, Idris sei kein Kunde.

»Was spionierst du hier herum?«

»Ich hab' zugesehen.«

»Du hast hier nicht zuzusehen. Geh ein Stück weiter.«

Geh ein Stück weiter … Idris vernahm diese Aufforderung nun schon zum zweiten Mal. Aber tat er denn nicht unentwegt gerade dies: ein Stück weitergehen?

»Ich suche Arbeit für zwei Tage«, sagte er auf gut Glück.

»Was kannst du denn?«

»Mich hat schon mal jemand fotografiert. Eine blonde Frau.«

»Na so was! Eine blonde Frau? Die war wohl in dich verliebt?«

»Weiß ich nicht.«

Der junge Mann erschien wieder, nun im Monteuranzug des Kraftfahrers.

»Also bis morgen abend; da komm' ich vorbei und hole das Foto.«

Mustapha konnte nur schlecht verbergen, daß ihm das gegen den Strich ging.

»Vergiß die fünfzehn Dinar nicht!« brummte er unwirsch.

Er war schon dabei, seine schlechte Laune an Idris auszulassen, als ein Touristenpaar erschien und ihn völlig in Anspruch nahm. Wieder ganz Lächeln geworden, stürzte er den beiden entgegen.

»Messieurs-'dames, Mustapha, der Künstlerfotograf, ist hier, um Ihre Träume zu verwirklichen.«

Und er zieht die beiden, etwas verblüfft, mit in sein Studio und entfaltet Hintergrundgemälde.

»Wollen Sie den Urwald erforschen und dem großen afrikanischen Raubwild die Stirn bieten? Wollen Sie die Felsmassive des Hoggar erklimmen und dort Mufflons und Adler jagen? Oder wollen Sie sich im Gegenteil auf einem stolzen Segler einschiffen und das Mittelmeer furchen?«

Und jedesmal entfaltete er ein naiv-grellbuntes Hintergrundgemälde.

Der Tourist versuchte wieder Boden zu gewinnen.

»Das reicht, das reicht! Meine Frau und ich gehören zu einer Gruppe, die eine Rundreise durch die Sahara gebucht hat: Timimoun, El Goléa, Ghardaia.«

»Na also«, fuhr Mustapha eiligst fort, »dann wird's eine Aufnahme vor goldenen Dünen und grünenden Palmen. Komm' mal her, du!«

Mit Idris' Hilfe befestigt er an den Deckenbalken die erwähnte Sahara-Kulisse. Dann flitzt er um seinen Fotoapparat herum. Der Herr, samt seiner Frau einfach vor die bemalte Leinwand geschoben, versucht immerhin noch zu protestieren.

»Ist ja ein bißchen stark, in die Sahara zu fahren und sich nachher im Studio vor einem gemalten Hintergrund, der die Sahara darstellt, fotografieren zu lassen.«

Mustapha unterbricht seine Vorbereitungen und tritt, den Finger lehrhaft erhoben, auf Idris zu.

»Dies, Monsieur, ist der Einstieg in die künstlerische Dimension! Ja, genauso ist es«, wiederholt er befriedigt, »der Einstieg in die künstlerische Dimension. Jegliches Ding wird überhöht und verwandelt durch seine Darstellung im Bild. Überhöht und verwandelt, ja, so ist's! Die Sahara, die diese Leinwand zeigt, ist eine Sahara, die idealisiert und die gleichzeitig vom Künstler in Besitz genommen ist!«

Die Dame hatte verzückt zugehört.

»Monsieur le Photographe hat recht, Emil. Er idealisiert uns, wenn er uns in dieser Kulisse fotografiert. Es ist, als schwebten wir über den Dünen.«

»Ja, so ist es, das ist das passende Wort: schweben. Durch mich, da schweben Sie über den Dünen.«

Doch Monsieur versteifte sich auf Einwände.

»Einverstanden, aber weil doch die echte Sahara da ist, seh' ich immer noch nicht, weshalb man sich vor einer Pseudosahara im Studio fotografieren lassen soll.«

Mustapha verstand konziliant zu sein.

»Cher Monsieur, Sie mit Ihrer Gattin zu fotografieren, wenn Sie über Sand und Kies wandern, ist immer möglich. Das nennt man ein Amateurfoto, ein touristisches Foto. Ich mache Professionelles. Ich bin schöpferischer Künstler. In meinem Studio erschaffe ich die Sahara neu, und bei dieser Gelegenheit schaffe ich auch Sie neu.«

Dann wendet er sich seinem Phonographen zu und dreht kräftig an der Kurbel. Als die süß-schmachtende Musik einsetzt, fährt Monsieur auf.

»*Auf einem persischen Markt* von Ketelbey! Das fehlte gerade noch!«

Inzwischen war Mustapha unter dem schwarzen Tuch seines Fotoapparates verschwunden.

»Wenn ich bitten darf, Madame et Monsieur, stellen Sie sich in die Mitte der Saharalandschaft. Jawohl, sehr gut, die Einstellung ist perfekt.«

Er kommt wieder ans Licht, mit begeistert-feierlicher Miene.

»Und nun, Madame et Monsieur, ist der große Moment gekommen. Sie sind ergriffen von der herben Schönheit der Wüstenlandschaft. Sie nehmen sie mit vollem Herzen auf, die Lehre von Kargheit und Größe, die diesen Sandmeeren, diesen Steinen entsteigt. Sie fühlen, wie sie alle von Ihnen abfallen, Ihre kleinlichen Wünsche, Ihre läppischen Gedanken, Ihre schäbigen Sorgen. Sie sind geläutert, sind rein!«

Ohne es zu wollen, hatten die beiden einen feierlichen Gesichtsausdruck angenommen.

»Das erinnert mich an unseren Hochzeitstag, an die Ansprache des Bürgermeisters oder Pfarrers, ich weiß es nicht mehr«, murmelte die Frau.

Und als Mustapha, sich tiefstens verbeugend, ihnen dankte und ihnen versprach, das Foto, das vom nächsten Morgen an zur Verfügung stehe, werde vorzüglich sein und werde sie dreißig Dinar kosten, da schüttelten sie sich, als kämen sie aus einer spiritistischen Sitzung.

»Ich habe aber doch noch etwas, das mich beschäftigt«, sagte der Mann, bevor er hinausging.

»Stehe ganz zu Ihrer gefälligen Verfügung!«

»Wenn ich recht verstanden habe, ist das Foto, das Sie soeben gemacht haben, schwarzweiß?«

»Gewiß, gewiß, wir Berufsfotografen überlassen die Farbe den Amateuren, die ja Farbbilder schätzen.«

»Schön. Aber weshalb, zum Teufel, sind Ihre Kulissen dann farbig?«

Die Frage schien Mustapha ganz unvorbereitet zu treffen.

»Farbig?« wiederholte er und schaute dabei seine Saharakulisse an, als sähe er sie zum ersten Mal. »Sie wollen wissen, weshalb ich farbige Kulissen verwende, um Schwarzweißfotos zu machen?«

»Ganz recht.«

»Na ja, klar ... Eben der Inspiration wegen.«

»Welcher Inspiration?«

»Meiner eigenen, aber auch der meiner Kunden und auch, weshalb nicht, auch der des Apparats?«

»Der Inspiration Ihres Fotoapparats wegen?«

»Ja, freilich, mein Apparat nimmt am künstlerischen

Schaffen teil, auch er braucht Talent, was glauben Sie denn! Und so zeige ich ihm eine Landschaft in Farbe. Er sieht sie, er liebt sie, und wenn er sie wiedergibt – nun, dann schimmert im Schwarzweiß etwas von den Farben durch. Verstehen Sie?«

»Nein«, sagte der Mann mit verständnisloser Miene.

»Aber ja doch, Emil!« griff seine Frau ein. »Monsieur le Photographe hat recht: Aus Schwarzweiß läßt er Farbe werden. Oh, Monsieur le Photographe, man darf das meinem Mann nicht übelnehmen, wissen Sie, er ist so wenig poetisch!«

Als die beiden gegangen waren, machte sich Mustapha daran, das Studio aufzuräumen, und Idris, der sich nützlich zu machen suchte, half ihm dabei. Eine Weile arbeitete Mustapha schweigend, dann kam er auf die Worte zurück, die er schon vorher mit Idris gewechselt hatte.

»So? Dich hat also eine blonde Frau fotografiert?«

»Ja«, erwiderte Idris eilfertig. »Sie saß in einem Landrover, den ein Mann steuerte.«

»Und das Foto hat dir gefallen?«

»Ich weiß nicht, ich hab' es noch nicht gesehen.«

»Und nach Paris gehst du, um eine Frau und ein Foto zu suchen?«

»Glauben Sie, daß ich sie wiederfinde?«

»Oh, was das angeht – du wirst in Paris Frauen und Fotos finden! Ach, wenn ich so jung wäre wie du! Paris, die Lichtstadt! Die Bilderstadt! Frauenzimmer und Bilder – millionenfach! Ganz sicher findest du auch das deine, das ist ja selbstverständlich. Weniger klar ist, ob du dadurch glücklicher wirst!«

Während er so sprach, gab er sich einer seltsamen Suche hin. Stirnrunzelnd wühlte er in seinem Bestand an Hintergrundgemälden. Als er schließlich fand, was er suchte, holte er einen hohen Spiegel und stellte ihn genau dort auf, wo eigentlich der Fotoapparat hingehörte.

»Das ist nicht für ein Foto«, erklärte er, »nur einfach so zum Anschauen.«

Und mit geheimnisvoller Miene entrollte er den Hintergrund, den er ausgesucht hatte. Es war Paris bei Nacht, ein recht phantasievolles Panorama, denn es gelang ihm, den Eiffelturm, den Étoile und das Moulin Rouge in sich zu vereinen, und die Seine und Notre-Dame dazu.

»Na, stell' dich mal dahin!«

Er knipste ein Spotlight an.

»Schau! Du bist in Paris, der Lichtstadt. Hast du ein Glück! Wie fühlst du dich?«

Idris wußte nicht, was er sagen sollte. Was er da im Spiegel sah, war eine kleine graue Gestalt in Bluejeans und Hemd, mit Militärschuhen an den Füßen und einer gestickten Djellaba um die Schultern. Hinter ihm funkelte eine nachtblaue Stadtlandschaft, gespickt mit grell beleuchteten Monumentalbauten.

»Hättest du fünfzehn Dinar«, meinte Mustapha ironisch, so würde ich jetzt dieses Foto von dir machen. Dann könntest du wieder nach Hause gehen. Deine Reise wäre zu Ende. Das wäre jedenfalls weniger anstrengend als weit übers Meer zu reisen. Aber es lohnt ja nicht, dir einen so vernünftigen Rat zu geben. Du würdest mir ja doch nicht zuhören. Die jungen Leute haben eben ihren eigenen Kopf. Schließlich haben sie vielleicht sogar recht.«

Mit diesen Worten räumte er Spiegel und Paris-Kulisse weg.

»Wenn du willst«, setzte er hinzu, »so kannst du zwei Nächte auf dem Sofa schlafen. Morgen, da hilfst du mir ein bißchen, und übermorgen nimmst du mit den zehn Dinar, die ich dir dann gebe, den Bus und fährst nach Oran.«

Als Idris sich eine Stunde vor der Abfahrt an der Bushaltestelle einfand, erschrak er über die Vielzahl der Reiselustigen, die schon vor ihm gekommen waren. Offenbar hatten ganze Familien mit einer Ladung Kinder die Nacht bei Paketen und Bündeln, bei Steigen voll frischer Datteln und Tragekörben voll lebender Hühner an Ort und Stelle verbracht. Er kauerte sich in Hockstellung neben einer alten Frau nieder, die anscheinend ebenso allein war wie er und deren Kinn wegen der fehlenden Zähne bis zur Nase hinauf ging, was ihr einen sturen, feindseligen Gesichtsausdruck gab. Und, ein Armer unter Armen, tat er das, was die unerschöpfliche Schicksalsgabe der Armen ist: Er wartete, regungslos und geduldig.

Die Woge befriedigter Freude, die der eintreffende Bus bei dieser Masse von Menschen hervorrief, war nur von kurzer Dauer. Denn entgegen aller Erwartung war der Bus schon voll. Wo kamen sie nur alle her, diese Platzdiebe, die sich auf den Sitzen breitgemacht und mit ihrem Gepäck den Dachträger vollgeladen hatten? Und nun folgte ein langes, langsames Hin und Her, bei dem der Bus es schließlich doch verschluckte, dieses ganze armselig-störrische Menschenvolk, das um so mehr mit umfänglichen und sperrigen Dingen beladen war, je weniger es besaß. Eine Viertelstunde später hatte alles im Bus drinnen Platz gefunden, und die Schachtel- und Kofferpyramide auf dem Dach ging bis hinauf zu den Sternen. Alle Lichter eingeschaltet, setzte sich der Bus in Bewegung und fuhr unter lautem Hupen zum Si-Kouider-Platz; den überquerte er und bog in die Landstraße nach Oujda ein. Die in ihm eingepferchten Männer, Frauen und Kinder suchten fürs erste den einem jeden zugewiesenen winzigen Platz bestmöglich zu nutzen. Es kam zu einigen Protesten, zu Gelächter, zu schiedlichem Ausgleich, dann hatte jeder sich in seinem Nest häuslich eingerichtet, und man döste in geduldigem Schweigen vor sich hin. Viele schliefen ein. Idris sah sich an einem Fenster neben der zahnlosen Alten wieder. Sie war dünn und leicht und hatte kein Kind bei sich, war also eigentlich eine gute Nachbarin. Doch schien sie kaum geneigt, sich mit anderen abzugeben. Von Zeit zu Zeit wandte sich Idris von dem dunklen Fenster ab und warf einen Blick auf sie. Ihr Gesicht war hart und verschlossen, und sie rührte sich ebensowenig wie eine Statue. An ihren Augen zuckte nie ein Lid, wie bei Schlangenaugen.

Der erste Morgenschimmer, dann ein bleicher Sonnenstrahl riefen in dem Omnibus einige Unruhe hervor. Marktkörbe wurden geöffnet. Aus dem Schlaf gerissene Kleinkinder greinten. Saugflaschen kamen zum Vorschein. Ein starker Geruch nach geschälten Orangen erfüllte die Luft. Idris sah durch die teilweise beschlagene Fensterscheibe einen immer noch wüstenhaften Bled vorüberziehen. Ein lautes Hupen, das man schon gar nicht mehr hörte, erscholl jedesmal, wenn der Bus einen Radfahrer oder einen Esel überholte. Als Idris sich nach der Alten umblickte, sah er zu seiner Überraschung, daß sie ihm mit der linken Hand eine Orange entgegenstreckte. Sie schaute ihn mit ihren wimpernlosen Augen unverwandt an, doch kein Lächeln erhellte ihr knochiges Gesicht. Idris nahm die Orange, holte sein Messer hervor und schälte sie sorgfältig. Dann reichte er die Schnitten eine nach der anderen der alten Frau, als tue er ihr nur einen Gefallen, den sie erwartet habe. Die ersten zwei Schnitten nahm sie an, die anderen wies sie mit einer Handbewegung zurück, die besagte, sie seien für ihn.

Eine Stunde später machte der Bus am Rand eines Eukalyptuswäldchens, einige Kilometer von Ain Sefra, Rast. Die Fahrgäste verteilten sich draußen und bildeten spontan zwei Gruppen: auf der einen Seite Frauen und Kinder, auf der anderen Männer und junge Burschen. Unwillkürlich kam Idris in die Nähe eines kleinen Kreises, der in lebhaftem, lachendem Gespräch begriffen war und ihn zu beobachten schien.

»Da ist er ja, der Freund der alten Lala Ramirez!« sagte ein gleichaltriger junger Bursche.

Und alle lachten noch lauter. Mit fragender Miene gesellte sich Idris zu ihnen.

»Du solltest auf der Hut vor ihr sein, verstehst du, sie hat kein Baraka*, das ist das Mindeste, was man sagen kann!«

»Vor allem die, die ihr nahe kommen, haben kein Baraka. Aber später, wenn sie tot sind, dann kümmert sie sich um sie.«

»Wer ist Lala Ramirez?« fragte Idris.

»Die alte Hexe, die dich mit den Augen verschlingt...«

»Mit ihrem bösen Blick!«

* Baraka (arab.) = guter Stern, günstiges Schicksal

»...Und die dir Orangen gibt.«

Schließlich, durch all die Witzeleien und Anspielungen hindurch, erfuhr Idris die Geschichte der Alten. Zum einen, daß sie steinreich gewesen und es hinter ihrem scheinbar ärmlichen Äußeren wohl noch immer war. Dann, daß sie aus dem Süden – einem nicht näher umschriebenen Süden – stammte und einst einem Bauunternehmer spanischer Herkunft aus Oran, der sich beim Bau des modernen Teils der Stadt in Béchar niedergelassen hatte, den Kopf verdreht hatte. Der hatte sie nach Oran mitgenommen, sie in christlicher Form geheiratet, und das Ehepaar, schon bald von sechs Kindern umgeben, war unaufhörlich zwischen den beiden Städten hin und her gependelt. Dieses Hinundherpendeln betrieb Lala auch jetzt noch, seit einigen Jahren freilich allein. Denn das Unglück war mit voller Wucht über diese Familie hereingebrochen und hatte sie alle hinweggerafft: den Mann, dann nacheinander die sechs Kinder und obendrein noch zwei Säuglinge, die inmitten all dieses Elends irgendwie doch noch zur Welt gekommen waren. Alles hatte dabei mitgespielt: Krankheiten, Mordtaten, Unfälle, Selbstmorde, und am Ende stand die alte Stammutter allein zwischen neun über verschiedene Friedhöfe verstreuten Gräbern. Nur um ihre Toten zu besuchen, reiste sie nun weiterhin umher, und sie war auf den Bahnhöfen und Autobuslinien, die sie zu benutzen pflegte, bekannt und gefürchtet.

»Jetzt bist du gewarnt!«

»Es würde mich wundern, wenn der bei ihr bliebe.«

»Aber vielleicht hängt er nicht am Leben?«

»Oder ziehen die Toten ihn an?«

»Nein, nein, das ist die Passion einer alten Frau, nicht die eines jungen Mannes!«

Der Fahrer mahnte durch mehrfaches Hupen zur Weiterfahrt. Jeder war bemüht, sich wieder sein persönliches Nest zu bauen. Idris nahm seinen Platz links von Lala Ramirez wieder ein. Er wußte jetzt, wer sie war, und seltsamerweise schien auch sie ihn mit mehr Vertrautheit zu betrachten. Etwas später, als alles ringsum sich am mitgebrachten Proviant gütlich tat, langte sie unter ihrem Sitz ein in Zeitungspapier gewickeltes längliches Etwas hervor und streckte es wortlos Idris hin. Es war ein Kanten Brot, in den eine Pfefferwurst gesteckt war. Idris zögerte einen Augenblick, dann biß er herzhaft hinein, indes die Alte regungslos zusah. Was wollte sie von ihm? Eine zweite Orange kam wie durch Zauberei aus ihrem Ärmel, und wahrhaftig!, nach dem Pfefferwurstbrot konnte man die doch nicht ablehnen! Danach lehnte Idris sich auf seinem Sitz zurück und beobachtete, wie sich das Land veränderte. Das war keine Wüste mehr, weit entfernt davon! Nicht nur, daß das Flachland von Akaziengruppen belebt war; bestellte Felder wechselten auch mit großen Bauernhöfen und Gemüsekulturen, und der Bus mußte immerfort abbremsen und hupen, um Traktoren und Landmaschinen zu überholen. Die Fahrt ging durch eine Ebene voller Getreidefelder, deren üppiges Gedeihen er bestaunte. Endlich kamen, auf den Balkonen mit Girlanden trocknender, bunter Wäsche beflaggt, die ersten Wohnblocks am Stadtrand von Oran in Sicht. Gruppen von Kindern, die beim Spielen gestört wurden, liefen zuweilen mit lautem Geschrei dem Bus nach. Man fuhr am Verwaltungszentrum, dann an der

neuen Moschee entlang und gelangte über den Boulevard Maata Mohammed El Habib schließlich zum
1.-November-Platz. Der Bus hielt. Idris schaute sich
nach seiner Nachbarin um. Ihr reptilienhafter Blick
ruhte auf ihm, und zum ersten Mal schien der Schatten
eines Lächelns über ihre Lippen zu streifen. Geräusch-
voll schüttelten und streckten sich die Leute im Bus und
drängten zur Tür des Fahrzeugs. Gleich als Idris aus-
stieg, traf ihn die Kühle der Luft. Über antennenge-
spickten Wohnblocks, die ihm gigantisch erschienen,
dehnte sich ein eintönig grauer Himmel. Das war also
der Norden? Eine Handvoll blasser Jungen spielten,
indem sie einen Ball gegen eine blatternarbige Mauer
warfen, und jeder Aufprall dröhnte wie ein Faust-
schlag. Brutale Härte, Trostlosigkeit, Energie lagen in
der Luft und versehrten und beödeten das Herz. Der
Busfahrer stand hoch oben auf der Gepäckbrücke und
reichte Pakete und Koffer herunter; junge Leute nahmen sie in Empfang und stellten sie reihenweise auf den
Gehweg. Idris besaß die Adresse eines Auswanderer-
heims samt einer Empfehlung an einen der dort Be-
schäftigten. Er verweilte noch bei dem für ihn so neuen
Anblick der großen Stadt, als er jemandes Atem dicht
an seinem Ohr hörte.
»Ismail, nimm ein Taxi und bringe mich zum spanischen Friedhof!«
Es war die alte Lala. Zugleich reichte sie ihm einen
vierfach gefalteten Fünfzig-Dollar-Schein. Taxis, ange-
lockt vom Eintreffen des Busses, standen in Reihe hintereinander. Idris, den die fremde Umgebung willfährig
gemacht hatte, warf sich ins nächste Taxi; Lala folgte
ihm. Sie nannte auch das Fahrtziel: den Friedhof der

Saint-Louis-Kirche. Aber weshalb hatte sie ihn Ismail genannt? Sie hielten vor der Kirche, die seit einigen Jahren nicht mehr benutzt, deren Friedhof jedoch weiterhin gut gepflegt wurde. Lala war wie verwandelt.

»Das ist die Kirche des Kardinals Ximenes des Cisneros, der unter Karl dem Fünften Großinquisitor war. Sein Wappen ist noch am Eingang zum Chor zu sehen«, erläuterte sie in einem überraschenden Anfall von Redseligkeit.

Dann zog sie Idris zwischen den Totenkapellen und den pompös-barocken Grabmälern, wie spanische Nekrophilie sie hervorbringt, mit sich, und schließlich standen sie vor einem Obelisken aus schwarzem Marmor, dessen Basis in schwerer Goldumrahmung einen Namen und ein Foto trug: *Ismail Ramirez, 1940–1957.* Idris beugte sich über die dicken Ketten, die ein Viereck von grauem Kies abgrenzten, und betrachtete das Bildnis. Es war ein junger Bursche seines Alters, ebenso braun wie er; in seinem schmalen Gesicht lag der Ausdruck einer angstvollen Erwartung, einer verletzlichen Zärtlichkeit, einer sichtbaren, doch in Wahrheit jeglichen Widerstands fähigen Schwachheit. Ähnelte er ihm wirklich? Idris war außerstande, das zu beurteilen; er besaß ja nur eine vage Vorstellung von seinem eigenen Gesicht. Lala hingegen schien besessen von einer unerschütterlichen Gewißheit. Der Blick ihrer weitsichtigen Augen schweifte über die zu Tal flutenden Terrassen und Kuppeln der Altstadt und in der Ferne den Hafen mit seinen Zwillingskränen, seinen Lagerhäusern und den Frachtern, die dort ankerten und deren Lichter in der Dämmerung zu leuchten begannen.

»Ismail, das bist du«, sprach sie zu Idris und legte ihm

die Hand auf die Schulter. »Endlich hab' ich dich wiedergefunden. Du bleibst bei mir. Für immer. Ich bin allein, aber ich bin reich. Ich adoptiere dich. Von nun an heißt du Ismail Ramirez.«

Idris blickte sie an und schüttelte schweigend den Kopf. Doch die Alte weigerte sich, es zu sehen. Sie starrte jetzt auf eines der großen Gebäude, die im Nebel des Abends versanken.

»Du siehst ja dieses Haus«, fuhr sie fort und wies mit einer Bewegung des Kinns auf die Stadt. »Es gehört mir. Es hat elf Zimmer, drei Terrassen, einen Innenhof, in dem ein Feigenbaum wächst, Küchenräume im Untergeschoß und sogar einen christlichen Betsaal. Ich lasse alles wieder öffnen, säubern, renovieren – für dich, Ismail, und dann feiern wir deine Rückkehr, und wir gehen und verkünden die große Nachricht allen Toten der Familie. Wer weiß, ob nicht auch sie dann zurückkommen?«

Idris schüttelte weiterhin verneinend den Kopf. Der Wahn der alten Frau und ihr hartnäckiger Wille, ihn in die Haut eines Toten zu stecken, erschreckten ihn und widerten ihn an. Mit einem Ruck befreite er sich von der Krallenhand, die auf seiner Schulter lastete, und trat einen Schritt zurück.

»Ich bin nicht Ismail. Ich bin Idris. Übermorgen fahre ich zum Arbeiten nach Frankreich. Später komme ich wieder, später vielleicht... später...«

Er dachte an das Foto von der Frau mit dem Landrover, doch er hütete sich vor einer Anspielung darauf. Das Foto Ismails – das war für heute genug! Und indem er sich zurückzog, wiederholte er, wie man ein Kind oder ein scheuendes Tier beruhigt:

»Später... vielleicht... später...«

Dann rannte er davon, verließ den Friedhof und ging auf die Suche nach dem Heim, dessen Adresse er erhalten hatte.

Das Fährschiff *Tipasa* ging am nächsten Tag um zehn Uhr und sollte am übernächsten Tag um achtzehn Uhr in Marseille ankommen, Idris hatte also diesen Tag für sich, doch mußte er noch zum Büro des O.N.A.M.O.* und sich dann einen Paß holen. Er stand zwei Stunden Schlange, um sich nun von jemandem belehren zu lassen, er brauche noch zwei Paßbilder für seine Akte. Jemand sagte ihm etwas von einer automatischen Fotokabine, die ihm für einen Dinar die nötigen Fotos liefere. Lange suchte er in unbekannten Straßen nach dem nicht minder unbekannten Ziel. Er fand es in der Toreinfahrt eines großen Gebäudes, wo Eisenwarenhändler auf Marktständen Küchengeräte verkauften. Die arg vergammelte Fotokabine war besetzt; es waren zwei Lausbuben darin, die einander herumschubsten und dabei vor der Kamera Grimassen schnitten. Schließlich gingen sie, und Idris übernahm ihren Platz hinter dem Vorhang. Blitzlichter zuckten. Er verließ die Kabine und schaute in das Zugfach, in das die Abzüge fallen. Darin war noch ein Foto: von einem der Lausbuben, der schielte und die Zunge herausstreckte. Idris wartete. Zwei weitere Bilder fielen in das Zugfach: die eines bärtigen Mannes. Idris betrachtete sich lange im

---

* das algerische Arbeitsvermittlungsbüro O.N.A.M.O. (Office national de la main d'œuvre) brachte bis 1973 jedes Jahr durchschnittlich 30 000 algerische Arbeiter nach Frankreich.

zersprungenen Spiegel der Kabine. Warum eigentlich konnte er denn nicht einen Bart gehabt haben, bevor er Tabelbala verlassen hatte? Auch Bärtige haben Anspruch auf einen Paß.

Eine wichtige Entdeckung stand ihm noch bevor. Er schlug den Weg zum Meer ein. Geschildert hatte man ihm blondsandige Strände, über die klar und licht die Wogen hereinbrächen. Das Meer sollte angeblich den Sanddünen gleichen, die er von Tabelbala kannte und deren goldenes Heranfluten er vor allem in Béni Abbès gesehen hatte. Er beschleunigte seinen Schritt, ging durch die Rue Rahmani Khaled zum Hafen hinunter, wo man schon die lackierten Masten der Sportboote gewahrte. Die Ebbe hatte einen Teil der Kaimauer freigelegt, der sich schwarz und von glitschigem Moos bedeckt dem Blick darbot. Idris setzte sich auf den Steinrand, die Füße dicht über dem klumpenbedeckten Wasser, auf dem Strohhülsen und Plastikflaschen trieben. Das war es also! In der Nähe ruhten die Yachten regungslos auf dem Wasser, das schillernde Kringel bildete. Dahinter in der Ferne dehnte sich, mit ankernden Schiffen dazwischen, die Fläche des Meeres bis zum gleichförmig bleigrauen Himmel, der am Horizont mit ihr verschwamm. Idris trank diesen trist-enttäuschenden Anblick voll und ganz in sich hinein. Und zugleich entdeckte er eine neue Sicht seiner heimischen Erde. Zum ersten Mal dachte er an Tabelbala als an ein klar abgegrenztes, zusammengehöriges Gebilde. Ja, endlich hatte die räumliche Distanz in seiner Erinnerung alles vereint: seine Mutter und seine Herde, sein Elternhaus und den Palmenhain, die Place du Marché, wo Salah Brahims Lastwagen parkte, und das Gesicht seiner Brüder und seiner Cousinen. Ein heiseres Schluchzen erstarb in seiner Kehle. Vor diesen Fluten, die grau waren wie das Jenseits, fühlte er sich verloren, verlassen, verworfen. »Ismail Ramirez« stammelte er halblaut. Hatte die alte Lala, die Hüterin der Toten, ihm nicht einen Platz in dieser Totenstadt angewiesen? Morgen mußte er sich in der riesigen Fähre einschiffen und an ein geheimnisvolles Ziel fahren. Um dem Leben zu entrinnen oder ins Unendliche zu versinken? Mit dem Zeigefinger fuhr er in seinen Hemdkragen und zog an der Schnur seines Halsschmucks. Warm und schmeichelnd kam der Goldtropfen zum Vorschein. Er hielt ihn vors Gesicht, hielt ihn baumelnd vor den bleigrauen Hintergrund des Meeres. In der Erinnerung hörte er Zett Zobeidas geheimnisvollen Gesang:

Die Libelle bebt über dem Wasser
Die Grille kratzt über den Stein
Die Libelle besiegelt des Todes Hinterlist
Die Grille, die schreibt von des Lebens Geheimnis.

Eine kleine Welle brach sich an der Kaimauer und bespritzte ihn von Kopf bis Fuß. Er fuhr mit der Hand über den Mund. In einem Punkt wenigstens hatte man ihm nichts vorgemacht: es schmeckte salzig. Salzig, untrinkbar, unfruchtbar...

Zuzuschauen, wie Motorräder, Autos und schwere Lastwagen vom gähnenden Bauch der Fähre verschlungen werden, zog immer eine Menge von Müßiggängern und Halbwüchsigen an. Vor allem die Lastzüge mit aufgesatteltem Anhänger gaben wegen ihrer

Länge und ihrer Schwierigkeiten beim Rückwärtsfahren Anlaß zu mühsamen Rangiermanövern. Doch der Laderaum des Schiffes schien unbegrenzt aufnahmefähig zu sein. Zwischen die Schwerlaster schoben sich Autos von Touristen und Geländefahrzeuge, ähnlich dem der blonden Frau. Die Gaffer lachten vor Mitleid und Sympathie, wenn ein zusammengeflickter 2 CV munter daherhüpfte, um seinen Platz zwischen den Riesensauriern einzunehmen. Die Fahrer und die Insassen der Fahrzeuge waren dann von außen nicht mehr zu sehen; sie erreichten die Decks des Schiffes über Treppen, die unmittelbar vom Laderaum ausgingen. Schließlich wurde die lange Reihe der Schiffspassagiere auf den Zugangssteg gelassen. Jeder mußte seinen Fahrschein und seinen Paß – den Paß mit der Lichtbildseite aufgeschlagen – in der Hand halten. Der Kontrollbeamte bemerkte nicht einmal die sonderbare Unähnlichkeit zwischen Idris und dem Bartträger, dessen Bild mit zwei Ösen in seinem Paß befestigt war. Idris warf einen kurzen Blick auf die Sitze, mit denen die »Schlafräume« der Economy Class möbliert waren, ging mit den anderen Passagieren durch den Betsaal und das Selbstbedienungsrestaurant und gelangte so auf die vordere Brücke, wo man von oben herab auf den Kai hinuntersah. Dort brodelte eine dichtgedrängte, farbige Menge. Die Familien an Land suchten heftig gestikulierend und laut rufend Verbindung mit »ihrem« Passagier, freilich ohne jede Aussicht, von ihm gehört zu werden. So schwebte über allem ein sonderbar wahnhaftes Netz von Beziehungen, das die Leute am Kai vergebens mit denen an Bord zu verknüpfen trachtete. Mit einemmal begann der Boden der Brücke zu beben. Gleich mußte der Augenblick kommen, da Idris zum ersten Mal den afrikanischen Kontinent verließ. Plötzlich wurde er angesprochen: von einem jungen Burschen mit glattem, sanftem Gesicht, das von einer Art froher Ekstase verzerrt war.

»Ich sehe schon, daß du auf dem Kai niemand hast! Wie ich auch: niemand. Ja, so geht man fort: ganz allein! Das ist wirkliches Abreisen! Keine Taschentücher, kein Winken. Nichts!«

Er wurde von einem gewaltigen Sirenenton unterbrochen, der rings über dem Hafen eine Schar von Möwen auffliegen ließ. Langsam löste sich die *Tipasa* vom Kai.

»Schau, wie der Kai abhaut!« sprach der junge Bursche in wachsender Erregung weiter. »Genauso mag ich Afrika gern: wenn ich es hinter einem Schiff abhauen seh'. Hurenafrika! Zwei Jahre! Zwei Jahre Militärdienst! Zwei Jahre qualvolles Steineklopfen in der Wüste. Verstehst du, ich bin doch Goldschmied von Beruf. Zu Hause sind wir seit fünf Generationen, vom Vater zum Sohn, auf Ohrringe spezialisiert. Schau meine Hände an. Das sind Goldschmiedehände, keine Steineklopferhände. Hurenafrika! Wohin fährst du denn jetzt?«

»Zunächst nach Marseille. Dann hoffentlich nach Paris, dort hab' ich einen Vetter.«

»Marseille, Paris – das ist alles nicht weit genug fort. Nicht weit genug von der Wüste mit ihren Steinen. Red' mir lieber von Brüssel, von Amsterdam, von London, von Stockholm. Goldschmied bin ich, hörst du?«

Er schwieg. Auf der Brücke war es still geworden. Alles

sah zu, wie Oran weiter und weiter in die Ferne glitt, die Stadt, die Reede, die ankernden Schiffe, eine mächtige rot-grüne Boje, ähnlich dem auf dem Bauch tanzenden Kreisel eines riesigen Kindes, und, ganz in der Ferne, den Hügel, der die Stadt beherrscht, jenen Dschebel Murdjajo mit der spanischen Feste darauf, von der die Fahne der algerischen Armee wehte.

Idris drang mit einigen anderen in die labyrinthischen Tiefen des Schiffsinnern vor. Die Laufgänge, die Treppen, die Einkaufsstraßen, die Bars – es war eine von den Maschinen unaufhörlich mit bebendem Dröhnen erfüllte, schwimmende kleine Stadt. Familien schlossen sich zusammen und machten mit ihren Bündeln und Koffern eine Saalecke oder eine Sitzreihe zu ihrer Kolonie. Manche packten schon Lebensmittel aus, und ein Bordsteward mußte energisch einschreiten, damit ein kleiner Gaskocher ausgeschaltet wurde, auf dem eine Frau angeblich kochen wollte. Obschon es noch früh am Tage war, hatten sich die Lastzugfahrer in der Bar zu einer lautstark-fröhlichen Tischrunde zusammengefunden und tüchtig zu bechern begonnen. Die Einteilung der Passagiere in zwei Kategorien – solche, die Geld zum Ausgeben hatten, und solche, die keines hatten – stand schon eindeutig fest. Die Kategorie darüber – die Erster-Klasse-Passagiere mit Privatkabinen, Außenluke und eigenem Speisesaal mit weißgedeckten Tischen – blieb unsichtbar und unnahbar; sie hatte sich hinter den verschlossenen Türen der zweiten Brücke im vorderen Teil des Schiffes verschanzt.

Ein ganz leichtes Stampfen verriet, daß das Schiff nun das offene Meer erreicht hatte, und schon lud, über Lautsprecher verbreitet, der Ruf des Muezzins die

Gläubigen ein, sich im Saal zu versammeln, wo der Gebetsteppich für die dritte »Salât« ausgelegt war. Idris, der – wie die meisten seiner Generation – für religiöse Gebräuche nicht viel übrig hatte, beobachtete aus der Entfernung, wie sich die andächtige Menge immer wieder verneigte und sich auf den Boden warf. Als sie sich auflöste, gewahrte er darin zu seiner Verwunderung den Goldschmied, der auf ihn zukam.

»Du beachtest die Vorschriften des Islam nicht?« fragte der ihn.

»Nicht alle«, gab Idris unwirsch zur Antwort.

»Ich wünsche dir, daß du noch dahin kommst. Dort, wohin wir gehen, ist die Religion notwendiger als zu Hause. Da siehst du dich von Fremden, von Gleichgültigen und Feinden umgeben. Gegen Verzweiflung und Elend hast du dann vielleicht nur den Koran und die Moschee.«

»Aber du hast deine Heimat doch eben noch verflucht?« Der Goldschmied schwieg eine Weile und schaute auf die unruhige Fläche der See.

»Weißt du, das tragische ist, daß viele von uns weder in ihrer Heimat noch in der Fremde leben können.«

»Und was bleibt ihnen dann?«

»Ein unglückliches Schicksal.«

»Ich hätte in Tabelbala bleiben können. In Tabelbala besitzt man nichts, aber es fehlt einem auch nichts. So ist nun mal eine Oase.«

»Und weshalb bist du fortgegangen?«

»Weil ich fort wollte. Bei uns zu Hause gibt es beide Arten von Menschen, manchmal in ein und derselben Familie beisammen: die einen, die bleiben, wo sie geboren sind, und die anderen, die fort müssen. Ich gehöre zu der zweiten Sorte. Ich mußte fort. Und zudem bin ich von einer blonden Frau fotografiert worden. Sie ist mit meinem Bild nach Frankreich zurückgefahren.«

»Also bist du ausgezogen, dein Foto zu suchen?«

Der Goldschmied sah ihn mit spöttischer Miene an.

»Mein Foto zu suchen? Nein, eigentlich nicht. Es ist was anderes. Vielleicht müßte man sagen: Um mein Foto einzuholen...«

»Oh, là, là! Du bist mir ja ein großer Denker! Dein Foto ist in Frankreich und zieht dich an wie ein Magnet ein Stückchen Eisen.«

»Nicht nur in Frankreich. Das Foto, das hab' ich schon in Béni Abbès, in Béchar und in Oran gefunden.«

»Du findest unterwegs Schnipsel davon und klebst sie zusammen?«

»Ja, wenn du so willst. Nur daß bisher die Schnipsel, die ich fand, mir nicht ähnlich sahen. Da, schau' dir zum Beispiel das hier an.«

Er zeigte ihm seinen Paß, in dem er die Seite mit dem Bärtigen aufgeschlagen hatte. Der Goldschmied sah ihn mit besorgter Miene an.

»Du läufst Gefahr, Scherereien zu kriegen. Vielleicht solltest du dir den Bart wachsen lassen.«

»Das wär' ja noch schlimmer; Bart hab' ich so gut wie keinen! Und zudem ist es doch nicht meine Sache, meinem Foto ähnlich zu sehen. Vielmehr muß das Foto doch mir ähnlich sehen, oder nicht?«

»Glaubst du das? Schon die Erfahrung beweist dir doch das Gegenteil. Das Bild besitzt eine böse Macht. Es ist nicht die treue, ergebene Dienerin, wie du es möchtest. Ja, äußerlich gibt es sich zwar den Anschein, eine Dienerin zu sein, in Wahrheit ist es aber tückisch, verlogen und herrschsüchtig. Es strebt mit all seiner Bosheit danach, dich zu versklaven. Und die Religion, die sagt das ja auch.«

Idris hörte ihm zu, ohne so recht zu begreifen. Die schlechten Erfahrungen freilich, die er seit der Begegnung mit der blonden Frau gemacht hatte, beleuchteten auf seltsame Weise die Worte des Goldschmieds.

Zur Mittagszeit schleppte der Goldschmied ihn mit ins Selbstbedienungsrestaurant, und Idris sah sich im Zwiespalt zwischen seinem Hunger und dem Gefühl der Verlegenheit darüber, sich von diesem ein wenig unheimlichen älteren Mitreisenden einladen zu lassen. Sie setzten sich zu einem Fernlastfahrer an den Tisch, einem blonden Riesen mit blauen Porzellanaugen, dessen ungeheure Arme mit deftigen Tätowierungen verziert waren. Der nahm sich diese beiden jungen Maghrebiner vor und setzte sich in den Kopf, sie müßten Rotwein trinken. Der Goldschmied kam dem mit Begeisterung·nach und überraschte Idris dadurch, daß er, obschon die islamische Religion dies verbietet, mit dem Fernfahrer ein Glas ums andere trank. Bei den Witzen des Fahrers lachte der Goldschmied im rechten Moment und gab seinerseits andere Witze zum besten; auch begann er, um Idris an dem Gespräch teilnehmen zu lassen, mit ihm französisch zu sprechen, während sie zuvor miteinander nur ihre Berbersprache gesprochen hatten. Die Zungenfertigkeit des Goldschmieds war wirklich bewundernswert, und Idris fragte sich, ob er es je dahin bringen werde, mit Franzosen auf derart vertrautem Fuß zu stehen. Der Fernfahrer spendierte den Kaffee, dann zog er sich in seine Zweiter-Klasse-Kabine zurück, um eine Siesta zu halten, die – so meinte er — wohlverdient sei, nachdem er eine zehn-stündige Nachtfahrt auf der Maghreb-Küstenstraße hinter sich habe.

Die Nacht sank herab, als eine Unruhe durch die Menge der Passagiere ging und sie backbords auf die Brücken und Laufgänge lockte. Das Schiff fuhr an der Küste von Ibiza entlang, an der da und dort Leucht-feuer zu blinken begannen. Es war beinahe dunkel, als einige Passagiere die anderen an Steuerbord auf die Lichter von Mallorca, der größten Baleareninsel, hin-wiesen. Und dann steuerte das Schiff hinaus in ein Meer voll unergründlicher Finsternis.

Idris schlief in einem Sessel, rhythmisch gewiegt von der immer rauher werdenden See. Bis er vom Wimmern einer Frau aufwachte, die unweit von ihm saß. Ihr Kopf schwankte nach rechts und links, und auf ihre Lippen trat Schaum. Schließlich stand sie auf, machte zwei Schritte und brach zusammen. Dann, auf allen vieren am Boden kauernd, begann sie sich mit heftigem, lau-tem Rülpsen zu übergeben.

»Die Frau, die seekrank ist, hat ebensowenig Schamge-fühl wie die Frau, die niederkommt.«

Es war der Goldschmied. Hinter ihm wiegte sich der Fernfahrer grinsend in den Hüften. Mit Rücksicht auf ihn hatte der Goldschmied französisch gesprochen.

»Diese Kabine ohne Luke, die ist unmöglich«, sagte da der Fernfahrer. »Da ist man eingesperrt wie in einem Sarg. Deshalb, Kinder, wenn ihr meine Koje benutzen wollt, dürft ihr das gerne. Mir ist ein Sessel lieber.«

»Kommst du mit?« fragte der Goldschmied.

Idris stand auf und folgte ihm.

»Ihr könnt auch duschen!« rief der Fernfahrer.

In der Tat hatte die Kabine zu dieser nächtlichen Stunde viel von einem Grab. Keinerlei Öffnung nach außen. An den stählernen Schotten fest angebracht zwei metallene Bettgestelle. Drei Schlafende, völlig erschöpft vor Müdigkeit. Eine winzige Duschzelle. Und über alldem, in einer feucht-vibrierenden Atmosphäre, der meergrüne Schimmer einer Nachtleuchte. Schwer fiel die Tür hinter den beiden jungen Burschen zu. Sie zögerten einen Augenblick, dann begann der Goldschmied die Kleider abzulegen. Als er nackt war, ging er unter die Dusche. Idris tat es ihm nach. Um zu zweit in der Duschwanne stehen zu können, mußten sie sich dicht aneinander schmiegen. Ebenso war es auch in der einzigen freien Koje, in die sie sich, noch feucht, anschließend legten. Die Erleichterung, die Idris empfand, als er sich an seinen Gefährten drängte, machte ihm die furchtbare Einsamkeit bewußt, unter der er an Leib und Seele litt, seit er die Seinen verlassen hatte. Die mütterliche Zärtlichkeit und die erotische Ausstrahlung Liebender sind nur spezielle Aspekte des brennenden Bedürfnisses nach körperlichem Kontakt, das den tiefsten Grund von Leib und Seele bildet. Mit geschlossenen Augen, gewiegt vom Seegang und vom dumpfen Grollen der Schiffsmaschinen, mußte Idris in diesem unterirdischen Halbdunkel an seinen Freund Ibrahim denken, den er im Bauch des Brunnens von Hassi el Hora verloren hatte. Er lag schon im Halbschlaf, da machte sich der Goldschmied von ihm los und hielt, auf einen Ellbogen gestützt, Idris' goldenen Tropfen in den schmalen Lichtkegel der Lampe.

»Was ist das?«

»Das ist mein Gri-gri aus der Sahara.«

»Das ist ja Gold!«

»Vielleicht...«

Der Goldschmied ließ die länglich-runde Form im Licht tanzen und runzelte die Stirn.

»Wer dir das geschenkt hat, der hat dich nicht zum besten gehalten.«

»Das hat mir niemand geschenkt.«

»Bulla aurea.«

»Was?«

»Das ist lateinisch: *bulla aurea*. Die goldene Bulla. Alle Goldschmiede kennen sie. Ein römisches und vielleicht sogar etruskisches Ehrenzeichen, das sich bei manchen Stämmen in der Sahara noch bis in unsere Tage hinein gehalten hat. Bei den Römern trugen die frei geborenen Kinder diesen Tropfen aus Gold zum Beweis ihres Standes an einem Bändchen um den Hals. Wenn sie die Toga praetexta mit der Toga virilis vertauschten, legten sie zugleich die Bulla aurea ab und opferten sie den Laren des Hauses.«

»Wie gelehrt du bist!«

»Die Goldschmiedekunst ist nicht nur ein Handwerk, sie ist auch Pflege kultureller Überlieferung. Und so könnte ich dir auch von Fibeln, von Tartschen, von Salomonssiegeln oder Fatmehändchen erzählen«, fügte er hinzu, indem er sich wieder in die Koje zurückfallen ließ.

»Also – was bedeutet mein goldener Tropfen?«

»Daß du frei geboren bist.«

»Und weiter?«

»Weiter... wirst du bald ein Mann, und da wirst du schon sehen, was deinem goldenen Tropfen geschieht – und dir auch...«

Tags darauf – es mochte Mittag sein – ging ein Ruf durch das Schiff und ließ die Passagiere allesamt in den Saal des Restaurants strömen: Fernsehen! Über die Mattscheibe der drei Fernsehapparate hüpfte in fiebrigem Flackern ein Bild, verschwand, kehrte wieder. Das erste Bild direkt aus Frankreich! Eine Menge Einwanderer – knochige Gesichter, dunkle Augen – erwarten unruhig und gespannt diese erste Nachricht aus dem Gelobten Land. Der Bildschirm zuckt, erlischt und wird wieder hell; eine Landschaft, eine Silhouette, ein Gesicht wogen darüber hin, gewinnen feste Konturen. Ein Paar – jung, schön, verliebt – geht über eine Wiese. Sie lächeln einander zu. Strahlend rennen zwei Kinder zwischen Gräsern und Blumen hindurch zu ihnen. Langes Umarmen, das reine Glück. Plötzlich erstarrt das Bild. Überblendung. Ein ernster Mann mit Brille erscheint. Er hält in Gesichtshöhe eine Lebensversicherungspolice in der Hand. Dann ein hübsches provenzalisches Haus. Vor dem Schwimmbecken nimmt eine ganze Familie lachend ihr Frühstück zu sich. Vollkommenes Glück. Diesmal durch das Waschpulver *Soleil*. Es regnet. Eine elegante Frau geht, den Schirm aufgespannt, ihres Weges. Als sie am Schaufenster eines Ladens vorbeigeht, findet sie sich so chic, daß sie sich zulächelt. Wie ihre Zähne strahlen! Strahlendes Glück. Man muß eben die Zahnpasta *Briodent* benutzen. Der kleine Bildschirm wird dunkel. Es kommt nichts mehr. Die Menschen, die in der Economy Class des Schiffes reisen, schauen einander an. Das also ist Frankreich? Sie tauschen ihre Eindrücke aus. Doch dann verstummt alles wieder, denn das Bild erscheint von neuem. Eine Stimme erklärt, die Sicherheitskräfte hätten gegen die Studenten, die im Quartier Latin demonstriert hätten, Tränengasbomben eingesetzt. Die behelmten, maskierten und mit Plexiglasschildern ausgerüsteten Polizisten ähneln japanischen Samurais aus dem Mittelalter. Die Studenten bewerfen sie mit Steinen, dann stieben sie schnell davon. Raketen krepieren zwischen ihnen. In Großaufnahme erscheint das blutüberströmte Gesicht eines ganz jungen Mädchens. Wiederum erlischt der Bildschirm.

Zwei Stunden später ist die französische Küste in Sicht. Die Familien beginnen Kinder und Gepäckstücke um sich zu sammeln. Idris findet sich wieder an der Seite des Goldschmieds; er lehnt sich über die Reling, um das Château d'If vorbeigleiten zu sehen. Wohl wegen der Erster-Klasse-Passagiere brüllen nun auch die Lautsprecher los, in dieser Festung seien der Mann mit der eisernen Maske, möglicherweise der Zwillingsbruder Ludwigs XIV., sowie der Graf von Monte Christo und der Abbé Faria, berühmte Romangestalten von Alexandre Dumas, eingesperrt gewesen. Die große Zahl maghrebinischer Passagiere nimmt diese Informationen mit dem ganzen Respekt des Nichtverstehens auf.

»In Paris arbeite ich in einer schwarzen Juwelierwerkstatt«, sagt der Goldschmied. »Étienne, der Fernfahrer, nimmt mich in seinem Lastwagen mit. Ich weiß nicht, wann wir uns wiedersehen. Nur eines wollte ich dir noch sagen. Goldschmied – das ist der, der Gold schmiedet. Aber die Goldschmiede haben auf Gold schon längst verzichtet und verarbeiten nur noch Silber. Unsere Armbänder, unsere Tabletts, unsere Riechdosen, alles, was wir machen, machen wir aus Silber.

Warum? Die meisten von uns weigern sich heute, Gold zu verarbeiten. Die Wahrheit ist, daß sie die spezielle Technik für die Verarbeitung dieses Metalls nicht kennen. Aber es steckt noch etwas anderes dahinter. Wir meinen, daß Gold Unheil bringt. Silber ist rein, offen und ehrlich. Gold, weil übermäßig kostbar, erregt Habgier, reizt zum Diebstahl, zur Gewalt, zum Verbrechen. Ich sage das, weil ich sehe, wie du aufs Geratewohl losziehst, du mit deiner *bulla aurea*. Sie ist ein Symbol der Freiheit, doch ihr Metall ist zum Zeichen drohenden Unheils geworden. Behüte dich Gott!«

In der lärmenden Menge, die sich vor dem Zollabfertigungsschalter drängte, sollte Idris den Goldschmied denn auch tatsächlich aus den Augen verlieren. Im Vergleich zu den über und über mit Kindern und Gepäckstücken beladenen Familien schien sein Fall den Kontrollbeamten höchst einfach, und so sah er sich trotz des Fotos in seinem Paß als einer der ersten auf dem Perron des Hafenbahnhofs.

Er war also in Frankreich. Mit den Füßen befühlte er den Boden, um zu spüren, wie fest er war. Er sperrte die Augen auf, um deutliche Unterschiede zu erfassen, wie sie eigentlich zwischen Oran und Marseille bestehen mußten. Doch was sah er? Ein bißchen mehr Betriebsamkeit, ein bißchen mehr Farben, mehr Leben, ein etwas weltläufigerer Geist als in Oran. Marseille war eine Stadt des Südens, Oran eine Stadt des Nordens. Aber im ganzen war er enttäuscht, sich an diesem anderen Mittelmeerufer so wenig in der Fremde zu fühlen. Der Schock kam freilich ein wenig später, als er auf ein großes Plakat stieß, das an dem Gebäude mit den Buchungsbüros für die Autofähren prangte:

Reisen Sie mit Ihrem Wagen
über die Weihnachtstage
ins Paradies: Eine Oase in der Sahara.

Sprachlos betrachtete Idris, was ihm da als Bild einer Oase in der Sahara geboten wurde: Ein dichter Hain von Palmen und üppigen Blütenstauden umgab ein bohnenförmiges Schwimmbecken. Blonde Mädchen in winzigem Bikini posierten neckisch rings um das türkisgrüne Bassin und tranken mit abgewinkelten Trinkhalmen aus hohen Gläsern. Zwei zahme Gazellen senkten ihr feines Haupt in einen großen Korb voller Orangen, Pampelmusen und Ananas. Eine Oase in der Sahara? War Tabelbala etwa keine Oase in der Sahara? Und war er, Idris, nicht deren unverfälschtes Produkt? In diesem Traumbild fand er sich nicht wieder. Aber hatte er sich denn in dem Eselsfoto Salah Brahims wiedergefunden? Und hatte sich nicht sogar ein Unbekannter in seinen Paß eingeschlichen? Ihn fröstelte in der Luft des Abends, der hier schneller als in Afrika hereinzubrechen schien. In seiner Tasche war ein zerknittertes Stück Papier, eine aus dem Notizbuch des Mozabiten herausgerissene Seite mit einem Wort der Empfehlung und einer Hoteladresse: Hotel *Radio,* Rue Parmentier 10. Er fragte einen Passanten danach. Hilfloses Achselzucken. Er möge doch zur Place Jules Guesde gehen. Dort könne man ihm sicherlich Auskunft geben. Er ging den Boulevard de Paris hinauf, wobei die schweren Lastzüge von der Gare d'Arenc her unablässig an ihm vorbeifegten. Die Place Jules Guesde schien von einem erst kürzlich durchgemachten Bombenangriff verwüstet zu sein. Ein weiträumiges Gelände mit einzelnen stehengebliebenen Mauern dazwischen umgab eine Art Triumphbogen. Als Idris dieses Stück Wüste durchquert hatte und in die Rue Bernard Dubois gekommen war, sah er sich wieder in Afrika. Da waren nichts als Hammams, islamische Buchhandlungen, nordafrikanische Trödler, kleine Restaurants, an deren Türen sich, triefend von Fett, Hammelköpfe auf elektrischen Bratspießen drehten. Die Impasse Tancrède Martel, stufenförmig angelegt, war die Kolonie der Märchenerzähler und der öffentlichen Schreiber, die Korane und fromme Schriften verkauften. Das ganze Stadtviertel war nichts als ein Gewirr von Gassen und Gäßchen – Rue des Petites Maries, Rue du Baignoire, Rue du Tapis Vert, Rue Longue des Capucins –, die nach Curry, nach Weihrauch und Urin rochen, und am Ende fand Idris darin wirklich die Rue Parmentier und das Hotel *Radio*. Obgleich es noch früh war, mußte er lange an die Tür klopfen, bis die sich öffnete. Mißtrauisch ließ der Besitzer, Youcef Baghabagha, ihn ins Haus. Das Hotel sei vollbesetzt. Er nehme keine Gäste mehr auf. Immerhin entzifferte er die Empfehlung des mozabitischen Kaufmanns – und zeigte sich dann sofort viel gastfreundlicher. Es sei doch noch ein Zimmer da, es sei aber im voraus zu bezahlen – zehn Francs die Nacht –, und das Hotel schließe um dreiundzwanzig Uhr.

Das Bett war breit und makellos sauber, aber das Fenster ging auf einen dunklen Hof hinaus; man mußte darum tagsüber wie nachts die Glühbirne anmachen, die, verschönt durch einen Schirm aus geriffeltem Glas, an einem Stück Draht von der Decke herabhing. Idris legte sich auf den Bettüberwurf und schlief sofort ein. In Tabelbala graute der Tag. Er hätte aufstehen und seine Herde zusammentreiben müssen, aber er vermied es, die Augen aufzumachen, und faulenzte mit Wonne weiter. Er hörte seine Mutter hin und her eilen und den

Beta bereiten, die morgendliche Kleiesuppe mit Piment und Zwiebeln. Eines der Mutterschafe blökte fortwährend. Das war ungewöhnlich. War es womöglich verletzt? Man mußte nachsehen. Idris wunderte sich, daß seine Mutter, die das Blöken ja hören mußte, nicht schon gekommen war, ihn an den Beinen gezogen und zum Aufstehen veranlaßt hatte. Wiederum ein jämmerliches Blöken. Nun nichts wie auf! Idris schüttelte sich. Er war nicht in Tabelbala im segnenden Licht der aufgehenden Sonne. Er sah sich in einem unbekannten Zimmer, in einer unbekannten Stadt, in einem unbekannten Land. Ein angstvolles Schluchzen entrang sich seiner Kehle. Nach Hause! In umgekehrter Richtung nochmals die ganze ungeheure Reise machen, die ihn am Ende auf dieses Bett geschleudert hatte! Da hörte er vom Hof her das Blöken eines Mutterschafs. Wenigstens darin hatte sein Traum ihn nicht getrogen! Durch die Gegenwart eines vertrauten, lebendigen Wesens fühlte er sich plötzlich neu gestärkt. Unter seinem Fenster war ein lebendiges Schaf. Vielleicht sollte es am Wochenende rituell geopfert werden? Er stand auf, ging die Treppe hinunter und verließ das Hotel. Die Nacht war hereingebrochen, und die tagsüber so düstere Straße flammte im Glanz all ihrer Schaufenster, Firmenschilder und Leuchtreklamen. Die Rue Parmentier mündet in die Rue des Convalescents, die wiederum auf den Boulevard d'Athènes mündet. Hier war Rummel. Jahrmarktbuden – Schießbuden, Lotterie- und Ballwurfbuden – machten sich auf dem Gehweg breit, Cafés taten sich auf wie goldene Höhlen, noch erweitert durch riesige Spiegel, im Hintergrund der grüne Schimmer der Billardtische, an denen hemdsärmelige Männer ihr Spiel zelebrierten. Über der Eingangshalle eines Kinos war in ungeheurer Größe ein Paar zu sehen, das sich – Frau unten, Mann oben, tragische Blicke, Mund auf Mund – nach allen Regeln der Kunst umarmte. Doch Idris starb vor Hunger; ihn fesselten die pantagruelischen Schilder bei McDonald's: Hamburger, Cheeseburger, Filet-O-Fish, Big Mac, Apfeltaschen, Dreifruchtshakes. All das war viel zu teuer für ihn, aber er fühlte sich einfach zu elend, um widerstehen zu können. Verschwendung ist der einzige Luxus der Armen. Er leistete sich ein einsames Schlemmermahl, um seine Angst zu lindern, seine Ankunft in Frankreich zu feiern und auch ganz einfach deshalb, weil er Hunger hatte.

Man hatte ihn gewarnt, überm Meer drüben komme er in ein Land voll Kälte und Nebel. Als er McDonald's verließ, fiel feiner Regen. Dennoch war bei den Jahrmarktbuden ein Höllenbetrieb. Senegalesen, über und über mit Talmischmuck behängt, Marokkaner, einen ganzen Schwung Teppiche auf der Schulter, die mit wiegendem Gang, die Füße nackt in den Sandalen, dahinschritten – sie bewahrten trotz des Sprühregens die afrikanische Atmosphäre. Idris, den die geschlossene Stimmung der Gassen und Gäßchen lockte, bog in die Rue Thubaneau ein. Mädchen aus Ghana, schwarz wie die Nacht und aufgetakelt wie Zirkuspferde, standen an der Bordsteinkante oder lehnten mit dem Rücken lässig an der Tür eines zwielichtigen Hotels, sahen ihm zu, wie er vorbeiging, und sogen an ihrer langen Zigarettenspitze. Er schaute sie kaum an. Ein Betrunkener, der unversehens aus einem verrauchten, lärmenden Café kam, nahm Idris beim Arm und wollte ihn hineinzerren. Idris machte sich los. Er blieb erst stehen, als er ein Mädchen sah, das recht anders als die anderen war und vor dem Spiegel einer Kleiderboutique gerade sein Make-up erneuerte. Es war eine Blondine mit langem Haar. Trotz ihres Minirocks, ihrer hohen schwarzen Stiefel und ihrer Netzstrümpfe, die ihre mächtigen Schenkel betonten, ähnelte sie der Frau auf dem Landrover. Sie mußte ihn im Spiegel schon bemerkt haben, denn sie drehte sich um und sprach ihn an.

»Heda, mein Süßer! Du interessierst dich ja scheint's für Blonde! Nur keine Angst, komm ruhig näher.«

Idris ging zu ihr.

»Oh, là, là, das ist ja was Junges, was ganz Junges! Und ich wette, das ist gerade eben erst aus dem Bled hier gelandet. Na, mein Süßer, man riecht ja noch den heißen Sand der Sahara!«

Idris war von den nackten, fetten Schultern des Mädchens geblendet. Die Frau mit dem Landrover hatte eine Hemdbluse angehabt, die ihr ein irgendwie maskulines Aussehen gegeben hatte. Er hob eine schüchterne Hand, um diesen milchzarten, duftenden Leib zu berühren.

»Oh, là, là, runter da mit den Pfoten, mein Süßer. Denn ich würde mich nicht wundern, wenn du völlig blank wärst. Zeig mal 'n bißchen deine Brieftasche.«

Idris, obwohl er nichts verstand, ließ seinen Arm sinken.

»Ach was, Scheiße, deine Papiere doch!«

Jetzt hatte er begriffen. Das war der Befehl par excellence. Folgsam zog er seine Brieftasche hervor und reichte sie der Frau. Die warf einen kurzen Blick hinein und gab sie ihm wieder.

»Genau wie ich dachte. Nichts oder fast nichts. Aber sag' mal, um den Hals, da hast du doch was, das gar nicht so übel ist? Laß mal 'n bißchen sehen!«

Sie hatte den goldenen Tropfen an Idris' Hals bemerkt. Trotz einer schwachen Abwehrbewegung hatte sie ihm mit affenartiger Gewandtheit den Schmuck vom Hals genommen und hielt ihn ans Licht.

»Verdammt, ist der schön! Sieht nach massivem Gold aus. Möcht' ja bloß wissen, wo du den geklaut hast!«

Sie legte sich den Schmuck um den Hals, und um die Wirkung beurteilen zu können, wandte sie sich dem Spiegel im Schaufenster zu. Dann, einem vom Spiegel hervorgerufenen Reflex folgend, öffnete sie ihre Handtasche und machte sich wieder an ihr Make-up. Idris beobachtete sie, wie sie das Ende des rotvioletten Stifts auf ihren Lippen zerdrückte und mit dem ganzen Mund Grimassen schnitt, um die Farbe zu verteilen. Dann ging sie daran, mit einem winzigen schwarzen Besen über ihre künstlichen Wimpern zu streichen. Während sie sich die Wangen tupfte, sah Idris seine Mutter wieder der alten Kuka gegenübersitzen, die ihr mittels eines Wollpinsels und mit Safran rituelle Zeichen ins Gesicht malte. Von der dunklen Haut hob sich der gelbe Farbton kraftvoll ab: auf der Stirn zwei breite, parallele waagrechte Striche über den Augenbrauen, zwei Tupfen an der Nasenwurzel, ein schmaler senkrechter Strich von der Mitte der Unterlippe hinunter bis zur Kinnspitze und vor allem unterhalb der beiden Augen ein Fleck, nach unten hin verlängert durch drei senkrechte Ausläufer, ähnlich den Spuren von dicken Tränen. Denn so sieht in Tabelbala die aufgemalte Gesichtsmaske der verheirateten Frau aus.

Es ging nicht, wie hier, darum, den blutroten Wulst der Lippen oder das kohlschwarze Dunkel der Augenhöhlen zu betonen, sondern Zeichen aufzutragen, die für alle lesbar waren und die auf eine jahrhundertealte Tradition zurückgingen.

»Na, wie findest du mich? Gefall' ich dir?«

Das Mädchen hatte sich umgedreht und schaute Idris an. Er machte eine Handbewegung zu ihrem Hals hin, um seinen Goldtropfen wieder an sich zu nehmen. Das Mädchen schob diese schüchterne Hand zur Seite. Dann knöpfte sie, ihm dabei zulächelnd, ihr Mieder auf und ließ ihn ihre Brüste sehen. Idris' Hände hoben sich und streckten sich aus nach diesen dargebotenen Früchten aus Fleisch und Blut. Das Mädchen hörte auf zu lächeln, schloß mit jäher Bewegung ihren Blusenausschnitt und zog Idris mit sich hinüber zum Treppenhaus eines Gebäudes auf der anderen Straßenseite.

Als Idris beim Hotel *Radio* an die Tür klopfte, war die Zeit, zu der es zu schließen pflegte, längst um. Den Rest der Nacht verbrachte er zusammengekauert auf einer Bank am Cours Belsunce.

Der Zug nach Paris fuhr um 11.48 Uhr. Seit dem frühen Morgen strich Idris im Bahnhof St.-Charles umher. Die turbulente Atmosphäre war angenehm und wirkte leicht berauschend auf ihn. Von den Abschieds- und Wiedersehensszenen, die jede Ankunft eines Zuges begleiteten und an denen er als hungriger Zuschauer teilnahm, fühlte er sich in seiner Not getröstet. Er kramte in seinen mageren Geographiekenntnissen und versuchte, sich den Bestimmungsort der Züge vorzustellen, die er in Richtung Genua, Toulouse oder Clermont-Ferrand abfahren sah. Er versuchte, eine Verbindung zwischen diesen Städten und den Plakaten der Bahn herzustellen, auf denen der Mont Saint-Michel, Azay-le-Rideau, Versailles oder die Pointe du Raz zu sehen waren. Weshalb entsprachen diese Höhepunkte der französischen Bilderwelt niemals den großen Städten, wohin die Züge mit den Arbeitern fuhren? Anscheinend gab es da zwei Welten ohne Beziehung zueinander: Einerseits die zugängliche, aber bittere und graue Wirklichkeit, andererseits ein sanftes und farbiges, aber in ungreifbarer Ferne liegendes Märchenland.

Um elf Uhr wurde der Zug nach Paris am Bahnsteig bereitgestellt. Idris wartete mit dem Einsteigen, bis eine Anzahl von Mitreisenden Platz genommen hatte: Es galt ja, zu beobachten, nachzuahmen, zu tun, was die anderen taten – um nicht zu verraten, daß er mitten unter diesen zivilisierten Menschen ein Wilder war. Er fand einen Eckplatz am Gang, von wo aus er, ohne zu stören, im Abteil ein und aus gehen konnte. Ein junger Mann, der im letzten Augenblick auftauchte, hatte offenbar nicht dieselben Skrupel. Er trat etlichen auf die Füße, um ans Fenster zu kommen, riß die Scheibe auf und schwatzte fröhlich mit anderen jungen Leuten auf dem Bahnsteig. Dann ein lautes Rufen, ein Hände-drücken und heftiges Winken, als der Zug sich in Bewe-gung setzte. Und schon ließ sich der junge Mann, das Gesicht noch leuchtend vom Abschied, auf den noch freien Platz gegenüber von Idris fallen. Immer noch lächelnd schaute er Idris an, ohne ihn zu sehen. Idris verschlang ihn mit den Augen. Wie sehr zu Hause, wie selbstsicher, wie völlig in seinem Element schien er zu sein, dieser gleichaltrige junge Franzose! Als der Zug später am Bahnhof in Arles hielt, ging er wieder ans Fenster und lehnte sich zum Bahnsteig hinaus, als er-wartete er dort seine Freunde wiederzutreffen. Idris schloß die Augen und überließ sich dem regelmäßigen, rhythmischen Schaukeln des Zuges. Er versuchte, aus dem Kopf Zett Zobeidas Musik wieder zusammenzu-bringen. Wieder sah er die Frau, schwarz und rot, und um sie die Musikanten und ihr rätselhaftes Ritornell:

Die Libelle bebt über dem Wasser
Die Grille kratzt über den Stein
Die Libelle besiegelt des Todes Hinterlist
Die Grille, die schreibt das Geheimnis des Lebens.

Der Tanz wurde durch das Halten des Zuges in Avi-gnon unterbrochen, aber fing dann wieder an:

Der Libellenflügel, der ist ein Libell
Der Flügel der Grille, der ist eine Schrift.

Idris sah den Tropfen aus Gold über die Kehle der Tänzerin wirbeln, dann an seiner zerrissenen Schnur in der Sonne baumeln. Er hörte in Marseille die Prostituierte sagen: »Verdammt, ist der schön! Sieht nach massivem Gold aus.« Die gespreizten Schenkel des Mädchens öffneten sich über einem braunen Geschlecht, denn das Platinblond an ihr war natürlich gebleicht gewesen. Idris hatte seine *bulla aurea*, den Talisman aus der Oase und das Zeichen der Freiheit, verloren. Nun brauste er im Rhythmus des Zuges dem Land der Bilder entgegen. Valence war nicht mehr weit, da schüttelte er sich, verließ das Abteil und lehnte sich an die Querstange des Flurfensters. Das provenzalische Land breitete seine Garrigues, seine Olivengärten, seine Lavendelfelder aus. Der junge Mann kam und stellte sich neben ihn. Er warf ihm einen freundschaftlichen Blick zu und begann zu sprechen, als spräche er mit sich selbst, wandte sich dabei jedoch immer unmittelbarer an Idris.

»Das ist noch Provence. Reihen von Zypressen, wie Hecken, um die Kulturen vor der Gewalt des Mistrals zu schützen. Auf den Dächern noch römische Ziegel. Aber lange geht's so nicht mehr weiter. Valence ist die Grenze des Midi. In Valence wird das Klima, wird die Landschaft, wird der Baustil anders.«

»Aber das ist immer noch Frankreich?« fragte Idris.

»Nicht mehr dasselbe Frankreich: Es ist das nördliche Frankreich, in dem ich mehr zu Hause bin.«

Er erzählte von sich. Er hieß Philippe. Seine Familie

hatte ein Gut in der Picardie unweit von Amiens, wo er auch geboren war. Aufgewachsen war er in Paris.

»Der Midi, der bedeutet für mich Ferien. Er ist für mich auch ein besonderes Erlebnis, das etwas Folkloristisches an sich hat: Die provenzalische Aussprache, die Marseiller Ganovengeschichten. Aber daß ein Provenzale, der die Grenze bei Valence passiert, sich ein wenig im Exil fühlt, kann ich verstehen. Es ist grau und kalt. Und die Leute haben so eine spitze Aussprache.«

»Eine spitze Aussprache?«

»Ja, einen unprovenzalischen Akzent, wie man ihn zum Beispiel in Lyon oder in Paris zu hören bekommt. Für die Leute im Midi, verstehst du, haben die Leute im Midi keinen Akzent. Sie glauben, sie sprächen normal und die anderen Franzosen hätten einen Akzent: Den ›assente poinntu‹. Für die Leute im Norden sind die Südfranzosen diejenigen, die einen Akzent haben, den Akzent des Midi, einen Akzent, der amüsant und reizvoll, aber nicht ganz ernst zu nehmen ist. Der Akzent, mit dem Marius spricht.«

»Und die Franzosen aus Nordafrika?«

»Die ›Pieds-noirs‹? Oh, die! Das ist noch schlimmer: Die sprechen Patouet. Das ist das Letzte! Die sollten wirklich erst mal richtig Französisch lernen!«

»Nein, ich rede nicht von den Pieds-noirs. Ich meine die Araber, die Berber?«

Philippe, leicht schockiert, schaute seinen Nachbarn näher an.

»Mit denen ist es nicht dasselbe. Das sind Fremde. Die haben ihre eigene Sprache, Arabisch oder Berberisch. Die müssen Französisch lernen. Was bist du denn?«

»Berber.«

»Also bist du hier richtig in der Fremde.«

»Immerhin doch weniger als in Deutschland oder in England. Franzosen hat's in Algerien schon immer gegeben.«

»Ja, man kennt einander. Jeder Franzose hat seine Vorstellung von Algerien und von der Sahara, auch wenn er noch nie einen Fuß dorthin gesetzt hat. Beides ist ein Teil unserer Träume.«

»Mich hat eine französische Frau fotografiert.«

»Ist das Foto gut geworden?«

»Ich weiß es nicht. Ich hab' es immer noch nicht gesehen. Aber seitdem ich meine Heimat verlassen habe, hab' ich immer mehr Angst, daß es kein gutes Foto ist. Das heißt nicht genau das Foto, das ich erwartet hatte.«

»Ich habe, wenn ich auf der Reise bin, immer einen Haufen Fotos bei mir«, sagte Philippe. »Die leisten mir Gesellschaft. Da fühl' ich mich geborgen.«

Er zog Idris ins Abteil und holte ein kleines Fotoalbum aus seiner Reisetasche.

»Schau, das bin ich mit meinen Brüdern und meiner Schwester.«

Idris sah das Foto und danach, wie um zu vergleichen, auch Philippe an.

»Ja, das bist du, aber jünger.«

»Das war vor zwei Jahren. Da rechts, das sind meine Brüder und dahinter mein Vater. Die alte Dame, das ist meine Großmutter. Sie ist im Frühjahr gestorben. Das hier ist unser Haus bei Amiens mit Pipo, dem Hund des Gärtners. In diesen Alleen habe ich laufen und radfahren gelernt. Das da ist die ganze Familie beim Picknick im Staatswald. Meine Erstkommunion – ich bin der dritte von links. Ach ja, und das hier, das ist ein Geheimnis!«

Lachend tat er, als wollte er das Foto nicht zeigen, aber schließlich, wieder ernst geworden, reichte er es Idris doch.

»Das ist Fabienne, die Frau, die ich liebe. Wir sind verlobt. Das heißt, nicht offiziell. Sie studiert wie ich Politologie, aber sie ist drei Jahre älter als ich. Sieht man das?«

Gierig betrachtete Idris das Foto. Er hatte den blonden Frauentyp vom Landrover und von Marseille wiedererkannt. Finster werdend gab er Philippe das Album zurück und musterte ihn mißtrauisch. Alles, was der junge Franzose gesagt hatte – über sich, seine Angehörigen, sein elterliches Haus, seine Heimat –, alles, was ihn von Idris unterschied, war im Bild dieser Frau anschaulich und faßbar geworden. Philippe gehörte zu der Rasse der blonden Diebinnen, die Fotos und goldene Tropfen stehlen. Seine Freundlichkeit, sein guter Wille, der Imbiß, den er mit Idris teilte, die Kommentare, die er von sich gab, als der Zug durch die Berge des Vivarais, die sanftwellige Landschaft des Beaujolais, die Ebene der Champagne mit ihren Tannenwäldern fuhr – nichts zerstreute Idris' angstvolle Gewißheit, daß er nur von Fremden umgeben sei und daß ihm eine dunkle Gefahr drohe.

Als der Zug in der Gare de Lyon hielt, schien Philippe ihn vergessen und nur noch die Sorge zu haben, in der dichtgedrängten Menschenmasse auf dem Bahnsteig die Seinen zu entdecken. Idris stieg nach ihm aus und sah ihn sogleich von einer Gruppe umringt, die ihn lebhaft und herzlich begrüßte. Er begriff, daß die kurze

Gemeinsamkeit, die sie einander nähergebracht hatte, verflogen war. Vom Strom der Passagiere getrieben, kam er bis zum Gehsteig vor dem Bahnhof, an dem eine Prozession von Taxis entlangdefilierte. Die Nacht war hereingebrochen. Die Luft war klar, aber beinahe kalt. Der Boulevard Diderot und weiter entfernt die lange Flucht der Rue de Lyon waren nichts als ein Gefunkel von Scheinwerfern, Schildern, Schaufenstern, Caféterrassen, Verkehrsampeln. Idris zögerte einen Augenblick, ehe er sachte hineinglitt in dieses Meer von Bildern.

Der Vetter Achour, zehn Jahre älter als Idris, war ein kräftiger, gutgelaunter und pfiffiger Bursche. Er hatte Tabelbala vor fünf Jahren verlassen und ließ seinen Angehörigen in freilich recht eigenwilligen Abständen optimistische Briefe und bescheidene Geldüberweisungen zukommen. Mogadem hatte es übernommen, ihm zu schreiben und ihm seinen Neffen anzuempfehlen, doch hatte sich Idris auf den Weg gemacht, ohne seine Antwort abzuwarten. Und so war Idris erleichtert, ihn im Sonacotra-Wohnheim* in der Rue Myrha im 18. Arrondissement vorzufinden. Dort bewohnte er ein kleines Zimmer in einer Art Wohnung, die noch fünf andere Zimmer, ein Bad und eine gemeinsame Küche mit sechs Gaskochern und mit sechs durch Vorhängeschlösser gesicherten Kühlschränken umfaßte. Damit vereinte das Wohnheim in sich zwölf Wohnungen mit je sechs Zimmern für Ledige, zu denen noch ein Betsaal und ein Fernsehraum kamen. Achour stellte Idris dem Leiter des Wohnheims vor, einem ins Mutterland zurückgekehrten Pied-noir aus Algerien, den alle Isidore nannten, als handle es sich um seinen Vornamen, während es in Wirklichkeit sein Familienname war. Mit ihm wurde vereinbart, Idris dürfe vor-

---

* Société nationale de construction de logements pour les travailleurs immigrés = Staatliche Baugesellschaft für Gastarbeiterwohnungen

erst mit seinem Vetter das Zimmer teilen; Isidore werde wegen dieses – recht alltäglichen – Verstoßes gegen die polizeilichen Vorschriften beide Augen zudrücken.

Achour ersetzte seine fehlende Berufsausbildung durch eine anscheinend unerschöpfliche Geschicklichkeit bei allen Aufgaben, die ihm gestellt wurden. Kurz nach seiner Ankunft in Frankreich hatte er zwar versucht, sich bei Renault anlernen zu lassen. Aber er hatte die erste »Personalabspeckung« benutzt, um den Steg hinüber zur Ile Séguin nie wieder zu betreten. Er war nicht der Mann für eine regelmäßige, eintönige, drückende Arbeit.

»Vor allem der Lärm ist's«, sagte er zu Idris, als er von dieser traurigen Zeit seines Lebens erzählte. »Oh, mein Bruder! Wenn du in der Werkhalle ankommst, da platzt dir schon der Schädel. Ja, und die Gießerei: Auf einem Fließband kommen alte schrottreife Motorblöcke dahergefahren und kippen nacheinander in den Schmelzofen. Die Hölle, sag' ich dir. Ich bin doch musikalisch, du kennst mich ja, und sogar ein guter Tänzer. Und ich soll so 'ne Arbeit machen! Ich! Am Abend, wenn ich rauskam, hörte ich nichts mehr. Ich wär' ganz bestimmt taub geworden, wenn ich weitergemacht hätte. Und das Schlimmste, weißt du, das ist die Mißachtung des Arbeiters, die in diesem Lärm liegt. Weil noch nie ein Ingenieur daran gedacht hat, die Arbeit so einzurichten, daß der Lärm geringer wird. Nein, das ist völlig belanglos! Arbeiter haben Holzköpfe! Weshalb sich dafür anstrengen?«

Danach war er Bahnsteigkehrer bei der Metro gewesen, eine kurze Episode, von der er nur die Erinnerung an den bekannten Streik des Reinigungspersonals behalten hatte, der vier Wochen gedauert hatte. Weil in Frankreich der öffentliche Dienst keine Ausländer beschäftigen darf, konnten die neunhundert arabischen, kabylischen und senegalesischen Arbeiter der Metro von der R. A. T. P., dem Pariser Verkehrsregiebetrieb, nur durch Einschaltung privater Subunternehmer beschäftigt werden, und so kam ihr Streik gleich zwei Arbeitgebern ungelegen, von denen der eine so heuchlerisch wie der andere war. Die Arbeiter, im Gewerkschaftshaus versammelt, schreiben sich alle en bloc bei der Demokratischen Arbeitergewerkschaft C. F. D. T. als Mitglieder ein, was ihnen Edmond Maires hocherfreuten Besuch beschert. Er wird mit Juhu und mit Tanz empfangen, und ein junger Senegalese überreicht ihm, immerzu tanzend, ein Rosensträußchen. Seine Ansprache wird sofort ins Arabische, Berberische und Senegalesische übersetzt. Aber siehst du, Vetter, nichts ist einfach und nichts ist klar, denn die C. G. T., die kommunistische Gewerkschaft, hat sofort einen Streik der Zugreiniger ausgerufen, angeblich aus Solidarität. In Wirklichkeit war das ein verkappter Schlag gegen uns, denn unsere Forderungen hatten mit denen der Zugreiniger nichts gemein, und das hat letzten Endes alles durcheinandergebracht.«

Idris hörte gespannt zu, ohne von diesen Streitigkeiten zwischen den Bahnsteigreinigern in der C. F. D. T. und den Zugreinigern in der C. G. T. irgend etwas zu begreifen. Er fühlte sich erst wieder auf festem Boden, als Achour von einem scheußlichen Dezember erzählte, den er bei der Clementinenernte in Korsika verbracht hatte. Vierzehn Stunden Arbeit pro Tag, ein schauderhaftes Sammellager in einem Schuppen mit dreißig

Verdammten gleicher Art – Marokkanern vor allem –,
die von korsischen Arbeitgebern ausgebeutet wurden.

»Seit ich dort war, kann ich keine Mandarine mehr
sehen, ohne gleich die Flucht zu ergreifen. Nein, weißt
du, Vetter, vor allem darfst du nicht hinunter nach
Südfrankreich oder nach Korsika! Erstens ist es da im
Winter kälter als überall sonst. Dezembernächte in
Korsika! Ich hab' da wirklich um meine Haut gefürchtet. Und dann die Leute: Je brauner ihre Haut, je krau-
ser ihr Haar ist, je mehr sie uns ähnlich sehen, desto
überheblicher sind sie gegen uns. Falls man mir eines
Tages den Vorschlag macht, zum Clementinenpflük-
ken nach Schweden oder nach Finnland zu gehen,
werd' ich mir's überlegen, aber ich würde mich wundern, wenn's dazu käme.«

Dann hatte er in verschiedenen Lokalen als »Tellerwä-
scher« gearbeitet: bei Kinderkrippen, Milchbars,
Betriebskasinos, Fast-food-Geschäften, Selbstbedie-
nungsrestaurants, Schulkantinen. Das einzig Reizvolle
an diesen Jobs war ihre Kürze und jene Art Lotterie-
spiel, durch das man sie bekam. Im Büro der Staatli-
chen Stellenvermittlung A. N. P. E.* wurden an die Be-
werber um Tellerwäscherstellen Nummern von 1 bis
1000 ausgegeben. Da die Stellenangebote nur langsam
tröpfelten, konnte das Warten Wochen, ja Monate
dauern. Freilich wurde es häufig dadurch verkürzt, daß
der Inhaber der aufgerufenen Nummer verschwunden
war, sei es, daß er den Mut verloren oder daß er ander-
weit Arbeit gefunden hatte.

»Ich war immer da, wenn meine Nummer heraus-

* Agence nationale pour l'emploi

kam«, erklärte Achour stolz. Erstens warte ich ganz gern. Auf Arbeit zu warten ist die am wenigsten anstrengende Arbeit, die ich kenne. Und auch die, bei der man am wenigsten schmutzig wird. Das ist schon etwas. Ich habe ganze Tage auf den Bänken der A. N. P. E. verbracht und zugehört, wie die Nummern aufgerufen wurden. Oft waren sie von meiner Nummer so weit entfernt, daß ich auch einige Tage fernbleiben konnte. Das waren im Grunde Ferien, und während dieser Zeit ging die Arbeit beim Aufruf der Nummern ganz von alleine weiter. Nur mußte man eben rechtzeitig zurück sein, weiß du. Und dafür hatte ich quasi einen Riecher. Ich roch es, wenn meine Nummer kam. Nicht ein einziges Mal fand ich mich erst ein, nachdem meine Nummer schon in meiner Abwesenheit aufgerufen worden war. Und dann kam die Überraschung, und das war amüsant. Man wußte nie, ob man in einer neapolitanischen Pizzeria, einer bretonischen Crêperie oder im Tour d'Argent landete. Das ärgerliche war das Essen dort. Das sieht wie Angeberei aus, aber ich schwöre dir, Vetter, der dunkle Punkt im Gaststättenberuf ist das Essen. Erstens die Zeit zum Essen. Denn natürlich muß man sich zu den normalen Essenszeiten besonders am Riemen reißen. Also ißt man selber zu idiotischen Zeiten. Ich habe mich nie daran gewöhnen können, um sechs Uhr oder um Mitternacht zu Abend zu essen. Im einen Fall habe ich keinen Hunger. Im anderen bin ich angeekelt von den schmutzigen Tellern und den unappetitlichen Speiseresten, mit denen es meine Hände fünf Stunden hintereinander zu tun hatten. Am Ende aß ich nichts mehr. Ich habe viele Kilo verloren. So konnte es nicht weitergehen.«

Er war auch Hundetrimmer gewesen und Litfaßmann (»Für einen schüchternen Typ wie mich ist da der Vorteil, daß du fast unbemerkt bleibst. Man kann sogar sagen, daß du unsichtbar wirst. Ja! Die Passanten schauen die Werbetafel an, die du auf den Schultern trägst – du, den sie nicht einmal sehen!«), ferner Plakatkleber, Spaziergangbegleiter für alte Damen (»Unter ihnen war eine, weißt du, die war wirklich nett. Ich ging langsam, ihrem Schritt entsprechend, und hatte ihr meinen Arm gereicht wie ein guter, respektvoller Sohn oder so. Und dann, autsch, gehen wir eines Tages am Square de Jessaint vorbei, und sie sagt: ›Da gehen wir nicht hinein, da drin sind lauter Kanaker!‹ Hatte sie mich denn nicht angeschaut?«), Feuerwerker (»Für das Feuerwerk am 13. Juli, denk' mal, da brauchen sie Leute! Also das ist wirklich Saisonarbeit!«), Bademeister in einem Schwimmbad (»Ich konnte ihnen zwei Monate lang verheimlichen, daß ich nicht schwimmen kann. Ein Rekord, nicht?«), Vertreter für *Toutou*, die Luxus-Hundekost (»Der Unternehmer zwang uns, mitten im Laden eine Dose *Toutou* aufzumachen und mit feinschmeckerischem ›Miam-miam‹ davon ganze Löffel voll vor der Kundschaft zu essen. Und danach hätte ich dann zum Mittagessen gehen sollen!«), Fensterputzer, Autowäscher, Leichenwäscher in der Morgue (»Es ist unglaublich, was ich in meinem Leben schon zu waschen hatte. Das ärgerliche ist, daß dich das entmutigt, dich selbst zu waschen. Wäscher, was immer sie auch waschen, sind selber stets dreckig wie Schweine.«).

Zur Zeit hatte er auf dem Rathaus des 18. Arrondissements eine Vertretung als Straßenkehrer ergattert, und eine kurze Vorsprache auf dem Büro der Straßenmeisterei brachte ihm die Erlaubnis, seinen Vetter zur Mithilfe heranzuziehen. Eine Stadtarbeitermütze auf dem Kopf und ein scharlachrotes Band quer über die Brust, bekam Idris auf diese Weise das Pariser Leben aus dem untersten, bescheidensten Blickwinkel zu sehen. Ein Veteran mit grauem Schnauzbart, der aus Liebe zu seinem Beruf weiter die Straße kehrte, hatte ihn bald freundschaftlich in sein Herz geschlossen und lehrte ihn die Kunst, aus grünen Birkenreisern durch Binden mit einer geschlitzten Brombeerranke einen guten Besen zu machen. Da sie ein Team waren, hatte man ihnen ein Wägelchen anvertraut, das einen Müllsack nebst Schaufel und Besen aufnehmen konnte. Sie mußten nicht nur Schmierpapier und Hundedreck auf dem Bürgersteig aufsammeln und die Rinnsteine säubern, sondern hatten auch die siebzehn öffentlichen Abfallkörbe des ihnen zugewiesenen Bezirks zu leeren. Idris hatte bei Achour darauf bestanden, daß er ihm den Vierkantschlüssel zu den Hydranten für das Ausspülen der Rinnsteine überließ. Er liebte es, die gurgelnde Flut zu entfesseln und ihren unaufhörlich von Müll oder von den Reifen parkender Wagen gehemmten Lauf wachsam zu beobachten. Das erinnerte ihn daran, wie in Tabelbala die von den Fegagir gespeisten Bewässerungsgräben des Palmenhains überwacht, vom Sand befreit und geflutet worden waren. Im Grunde stand er immer wieder fassungslos vor dieser Stadt, die ständig unter ihren eigenen Ausscheidungen zu ersticken drohte, die vom Zwang zur Beseitigung ihrer Abfälle besessen war, die gegen die Anhäufung all ihres Überschüssigen ankämpfte – während eine Oase unter nichts anderem zu leiden hat als unter der Armut, dem Mangel, der Öde.

Achour ließ es sich auch nicht nehmen, Idris zwischen zwei Besenstrichen zu unterweisen und die Früchte seiner alten Erfahrung als Fremdarbeiter an ihn weiterzugeben.

»Hier ist das nicht wie in der Heimat«, sagte er zu ihm. »In der Heimat, da lebst du eingezwängt in eine Familie, in ein Dorf. Wenn du heiratest, da wirst du zum Eigentum deiner Schwiegermutter! Du wirst so was wie ein Möbelstück, das zum Haus gehört. Hier nicht, hier herrscht Freiheit! Ja, sie ist sehr gut, die Freiheit. Aber Vorsicht! Sie ist auch schrecklich, die Freiheit! Von Familie, von Dorf, von Schwiegermutter keine Spur! Du bist ganz allein. Mit einer Masse Leute, die vorbeigehen, ohne dich anzusehen. Du kannst fallen und am Boden liegen. Die Leute werden weitergehen. Keiner wird dich aufheben. Das ist sie, die Freiheit. Sie ist hart. Sehr hart.«

Die Schüchternheit seines jungen Vetters, seine Unbeholfenheit beim Ergreifen auch der geringsten Gelegenheiten, die der Zufall bot, sein etwas scheuer Stolz, wenn sich jemand für ihn zu interessieren schien – nein, wirklich, er mußte anders werden, wenn er in Paris überleben wollte.

»Hier bist du wie ein Korken, der auf dem Wasser schwimmt«, erklärte er ihm. »Die Wellen werfen dich hin und her, du gehst unter, du bist wieder oben. Also mußt du dir alles zunutze machen, was sich gerade bietet. Zum Beispiel: Du bist jung und hübsch. Na also – wenn dich einer anlächelt, da gibt es kein Zögern: Geh und schau, was das soll. Vielleicht ist's was für dich. Darfst dich nicht benehmen wie ein Mädchen. Ein Mädchen, das hat einen Ruf zu bewahren, eine Ehre als Frau. Sie darf sich nicht bloßstellen, sonst ist sie für immer verloren. Du bist kein Mädchen. Du hast nichts zu verlieren. Jedenfalls dürfen wir alle hier nicht zimperlich sein.«

Und natürlich war da auch die Umgebung im Wohnheim: Isidore, der Leiter, und die wechselnde Schar der anderen Fremdarbeiter. Isidore hatte zu den Mietern des Heims mitten in Paris wieder die väterlich-tyrannischen Beziehungen hergestellt, wie er sie fünfzehn Jahre zuvor zu den arabischen Arbeitern der von ihm in Batna geleiteten Grießmühle unterhalten hatte. »Die kennen mich, die Arabs«, versicherte er den Inspektoren, die ankamen, um einen Routineblick in die Räume des Heims zu werfen. »Ich versteh' mit ihnen zu reden. Bei mir gibt's nie Scherereien.« Und es stimmte, daß die Einwanderer sich über die zwar ganz offenbar aufdringliche und pedantische, alles in allem aber recht wirksame Bevormundung durch ihn nicht zu beklagen brauchten.

»Man darf nicht glauben«, meinte Achour dazu, »daß die Franzosen uns nicht mögen. Sie mögen uns eben auf ihre Art. Aber nur falls wir unten am Boden bleiben. Unterwürfig, armselig müssen wir sein. Einen Araber, der reich und mächtig ist – das können sie nicht vertragen. Die Scheiche vom Golf beispielsweise, die ihnen ihr Öl verkaufen – ha! Die finden sie zum Kotzen! Nein, ein Araber, der muß arm bleiben. Die Franzosen sind mildtätig zu den armen Arabern, vor allem die Franzosen von links. Und es macht ihnen doch soviel Spaß, sich mildtätig zu fühlen!«

Doch sein Standpunkt war nicht ohne ernstzunehmende soziale Forderung.

»All diese Franzosen, das eine müßten sie doch anerkennen. Wir, die Kanaker, wir haben es geschafft, das moderne Frankreich. Dreitausend Kilometer Autobahnen, das Montparnasse-Hochhaus, das C. N. I. T.*, die Marseiller Untergrundbahn, demnächst auch den Flughafen Roissy und später das R. E. R., das regionale Schnellverkehrsnetz – das waren wir, wir, immer nur wir!«

Dennoch fühlte er sich entmutigt angesichts der passiv vor sich hinträumenden Masse der übrigen Fremdarbeiter.

»Schau sie dir an, die Kerle vom Wohnheim. Manchmal frag' ich mich, was sie im Kopf haben. Wenn du mit ihnen von der Zukunft sprichst, gibt es zwei Dinge, die sie nicht akzeptieren können. Erstens: in die Heimat zurückzukehren. Also nein – *das* niemals! Von dort sind sie doch gerade abgehauen, und zwar für immer! Trotzdem gibt es welche, die daran denken, wieder zurückzugehen. Aber erst nach sehr, sehr langer Zeit, wenn die Heimat eine Art irdisches Paradies geworden ist. Man kann ebensogut sagen: nie. Doch hierzulande sind sie ebenfalls nicht glücklich. Sie sehen gut, daß man sie hier nicht haben will. Also für immer hierbleiben? Nein, das nie und nimmer! Was wollen sie also? Weder in die Heimat zurückkehren noch in Frankreich bleiben. Einer von ihnen hat mir vor kurzem gesagt: Hier leben – das ist die Hölle, aber in der

* »Centre national des industries et des techniques«, ein großes Ausstellungszentrum

Heimat leben – das ist der Tod. Was erträumen sie sich? Sie wissen es selber nicht!«

Selbstverständlich hatte Idris ihm von seiner Geschichte mit dem Foto alles erzählt. Achour hatte mit besorgter Miene zugehört. Und hatte darauf finster geäußert:

»Im Grunde, weißt du, war deine blonde Frau mit ihrem Kodak eine Falle, eine ungeheure Falle. Und in diese Falle, Bruder, bist du kopfüber hineingeplumpst. Ob du da wieder herauskommst?«

Doch von Zett Zobeidas goldenem Tropfen, den er auf dem Marseiller Pflaster verloren hatte, sagte Idris ihm nie etwas.

Das kleine Filmteam war in der Rue Richomme eifrig bei der Arbeit, und zwar unter Leitung einer korpulenten Erscheinung, die von allen Monsieur Mage genannt wurde. Man hatte an der Bordsteinkante einen Gully ausfindig gemacht, und darauf hatte der Kameramann seinen Sucher gerichtet, wobei er sich freilich die Möglichkeit eines Panoramaschwenks offenhielt. Was jedoch die Aufmerksamkeit der Schaulustigen auf sich zog, war ein Clown – ein dummer August vom Zirkus mit einer roten Pappnase und mit riesenhaften Schuhen –, der wohl der einzige Darsteller der gerade gedrehten Filmszene sein mußte. Er stach inmitten dieser grauen, blassen Leute so grell ab wie eine Pampelmuse in einem Haufen Kartoffeln. Monsieur Mage war starr stehengeblieben und schaute mit ergriffener Miene, die sein natürliches Schielen noch betonte, auf Idris, der, auf seinen Besen gestützt, den Clown beobachtete. Monsieur Mage winkte einem grauhaarigen Mann, der ihn begleitet hatte.

»Siehst du den kleinen Straßenkehrer? Den engagierst du.«

»Den engagiere ich? Wofür denn?«

»Für seinen Job, klar, fürs Straßenkehren! Er soll kehren. Im Rinnstein.«

Der grauhaarige Mann ging zu Idris hinüber. Er entnahm seiner Brieftasche einen Zweihundert-Francs-Schein und gab ihn Idris.

»Du kehrst. Los! Kehre! Kümmere dich um nichts sonst. Wiederholung! Alles an die Plätze!«

Idris, schon daran gewöhnt, nichts zu verstehen, begann seinen Besen im Rinnstein auf und ab zu führen. Der Clown trat mit unsicherem, stockendem Gang vor und suchte mit den Blicken nach etwas. Er gewahrte einen Holzzaun, lief hin, um darüberzuschauen, gab diese Fährte auf, schaute prüfend den Rinnstein und Idris' Besen an. Und dann stutzte er vor dem Gully. Beschrieb mit seinem schmetterlingshaften Gang einen Halbkreis um das Loch. Näherte sich ihm, kniete sich auf den Asphalt. Sein Gesicht drückte Angst, Hoffnung, Erwartung aus. Dicht an dem Ablaufloch hockend, griff er mit der Hand, dann mit dem ganzen Arm hinein. Man spürte, wie er sich mühte, nach etwas zu greifen, das wohl sehr tief drunten in dem übelriechenden Dunkel sein mußte. Endlich erhellte sich sein Gesicht, und ein breites Lächeln erblühte darauf. Der Clown erhob sich langsam und hielt dabei eine schöne rote Rose in der Hand. Die Beine ineinandergeschlungen, mit seiner freien Hand sachte in der Luft rudernd, die Augen wollüstig geschlossen, sog er jetzt den Duft der Rose ein.

»Sehr gut!« rief Monsieur Mage. »Das drehen wir gleich. Alles auf die Plätze. He, du, Straßenkehrer, geh zurück an deinen Ausgangspunkt! Los, kehr' doch, bei Gott!«

»Also haben sie mit dir einfach einen Film gedreht?« Achour konnte sich gar nicht genug wundern.

»Ich habe sogar zweihundert Francs bekommen!« bestätigte Idris, seine Brieftasche zückend.

»Kaum aus Tabelbala hier gelandet, und schon Filmstar! Du bist aber begabt, das kann man schon sagen! Und dabei hab' ich geglaubt, ich wär' der Schlaumeier!«

»Übrigens«, übertrumpfte ihn Idris, »übrigens hat der Regisseur mich bemerkt. Er gab mir seine Karte und sagte mir, ich solle ihn anrufen. Achour entzifferte auf der in Parmaviolett gehaltenen Visitenkarte, die Idris ihm reichte:

Achille Mage
Cinéaste
13, rue de Chartres – Paris XVIIIe

Er hielt sich die Karte unter die Nase.
»Der Farbe und dem Geruch nach muß der schon was sein. Übrigens ist das gar nicht weit von hier. Rufst du ihn bald an?«
»Ich?«
Idris fühlte sich plötzlich ins Hintertreffen geraten. Ein Telefon zu benutzen und einen Unbekannten anzurufen, der ein bedeutender Mann zu sein schien – das war von ihm wahrlich zuviel verlangt.
»Vielleicht. Später. Man wird ja sehen.«
»Solche Dinge darf man sich nicht entgehen lassen.«
»Es kommen auch wieder andere.«
»Also du! Ich weiß nicht, ob ich lachen oder weinen soll. Auf eine Art hast du vielleicht Baraka, weil du eben erst angekommen bist. Du hast von nichts eine Ahnung, das sieht man deinem Gesicht an. Und vor allem: Du trägst deine Wüste, deine Oase immer noch an dir. Du selber merkst das gar nicht. Aber ich bin

schon gestopft voll von Paris, ich spüre gut, daß um dich etwas ist, das andere anzieht und festhält. Es ist wie ein Zauber. Es wird nicht so bleiben. Nütz' es aus.«

»In Marseille, da hab' ich viel verloren. Am Abend meiner Ankunft. Bei einer Hure.«

Achour lachte ironisch.

»Das ist nicht schlimm, Vetter! Da das ja mal kommen mußte, dann lieber gleich. Trotzdem hoff' ich, daß du dabei nicht was gefangen hast.«

»Gefangen – nein. Verloren. Verloren, sag' ich dir. Verloren.«

Achour schaute ihn verständnislos an. Doch Idris sagte kein erklärendes Wort dazu.

Die Speisekarte – koloriert und von Arabesken umkräuselt – verkündete in kalligraphischen Lettern:

Zum weißen Képi
Méchoui-, Tagine- und Couscous-Spezialitäten
Räume in maurischem Stil

Die Fassade der Gaststätte hatte etwas von einem kriegerischen Bordj – einem Wüstenfort –, von einem frommen Marabout, einer kleinen Moschee, und von einem Palast aus *Tausendundeiner Nacht.* Ein Ober mit Chéchia – der roten Mütze der Wüstentruppen – und in Pluderhosen hielt an der Tür Wache. Idris ging hin und vertiefte sich in die Lektüre der Speisekarte. Die Worte tanzten vor seinen Augen, ohne in seinem Kopf eine präzise Vorstellung hervorzurufen: Tauben-Bstila mit Zimt, Milch-Seksou, Briks mit Honig, Chakchouka mit Eiern, Chorba mit Kräutern, Zwiebel-Bourek, Maktfah aus Fadennudeln, Dolma in Paprikaschoten ...
»Schmeckt Ihrer Ansicht nach Couscous mit Huhn besser oder mit Hammel?«
Idris drehte sich um. Der junge Mann, der ihn angesprochen hatte, fixierte ihn mit strenger Ironie aus seinen tief im knochigen Gesicht liegenden Augen.
»Ich weiß nicht«, stammelte Idris, »ich hab' noch nie Couscous gegessen.«

Der junge Mann musterte ihn scharf.

»Nein, so was! Dabei hätte ich Sie für einen Araber gehalten.«

»Nein, ich bin Berber.«

»Araber, Berber, das ist doch kifkif, oder nicht?«

»Nein.«

»Na schön – woher kommen Sie denn dann?«

»Aus der Sahara. Aus einer Oase im Nordwesten der Sahara.«

»Du kommst aus der Sahara und hast noch nie Couscous gegessen?«

»Nein, nie. In Tabelbala sind die Leute zu arm, um Huhn oder Hammelfleisch zu essen. Man sagt: Der Bauch ist ein leerer Schlauch, und die Erfahrung lehrt, ihn zuzuknoten.«

»Und was ist dann euer Nationalgericht?«

»Ich glaube nicht, daß wir ein Nationalgericht haben. Zumeist essen wir Tazou, aber das sieht wahrhaftig nicht nach einem Nationalgericht aus.«

»Tazou?«

»Grieß mit Karotten, Nelkenpfeffer, Kohl, Bohnen, Paprikaschoten, Auberginen, Zucchini...«

»Da ist alles dran, was euch so richtig im Maul brennt, was! Und Fleisch?«

»Keines. Ein Stück Kamelknochen vielleicht...«

Ein paar Minuten später hockten sie im Restaurant an einem niedrigen Tisch, vor sich ein herrlicher Couscous mit Fisch. Das luxuriöse Halbdunkel begünstigte die Träume und Erinnerungen, die Idris' neuen Freund bewegten.

»Ich schau' dich an und sag' mir: Das ist die Sahara, die zu mir kommt!«

»Die Sahara«, sagte Idris, »die hab' ich in Frankreich kennengelernt. Bei uns gibt es dafür kein Wort.«

»Was! Für die Sahara, die Wüste!«

»Bei uns zu Hause gibt's kein Wort für Wüste.«

»Gut, also wenn du willst: Die Worte, das ist meine Sache. Ich werd' dir die Sahara erklären.«

»Die Franzosen, die müssen immer alles erklären. Aber ich versteh' nichts von ihren Erklärungen. Eines Tages ist bei mir zu Hause eine blonde Französin vorbeigekommen. Sie hat mich fotografiert. Sie hat zu mir gesagt: ›Ich schicke dir dann dein Foto.‹ Ich hab' nie was bekommen. Jetzt bin ich also zum Arbeiten in Paris. Und überall seh' ich Fotos. Auch Fotos von Afrika, von der Sahara, von der Wüste, von den Oasen. Darauf erkenn' ich nichts wieder. Man sagt mir: ›Das ist doch deine Heimat, das bist du.‹ Ich? Das? Ich erkenne nichts davon.«

»Das kommt daher, daß du keine Ahnung hast. Du mußt das erst lernen. Immerhin bringt man den kleinen Franzosen in der Schule bei, was Frankreich ist. Ich bring' dir bei, was ein Idris aus der Sahara ist.«

»Und wenn du mir auch ein wenig beibrächtest, was du bist?«

»Ja, das ist wahr, wirklich, wo hatte ich bloß meinen Kopf! Wer bin ich? Ich bin der Marquis Sigisbert de Beaufond, wenn's gefällig ist!«

Und er stand halb auf und verbeugte sich vor Idris.

»Eine der ältesten Familien auf freigrafschaftlich-burgundischem Boden. Oui, Monsieur. Und ich will gleich dazusagen, daß mir das überhaupt nichts bedeutet! Seit meiner Kindheit bin ich der Rebell, der Außenseiter, der Lehrerschreck. Vor die Tür gesetzt im Kindergarten zu Passy, bei den Fratres der christlichen Schulen zu Neuilly, bei den Oratorianern in Pontoise, den Jesuiten in Évreux, den Lazaristen in Sélestat, den Ignorantinern in Alençon. Mit siebzehn bin ich zum dritten Mal durchgebrannt, komme nach Sidi-bel-Abbès und verdinge mich dort mit falschen Papieren bei der Fremdenlegion. Ha! Idris, die Legion! Das Heldenlied der weißen Képis. Ach ja, der Besitzer des Restaurants hier ist ja auch ein Ehemaliger. Marschier' oder krepier'! Camerone*! Dann kommt *La Bandera*, der Film von Duvivier, den er General Franco, dem Chef der spanischen Legion, gewidmet hat. Jean Gabins erste große Rolle. Pierre Renoir, schockierend: ›Sie kriegen acht Tage Strafhaft, weil Sie die Absicht hatten, mich umzubringen, und weitere acht Tage, weil Sie es nicht getan haben, als Sie Gelegenheit dazu hatten!‹ Und dann Pierre Benoit, *L'Atlantide*! Brigitte Helm in der Rolle der Antinea. ›Welch erdrückender Tag! Welch eine schwere, schwere Nacht... Man fühlt sein eigenes Selbst nicht mehr, man weiß nichts mehr...‹ – ›Ja‹, spricht die ferne Stimme von Saint-Avit. ›Eine schwere, schwere Nacht, ebenso schwer, weißt du, wie die Nacht, als ich Capitaine Morhange erschlagen habe.‹ Und hinter alledem die mystische Vision eines Charles de Foucauld, des Heiligen des Assekrem: ›Denke, daß du als Märtyrer, bar jeder Habe, auf die Erde hingestreckt, zur Unkenntlichkeit entstellt, am ganzen Leib voller Wunden und Blut, eines gewaltsamen, schmerz-

---

* Ort in Mexiko, wo am 30. April 1863 nur 60 Mann der französischen Fremdenlegion 2000 Mexikanern standhielten. Der 30. April wurde später zum Feiertag der Fremdenlegion.

haften Todes sterben mußt – und wünsche dir, das möge heute geschehen.‹«

»Aber weißt du, Idris, in dem ganzen Heldenlied von der Sahara habe ich eine Episode am intensivsten miterlebt: General Laperrines Tod im März 1920 bei seinem Versuch, eine Flugverbindung von Algier zum Niger herzustellen. Das seltsamste ist: Dieser ehemalige Befehlshaber des Oasengebiets, der Gefährte von Charles de Foucauld, der Schöpfer der Sahara-Kompanien – er wurde durch Zufall in dieses tödliche Abenteuer verstrickt! Ich habe den Piloten seines Flugzeugs, den Colonel Alexandre Bernard auf dem Bauernhof in der Bresse besucht, wo er seinen Lebensabend verbrachte. Er hat mir von diesem Drama berichtet. Hör' gut zu, Idris, es ist ein wahres Heldenlied!

Es ging, wie gesagt, darum, die erste Flugverbindung zwischen Weißafrika und Schwarzafrika herzustellen. Zwei Staffeln zu je drei Flugzeugen sollten an dem Flug teilnehmen, die eine von Frankreich, die andere von Algier aus. Von den drei Flugzeugen aus Frankreich zerschellt eines in Istres, das zweite überschlägt sich in Perpignan, nur das dritte kommt in Algier an. So starten denn am 16. Februar in Algier vier Maschinen. Die von Alexandre Bernard gesteuerte Maschine sollte General Nivelle mitnehmen, der das 19. Armeecorps in Algier befehligte. Doch der Ärger geht weiter. Nivelle wird dringend nach Paris zurückgerufen und meldet sich ab. Das schlecht austarierte Flugzeug muß nach einstündigem Flug nach Algier zurückkehren. Denn die damaligen Flugzeuge waren aus Holz und Segeltuch mit Seilen und Spanndrähten. Nachts gerieten sie durch die Schwankungen der Temperatur und der

Luftfeuchtigkeit aus der Form, und man mußte sie vor dem Abflug wieder verspannen und ausbalancieren, ungefähr so, wie man eine Geige vor dem Konzert erst stimmen muß.

Das erste Etappenziel war Biskra. Dort residierte General Laperrine. Als er sah, daß Nivelle aufs Mitfliegen hatte verzichten müssen, beeilte er sich, dessen Platz in Bernards Flugzeug zu übernehmen. Wenn man dabei von ›Platz‹ spricht, ist das übrigens zuviel gesagt. In Wirklichkeit waren es nur zwei Löcher im Flugzeugrumpf, eines für den Piloten, das andere für den Mechaniker, in unserem Falle für Marcel Vasselin, einen jungen Burschen von zwanzig Jahren. Laperrine mußte sich also auf Vasselins Knie setzen, wodurch er ungewöhnlich stark dem Wind ausgesetzt war. Das Flugzeug flog 130 Kilometer pro Stunde und hatte einen Aktionsradius von fünf Stunden. Das Armaturenbrett an Bord enthielt einen Drehzahlmesser, einen Höhenmesser, eine Uhr und ein Kühlwasserthermometer. Weder einen Kompaß noch ein Funkgerät noch ein Mikrophon, um sich mit den anderen Besatzungsmitgliedern verständigen zu können. Zuweilen kritzelte Laperrine etwas auf einen Zettel und schob ihn dem Piloten hin.

Das nächste Etappenziel war In Salah. Nie zuvor war in dieser Oase ein Flugzeug gelandet. Das Ereignis wurde fröhlich gefeiert. Dann starteten die aus Paris gekommenen Maschinen zum Rückflug nach Algier. Nur zwei Flugzeuge sollten südwärts weiterfliegen; das eine mit dem General Josef Vuillemin an Bord und das andere, von Bernard gesteuerte mit Laperrine und dem Mechaniker Vasselin. Natürlich konnte nicht die Rede davon sein, die 690 Kilometer, die In Salah von Tamanrasset trennten, in einem Zug zu durchfliegen. Nach einer Zwischenlandung in Arak inmitten gewundener Felsschluchten gelangten sie am folgenden Tag, dem 18. Februar, nach Tam. Diese ersten, in einer Rekordzeit und bei idealen Wetterbedingungen zurückgelegten 2300 Kilometer hatten uns zuversichtlich gemacht. Auf gefährliche Weise zuversichtlich. Wir schwelgten in Euphorie. Der Flug Algier–Niger verlief geradezu enttäuschend leicht. Südlich von Tam allerdings wurde der Flug zum Sprung ins Ungewisse. Man hatte zwar Aufrufe an die Eingeborenen gerichtet, sie sollten die Flugstrecke mit Zeichnungen auf dem Boden und mit großen Buschfeuern kennzeichnen. Aber schon mit der zweiten Flugstunde geraten wir in dichten Sandnebel. Unser Flugzeug ist schneller als das Vuillemins. Die beiden Besatzungen verlieren einander aus den Augen. Laperrine befiehlt mir, auf über 3000 Meter zu steigen, um zu versuchen, wieder Kontakt mit den anderen zu gewinnen. Vergeblich. Er steckt mir eine Mitteilung nach der anderen zu. ›Ich bin sicher, daß der Wind uns ostwärts von unserer Richtung ablenkt.‹ Ich für meinen Teil habe eine andere Sorge: Mein Benzintank ist fast leer. Ich muß landen. Es ist Mittag, als ich zu einem langen Gleitflug ansetze, der unsere Kursabweichung freilich noch verstärken muß. Ich hätte lieber in einer Spirale hinuntergehen sollen. Der Boden, der sichtbar wird, scheint recht ordentlich zu sein. Das Flugzeug beginnt normal auszurollen. Doch je langsamer es wird, desto schwerer lasten die Räder auf dem Sand, und plötzlich bricht die nur oberflächlich feste Kruste. Die Räder sinken ein. Die Maschine stellt sich auf den Kopf und überschlägt sich. Laperrine, der immer noch frei balancierend auf Vasselins Knien saß, wird hinausgeschleudert. Wir ahnen zunächst nicht, daß er schwer verletzt ist. Wir schnallen uns los und verlassen den großen Segeltuchvogel, der da auf dem Rücken liegt und die Beine in die Luft streckt. Laperrine klagt über seine linke Schulter. Ich reibe ihn mit einem damals sehr beliebten Wundwasser, *L'Arquebuse*, ein. Er wird ohnmächtig. Er hatte, wie wir später erfuhren, ein gebrochenes Schlüsselbein und mehrere eingedrückte Rippen. Wieder zu sich gekommen, übernimmt er in vollem Umfang die Leitung der weiteren Maßnahmen. Er entscheidet, daß wir einen Erkundungsmarsch nach Westen machen und dann zum Flugzeug zurückkehren, das den Vorteil hat, deutlich sichtbar auf unsere Anwesenheit hinzuweisen. Und so marschieren wir mehrere Stunden auf einem vertrackten Boden dahin, der unter jedem Schritt einbricht. Als wir erschöpft innehalten, ist noch immer nichts zu sehen. Aufs Geratewohl feuern wir rasch nacheinander drei Schüsse – das übliche Notsignal – ab. Dann kehren wir um und gehen in unseren eigenen Spuren zurück. Hätte der Wind sie verwischt gehabt, wäre es fraglich gewesen, ob wir das Flugzeug wiedergefunden hätten. Und dabei enthielt es doch den wesentlichen Teil unseres Trinkwassers! Uns fällt ein, daß der Kühler des Flugzeugs achtzehn Liter Wasser enthält, die – dem Himmel sei Dank! – zu dem Wasser in unseren Kanistern hinzukommen. Der Kühler liegt zwar verkehrtherum, mit der Einfüllöffnung nach unten, aber zum Glück ist kein Tropfen ausgelaufen. Laperrine beschließt, jeder von uns dürfe alle drei Stunden soviel Wasser trinken, wie sein Becher enthalte. Der Silberbecher ist ein Geschenk des Duc d'Aumale, des Siegers von Abd-el-Kader 1843. Er begleitet Laperrine auf all seinen Reisen. Na, Kleiner, wie findest du es, daß Laperrine uns alle drei Stunden aus dem Becher des Duc d'Aumale zu trinken gibt?

Und das Warten beginnt: Jeder Tag absolut gleich dem vorangegangenen, mit eiskalten Nächten und glühheißen Mittagsstunden. Anfangs hatten wir ein wenig gegessen, aber wegen des fortschreitenden Wasserverlustes können wir vom achten Tag an nichts Festes mehr schlucken. Am fünfzehnten Tag ist Laperrines Mund voller Blut. Tags darauf beginnt er zu phantasieren. Am nächsten Morgen rührt er sich nicht mehr. Ich gewahre, daß ihm Ameisen über die offenen Augen laufen. Er ist tot. Wir begraben ihn in der Furche, die das Flugzeug aufgerissen hat. Wir decken die Stelle mit einem Stück Segeltuch ab. Aus einem bizarren Einfall heraus legen wir auf dieses Segeltuch das Notrad des Flugzeugs und obendrauf sein Generalsképi. Noch wissen wir nicht, daß dieser Tod uns retten wird! Wir fassen den heroischen Entschluß, unsere Wasserration auf die Hälfte zu kürzen: Ein Drittel Liter in vierundzwanzig Stunden – dabei würden wir eigentlich sechs bis sieben Liter brauchen, um unseren Wasserverlust auszugleichen. Am dreiundzwanzigsten Tag bleibt uns nur noch ein Tropfen Wasser. Wir trinken das berühmte Arquebuse-Wundwasser aus, auch die Flüssigkeit aus unserem kleinen Taschenkompaß, alle Fläschchen unserer Feldapotheke – Jodtinktur, Kampferöl, Beruhigungselixier. Wir essen unsere Zahnpasta. Endlich beschließen wir, uns selbst zu töten. Wie? Durch

Trinken, bei Gott, durch Trinken! Trinken? Was denn? Unser eigenes Blut. Ein Rasiermesser ist da. Wir schneiden uns tief in die Handgelenke. Doch welch eine Enttäuschung: Es fließt kein Tropfen Blut. Die Wunden sind weiß. Es ist zu wenig Wasser in uns. Hier, schau' mal her.«

Er streckt Idris seine Handgelenke hin.

»Du siehst doch diese weißen Striche auf der Haut. Das sind die Narben!«

»Nein«, gab Idris ehrlich zu, »ich sehe nichts.«

»Hier ist die Beleuchtung zu schlecht«, erklärte Sigisbert.

Dann, nach einem Augenblick des Stillschweigens, nahm er den Faden seines Traums wieder auf.

»Diese weißen Wunden, nun, schließlich entschlossen sie sich doch noch, zu bluten, aber erst nach vollen drei Tagen Wasserzufuhr. Denn wir wurden gerettet! Eines Tages – es war der 25. März – sagt Vasselin zu mir, er habe ein Kamel bläken hören. Ich erwidere ihm, er phantasiere. Aber bald darauf höre auch ich Geräusche von Leben in der mineralischen Stille der Wüste. Ich springe auf, nehme meinen Karabiner und gebe drei Schüsse in die Luft ab. Es war tatsächlich eine Rettungsmannschaft, und zwar die unter dem Befehl des Leutnants Pruvost.

Meine Schüsse allerdings, die sie zu raschem Kommen veranlassen sollten, hatten sie statt dessen in Alarm versetzt. Sie ließen ihre Kamele sich niederlegen, und wir sahen eine Schützenkette in Kampfformation auf uns zukommen. Das war lächerlich, doch wir waren damit aus dem Schneider.

Und nun will ich dir noch zwei schier unglaubliche

Dinge sagen. Sie haben mir eine Guerba* zugeworfen. Und ich hab' getrunken. Ich habe getrunken, soviel in den silbernen Becher des Duc d'Aumale ging. Keinen Tropfen darüber! Das war meine Ration für acht Stunden geworden. Darüber hinaus hatte ich keinen Durst – nicht auf einen einzigen Tropfen. Durst zu haben und seinen Durst zu stillen – das war etwas, an das ich mich erst wieder gewöhnen mußte. Und das zweite ist etwas noch viel Ernsteres: Du meinst vielleicht, das Auftauchen unserer Retter habe uns – Vasselin und mich – mit größter Freude erfüllt? Glaub' nur das nicht! Die Wahrheit ist, daß sie zu spät kamen. Zu spät, ja; wir waren schon weit voran auf dem Weg zum Tod. Wir waren großenteils schon tot. Diese hundertprozentig lebendigen Leute mit all ihrem Lärm um Kamele und Proviant, ach, eigentlich störten die uns. Hatten wir denn wahrlich nicht teuer genug bezahlt für das Recht, friedlich zu krepieren?

Übrigens haben wir rasch begriffen, in welches Inferno uns diese unverhoffte Rettung stürzte. Wir waren nicht nur unfähig zu gehen, sondern auch unfähig, uns auf einem Kamel zu halten. Sie bauten deshalb für uns eine Art Behelfstragbahren, die an der Flanke eines Kamels festgebunden wurden, und in solch jammervollem Zug wurden wir nach Tamanrasset gebracht. Oh, nicht etwa in einem Zug! Man mußte mehrmals einige Tage Rast einlegen, weil wir so erschöpft waren, daß wir in diesen infernalischen Sänften zu krepieren drohten.

Siehst du, Idris, was einen an dieser ganzen Geschichte am meisten beeindruckt, ist die Arbeit, die wir unter

* arab.: Wasserschlauch

unsäglichen Leiden geleistet haben, um uns vom Leben loszureißen. Und dann, ja dann kommen diese Teufel von Meharisten angeritten, gerade beizeiten, um uns noch an den Füßen zu erwischen und uns zu sich herüberzuziehen, damit wir wieder hineinfallen ins Leben, in das ganze Elend des Lebens ...«

Abermals rollt die Stahlkugel in den Superbonuskanal und löst rings um die Cowboyfrau auf der großen Glasfront eine Lawine von Licht- und Tonsignalen aus. Von den Gummis gelenkt, gleitet sie sanft in eines der 5000-Punkte-Löcher, hüpft wieder hoch, wobei sie an die Scheibe stößt, springt auf dem Schlagturm in der Mitte gegen den Scheitelpunkt der Abrollfläche und läuft in schnellem Tempo über die ganze Fläche hinweg auf das Null-Loch zu. Und nun zeigt sich die unvergleichliche Virtuosität des großen Zob. Ein ganz leichter Schlag mit der Handfläche gegen die Seite des Flippers, und die gerade noch mit knapper Not umgelenkte Kugel landet auf einem der Schläger. Zob läßt sie über zwei Drittel des Schlägers gleiten und... schießt! Die wieder himmelhoch hinaufgeschleuderte Kugel läuft nochmals durch den Superbonuskanal. Zwei harte »Klack« zeigen die Freispiele an, die sich den anderen auf dem Zähler zugesellen. Die Halbwüchsigen, die sich um das Spiel drängen, schauen zum pockennarbigen Gesicht des großen Zob empor. Es ist die stumm-inbrünstige Huldigung seines von soviel Meisterschaft hingerissenen Hofstaats. Einer von ihnen murmelt: »Superspitze, das zu sehen!« Nichts deutet darauf hin, daß Zob für diese Beweihräucherung empfänglich ist. Seine Lider bleiben nach wie vor schwer über seine vorstehenden Augen gesenkt. Kein Lächeln hebt den herben Bogen seines Mundes. Er spielt jetzt nur noch mit einer Hand und gibt damit eindeutig zu verstehen, daß er nicht mehr bei der Sache ist. Dann, mit einem Ruck, trennt er sich von dem Spiel und überläßt königlich die soeben gewonnenen Freispiele den Halbwüchsigen, die sich an seinen Platz drängeln.

Idris, starr vor Bewunderung, schaut ihm nach, wie er stiefelschlurfend davongeht. Das *Electronic* an der Ecke zwischen der Rue Guy-Patin und dem Boulevard de la Chapelle flammt im Licht seiner bunten Neonleuchten. Es verdankt seine seriöse Kundschaft je nach Tageszeit den Passagieren von der oberirdischen Metrostation Barbès und dem Personal des Lariboisière-Hospitals. Für Idris jedoch ist er verlockend, der Spielsalon, in dem lauter ähnlich behelmte, gestiefelte und behoste Jugendliche ganze Batterien von Scopitones, Flippern und Jukeboxes knattern und blinken lassen. Er träumt davon, die Anerkennung dieser gleichaltrigen jungen Burschen zu gewinnen.

»Komm, ich schenk' dir eine Partie Tip-Kick.«

Idris dreht sich um. Die Einladung, wäre sie von einem der Jugendlichen gekommen, hätte ihn überglücklich gemacht. Doch da steht ein alter, beleibter Mann, der einen hellgrauen Flanell, ein rosa Hemd mit offenem Kragen und einen malvenfarbenen Foulard trägt. Sein von leichtem Schielen gebrochener Blick betrachtet ihn durch eine dickrandige Brille.

»Ach, das ist ja mein kleiner Straßenkehrer!«

Der Mann rüttelt freundschaftlich an Idris' Schulter. Es ist Achille Mage, der Filmregisseur, der ihm 200 Francs für seine Rolle als Statist gegeben hatte. Er hatte ihm sogar seine Karte hinterlassen, und Achour hatte seinem Vetter vorgeworfen, daß er nicht bei ihm angerufen habe: »Er wird dich schon bald vergessen haben!«

Mage hat Idris offenbar nicht vergessen, und er scheint es ihm auch nicht übelzunehmen, daß er nicht angerufen hat. Er schaut auf seine Uhr.

»Anstatt hierzubleiben, könnten wir auch bei mir ein Gläschen trinken«, beschließt er auf einmal.

Er zieht Idris mit; der protestiert.

»Ich trinke doch keinen Alkohol.«

»Ich hab' für dich was anderes. ›Palmenhain‹ heißt es. Kennst du die Bürschchen vom *Electronic*?«

»Nein, die reden nicht mit mir«, bekennt Idris.

»Ich kenn' sie schon. Alle. Und die kennen mich, obwohl sie mich in der Öffentlichkeit nie ansprechen. Und sie haben sich alle gemerkt, daß wir miteinander fortgegangen sind. Sogar der große Zob, der auf dem Trottoir davongeschlurft ist. Sprich auch weiterhin nicht mit ihnen! Und je weniger du ins *Electronic* gehst, desto besser!«

»Aber dort haben doch Sie mich gefunden!«

»Na ja, du mußtest wohl mal hingehen, um mir zu begegnen! Aber nun ist das ja geschehen, und jetzt ist es aus damit. Einverstanden?«

Sie überqueren den Boulevard de la Chapelle und gehen unter der hier als Hochbahn geführten Metro hindurch. Durch die Rue Caplat gelangen sie in die – ausschließlich von Afrikanern bewohnte – Medina von Paris. Mit einemmal bleibt Mage stehen und zeigt auf das blaue Straßenschild der Rue de Chartres:

»Chartres! Ahnst du, wie großartig das ist?

Aus der Beauce stamm' ich,
Chartres ist meine Kathedrale!

Armer Péguy! Wenn er das sähe! Mangels Kathedrale hab' ich hier mein kleines Liebesnest. In der Nummer 13, meiner Glücksnummer, denn weißt du, bei mir ist immer alles umgekehrt.«

Er bleibt vor einem schmutzig aussehenden Gebäude stehen, das sich mit einem geschwärzten Torweg zur Straße öffnet.

»Merk dir die örtlichen Verhältnisse. Der Hof ist sturmfrei und für alle und jeden offen. Man geht durch den Torweg und ist drin. Man kann sogar geradewegs mit dem Mofa hineinfahren, wenn du verstehst, was ich meine.«

»Nein.«

»Die *Electronic*-Jungs, mit denen du vorhin beisammen warst, haben alle ihr Knattergefährt. Wenn ich's bei mir im Hof knattern höre, weiß ich, daß ich Besuch kriege. Denn ich habe drei Fenster zum Hof. Aber zwecklos, nachzusehen, welcher gerade Taschengeld braucht. Unterm Sturzhelm sehen alle gleich aus. Mit ungeduldig klopfendem Herzen muß ich warten, bis ich weiß, wer in meinen dritten Stock heraufkommt und an meiner Tür klingelt. Das ist die Hauptüberraschung. Das hinreißende daran ist, daß meine Prognosen stets von den Tatsachen Lügen gestraft werden. Aber letzten Endes kommen sie alle. Sie wissen, daß das Haus den Weg wert ist. Nur einer kommt nicht: der große Zob. Mit seiner Visage und seinem Knochengestell hat er natürlich nicht viel zu verkaufen. Trotzdem fehlt's ihm nie an etwas, dem großen Zob. Ich hab' das erst nach 'ner Weile begriffen. Ein Licht ging mir schließlich dadurch auf, daß das alles nur allzugut lief. Ich meine: Nie ein Gerangel im Hof oder auf der

Treppe. Auch nie ein übertrieben langer Leerlauf. Ein harmonisches Nacheinander knatternder Visiten, ebenso abwechslungsreich wie regelmäßig. Sonderbar, nicht? Und da machte ich's wie Voltaire, der den Himmel ansah und sagte:

Das Weltall ärgert mich, da ich nicht glauben kann,
es gäb' dies Uhrwerk zwar, doch keinen, der's ersann.

Ich hab' nach dem Uhrmacher gesucht. Und hab' ihn gefunden. Rate mal, wen? Den großen Zob! Einen Uhrmacher, der sich natürlich an seiner Uhr schadlos hält, das heißt durch die kleinen *Electronic*-Jungs, deren Turnus er festlegt.«
Im dritten Stock bleibt er auf dem Treppenabsatz stehen, und während er umständlich seine Schlüssel sucht, fragt er Idris: »Und weißt du, weshalb ich dir all das erzähle?«
»Nein.«
»Glaub' mir, ich tu das nicht zu dem Vergnügen, hier zynisch die Schandtaten meines Privatlebens auszubreiten. Sondern damit du nicht mehr hingehst und dich beim *Electronic* herumtreibst, wo der widerliche Zob nichts anderes wünscht, als dich freiwillig oder gewaltsam in seine Herde einzugliedern. Hast zu verstanden?«
»Nicht alles, glaube ich.«
Sie sind jetzt in einer kleinen Wohnung, deren Behaglichkeit in lebhaftem Kontrast zu dem elenden Aussehen des Gebäudes steht.
»Du siehst«, bemerkt Mage dazu, »draußen ist alles nur Unrat und Gestank, Schlamm und Schmutz. Man

stößt meine Tür auf: Hier ist alles Luxus und Schönheit, Friede und Lust. Du hast mich also nicht recht
verstanden? Setz' dich dahin. Mir gegenüber. Aber sag'
bloß, mein Jüngelchen, woher kommst du denn, so
naiv, wie du bist?«

»Ich wohne im Sonacotra-Wohnheim in der Rue
Myrha.«

»Nein, ich meine vorher. Algier, Bône, Oran?«

»Tabelbala.«

»Ta- was?«

»Tabelbala. Eine Oase mitten in der Wüste.«

Mage ist unvermittelt aufgestanden. Er nähert sich
Idris und blickt ihn starr an, was sein Schielen verstärkt.

»Mitten in der Wüste . . . in all dem Sand?«

»Sand, ja, daran fehlt's nicht, aber vor allem liegt da
viel Kies. Die Reg, sagt man.«

Mage, mit entgeisterter Miene, richtet sich wieder auf.
Wie taumelnd geht er zum Schreibtisch und kommt mit
einem Blatt Zeichenpapier und einem gelben Markier-
stift zurück.

»Bitte, zeichne mir ein Kamel!«

»Was? Ein Kamel?«

»Ja, zeichne mir ein Kamel.«

Gehorsam macht sich Idris an die Arbeit. Mage geht
hinüber an seinen Bücherschrank. Er entnimmt ihm
einen schmalen, bebilderten Band, kommt zurück,
setzt sich Idris gegenüber und wechselt die Brille. Dann
liest er laut:*

---

* Er liest hier den Anfang der Erzählung »Der kleine Prinz« von
Antoine de Saint-Exupéry vor.

»Ich lebte also allein, ohne jemanden, mit dem ich wirklich hätte reden können, bis ich vor sechs Jahren in der Wüste Sahara eine Panne hatte. An meinem Motor war etwas entzweigegangen. Und da ich weder einen Mechaniker noch Passagiere bei mir hatte, mußte ich selber darangehen und versuchen, mit einer schwierigen Reparatur ganz allein fertig zu werden. Es war für mich eine Frage auf Leben und Tod. Ich hatte kaum für acht Tage Trinkwasser. Am ersten Abend bin ich also im Sand eingeschlafen, tausend Meilen von jeder bewohnten Gegend entfernt. Ich war viel verlassener als ein Schiffbrüchiger auf einem Floß mitten im Ozean. Und so könnt ihr euch meine Überraschung vorstellen, als mich bei Tagesanbruch eine seltsame kleine Stimme weckte.
Sie sagte . . .«

»Ziegen, Schafe, Kamele, das kenn' ich«, sagte Idris und gab ihm seine Zeichnung. »In meiner ganzen Kindheit hab' ich nichts anderes gesehen.«
»Und so«, fuhr Mage zu ihm aufblickend fort, »und so, in all meiner Einsamkeit, mit meinem entzweigegangenen Motor, sah ich ihn ankommen, den kleinen Prinzen aus dem Sandmeer, dich, Idris.«
Idris steht auf und versucht das Phantasiegespinst abzuschütteln, das ihn zum wiederholten Male wie in einem Netz von Bildern gefangenzunehmen droht.
»Noch eine Geschichte, die ich nicht begreife. Die Wüste — alles redet mir von ihr, seitdem ich sie verlassen habe. In Béni Abbès, da hat man sie in ein Museum gesteckt. In Béchar hat man sie auf eine Leinwand gemalt. In Marseille hab' ich ein Plakat über das Para-

dies der Oase gesehen. Ich hab' mit einem Marquis diniert. Er hat mir von der Antinea des Monsieur Benoit, von General Laperrine, von Pater de Foucauld und von der Fremdenlegion erzählt. Und jetzt kommen Sie mit Ihrem kleinen Prinzen. Ich versteh' nichts von alledem und bin doch dort, in dieser Wüste, geboren.«

»Aber da ist noch die Einsamkeit, meine Einsamkeit. Was fängst du mit der Einsamkeit an?«

»Einsamkeit – was ist denn das nun wieder?«

»Ich hab' dir's doch gesagt: Ein Motor, der kaputt ist, und niemand, hörst du, kein Mensch ist da! Und da auf einmal kommst du daher mit deinem hübschen Kanakenmäulchen, wie ich sie so gern mag!«

Er hat Idris an den Schultern gepackt. Mit der Hand faßt er fest seine Wangen und schüttelt ihn liebevoll.

»Also hör' mir gut zu, Idris meines Herzens, Idris meines Hintern. Du bist bloß ein kleiner Clochard, so wie du hier landest mit deinem Kräuselhaar und deinem dunklen Teint. Ich bin reich und mächtig. Ich mache Filme fürs Fernsehen, das ist mein Metier. Ich kenne ganz Paris. Ich duze mich mit Yves Montand, Jean Le Poulain und Mireille Mathieu. Ich frühstücke mit Marcel Bluwal und Bernard Pivot. Aber die echte Wahrheit ist, daß auch ich ein armer Clochard bin und dich brauche. Ich brauche dich, hörst du? Das kommt dir unverhofft, was?«

»Sie brauchen mich? Wozu denn?«

»Wozu, wozu! Tust du so oder bist du wirklich blöd? Zum Leben, bei Gott!«

Er wendet sich ab und geht ein paar Schritte durchs Zimmer. Dann kommt er zurück, setzt sich und fährt mit ruhigerer Stimme fort:

»Ab morgen drehe ich in den Francœur-Studios einen Werbefilm. Ich stelle dich ein. Übrigens hast du ja bei mir schon gefilmt. Siehst du, ich brauche dich für meinen Film.«

Idris hat sich ihm gegenüber gesetzt. Mage, wieder im Bann seines Berufs, erläutert:

»Es ist ein Werbespot für ein Fruchtsaftgetränk: ›Palmenhain‹. Ja, dieses Schweinezeug heißt Palmenhain. Im Kühlschrank muß ich Probefläschchen davon haben. Dank meiner Werbung trinkt nächsten Sommer ganz Frankreich Palmenhain. Also das fängt in der Wüste an. Zwei Forscher schleppen sich halbtot vor Durst mit einem Kamel durch das Sandmeer. Auf einmal sind sie gerettet!«

»Wieviel hat Schielaug dir gegeben?«

Idris ist wieder auf die Rue de Chartres hinuntergegangen. Allein. Für den folgenden Tag hat er eine Verabredung mit Mage und seinem Filmteam in den Francœur-Studios. Aber er ist noch nicht weit gekommen. Die drei Kerls in Stiefeln und Helmen müssen ihm aufgelauert haben. An einer Haustür keilen sie ihn ein. Der, der ihn ausfragt, ist der große Zob. Idris hat ihn trotz seines Helms sofort erkannt.

»Du bist mit ihm hinaufgegangen. Du bist gesehen worden. Wieviel hat er dir gegeben?«

»Schielaug?«

»Ja, Monsieur Mage, wenn dir das lieber ist. Im *Electronic* nennt man ihn eben Schielaug. Markier' nicht den Schwachkopf. Rück' das Geld raus!«

»Er hat mir nichts gegeben, ich schwör's euch!«

»Filzt ihn!«

Andeutungsweise macht Idris eine Abwehrbewegung gegen die Hände der beiden anderen, die sich daran machen, seine Taschen zu durchsuchen. Eine Ohrfeige schleudert seinen Kopf an die Tür hinter ihm. Doch die Durchsuchung erbringt nur ein paar Münzen. Zob sieht sie verächtlich an, dann wirft er sie auf den Gehweg.

»Stopf' dir das gut in deinen Schädel, armseliger Kümmerling: Schielaug, der gehört uns. Daß du ihn auf eigene Rechnung ausnimmst, kommt gar nicht in Frage. Du holst möglichst viel aus ihm heraus; einverstanden. Dann kommst du im *Electronic* vorbei und lieferst alles ab. Ist das klar? An mich oder an diese beiden da. Von uns kriegst du dann deinen Anteil.«
Eine zweite Ohrfeige unterstreicht diese kategorischen Anweisungen. Das Trio entfernt sich auf seinen hochhackigen Stiefeln. Idris richtet sich wieder auf. Er reibt sich das Gesicht und macht sich zwischen den Pflastersteinen des Gehwegs und im Rinnstein auf die Suche nach seinem Geld.

Achour hört zu und schüttelt dabei traurig den Kopf.
»Sie haben dich also geschlagen?«
»Ein bißchen, nicht allzusehr«, stellt Idris klar.
»Und was hat Monsieur Mage dir sonst gesagt?«
»Er hat mir auch gesagt: ›Die jungen Burschen nennen mich Schielaug, weil ich in meinem Blick quasi was Kokettes habe. Doch zu behaupten, ich schielte, wäre die reine Verleumdung.‹«
»Du kannst dich ja gut erinnern. Und er hat dir was zu trinken gegeben?«
»Ja, sein neues Getränk. ›Palmenhain‹ heißt es.

Schmeckt nicht übel. Alkohol ist keiner drin. Über ›Palmenhain‹ soll er mit mir einen Film drehen. Einen Dreißig-Sekunden-Film, in dem auch der Sänger Mario auftreten wird.«

»Raucht er?«

»Nein. Er hat mir eine Zigarette angeboten. Ich habe gesagt, ich rauche nicht. Er sagte zu mir: ›Ich auch nicht. Es ist zwanzig Jahre her, seitdem ich meine letzte Zigarette gekauft habe. Tabaksduft finde ich nirgends mehr wieder als am Mund junger Burschen. Für mich ist er zum Duft der Begierde geworden.‹ Was soll das heißen?«

»Du hast ein fabelhaftes Gedächtnis. Du hast ganze Sätze von ihm auswendig gelernt. Aber du begreifst wirklich nicht viel davon.«

»Eben weil ich von dem, was er sagt, nicht mal die Hälfte verstehe, merke ich mir alles auswendig. Das ist dann ein kleiner Ausgleich.«

»Und was sagt er sonst noch, dein Monsieur Mage?«

»Er sagt: ›Ich sehe in den Augen der Jungen das Bild eines dicken, sentimentalen Schwulen, schielend und vollgestopft mit Geld. Und es gelingt mir nicht, mich zu überzeugen, daß ich das bin.‹«

»Hat er wirklich viel Geld?«

»Er sagt es. Die Jungen auch. Es muß wohl wahr sein. Was das Geld anbelangt, sagt er: ›Geld verträgt sich wunderbar mit Sex. Einem Jungen Geld geben heißt ihn zu seinem Eigentum machen, heißt schon mit ihm schlafen. In manchen Fällen kann das sogar genügen. Das Geld, das er mir stiehlt, gehört ihm. Vor dem Sex fallen die Schranken des Eigentums.‹ Was soll das alles heißen?«

»Was hat er dir sonst noch gesagt?«

»Er hat mir gesagt, wir hätten einen Termin vereinbart, an dem wir uns wieder treffen wollten, und den dürfe ich nicht versäumen. Ich hab's notiert: Rue Francœur 27, morgen früh um zehn Uhr.«

»Er dachte wohl eher an eine andere Art, sich mit dir zu treffen, aber das ist für dich zu kompliziert.«

»Dafür kann ich nichts, ich komm' ja von anderswo.«

Achour schweigt ein Weilchen still und sinnt einem Gedanken nach, der lichtvoll, aber schwer zu fassen ist.

»Eines, weißt du, fällt mir auf. Schön, du kommst von anderswo – einverstanden. Du kommst aus Tabelbala. Ich auch. Bloß mich – das ist seltsam – hat niemand fotografiert, und als ich einst angekommen bin, hat man mich eher in Ruhe gelassen. Bei dir fängt das an mit der Blonden vom Landrover, die dir dein Bild entwendet. Und dann hört's gar nicht mehr auf! Bist du schon mal ins Kino gegangen?«

»Nein«, bekennt Idris. »Die Absicht hatte ich schon oft, aber jedesmal fehlte mir dann die Gelegenheit dazu.«

»Na so was! Das ist ungewöhnlich! Denn wir, die wir auf alles verzichten müssen, haben nur den Traum, um überleben zu können, und den Traum, den schenkt uns das Kino. Das Kino macht dich zu einem reichen, kultivierten Mann, der in schönen Cabriolets fährt, in nikkelglänzenden Badezimmern wohnt und parfumduftende, juwelenbehangene Frauen küßt. Das Kino ist unser Lehrmeister. Wenn du aus dem Bled hierher kommst und nicht weißt, wie man auf einem Gehweg geht, wie man sich in ein Restaurant setzt, wie man eine Frau in die Arme nimmt – das Kino lehrt es dich. Wie viele gibt es von den Unseren, die Liebe nur im Kino kennen! Das kannst du dir gar nicht vorstellen! Das ist sogar sehr gefährlich für die Mädchen aus unserer Heimat, weil das Kino sie Dinge lehrt, die sie nachher mit nach Hause bringen. Und ihr Vater oder ihr ältester Bruder traktieren sie dann mit Faust- und Stockschlägen, um ihnen die schmutzigen Dinge, die sie im Kino mitbekommen haben, wieder auszutreiben. Und du bist nun da, und gehst nicht ins Kino, aber du machst selber Kino! Du wirst fotografiert, wirst gefilmt – und morgen fängt das schon wieder an!«

»Dafür kann ich nichts«, wiederholt Idris.

In der Ateliergruppe 5 der Francœur-Studios ging alles schief. Marios schwarze Mähne und sein Jupiterbart strahlten nicht mehr vor königlichem Optimismus. Schweiß glänzte auf seinem braun geschminkten Oberkörper. Sein dicker Bauch hing trübselig über seinen papierenen Palmblattrock. Mage pflanzte sich, Grimassen schneidend, vor ihm auf. Die Dreharbeiten waren an dem kritischen Moment angelangt, an dem der verzweifelte Regisseur nur noch eine Lösung sieht: Nun, nachdem er sich schon die Rolle des Kameramannes, des Beleuchters und des Tontechnikers aufgeladen hat, auch noch die Rollen sämtlicher Schauspieler zu übernehmen. In dieser drückenden Atmosphäre bewies Achille Mage sein geniales Können. Von dionysischer Inspiration erfaßt, verwandelte er sich in einen Variétésänger. Er wurde der wirkliche Mario, wie man ihn engagiert hatte, ein Ausbund mitreißender Vitalität.
»Pal- Pal- Palmenhain!« sang Mage, sich vor dem entgeisterten Blick des Sängers wiegend und biegend. »Schau, ich bin stark, ich bin froh, ich strotze von Leben. Und warum, frage ich dich? Weil ich Pal... Pal... Palmenhain trinke... Musik, bitte!«
Folgsam spielte die Lautsprecheranlage die Einleitung zu dem Werbespot Palmenhain. Mage, von wilder Raserei gepackt, tanzte – wobei er in erschreckendem Grade durch seine Brillengläser schielte. Urplötzlich hielt er inne.

»Stopp! Ruhe! Hören Sie augenblicklich auf mit diesem Dreckzeug!«

Es wurde still. Mage hatte sich wieder erhoben, war mit einemmal würdevoll, feierlich, vom Geist ergriffen.

»Hört alle zu! Palme . . . – so heißt eines der schönsten Gedichte von Paul Valéry:

Bedacht kaum, wie er verwische
sein Glänzen, das fast bedroht,
bringt ein Engel zu meinem Tische
die ebene Milch und das Brot;
er will meinem offenen Schauen
den Wink einer Bitte vertrauen,
indem seine Wimper schlägt:
Gelassen, bleibe gelassen!
Lerne die Last erfassen
einer Palme, die zahllos trägt! *

Sankt Valéry, vergib uns unsere Schandtat! Auf, Kinder, nochmals alles von vorn! Alles auf die Plätze! Klappenmann, bitte! Laufwerk!«

Der Klappenmann stürzt mit seiner Klappe vor die Kamera und brüllt: »Palmenhain, erste, Aufnahme vierzehn!« In einer Sahara aus Pappe sieht man zwei »Forscher« – in Khaki mit Tropenhelm – sich ächzend dahinschleppen. Ein skelettdürres Kamel folgt ihnen. Einer der beiden Forscher bricht zusammen. Sein Kamerad stützt ihn. »Trinken! Trinken!« ächzt er. Der andere fragt: »Trinken? Trinken? Was denn?« Plötz-

---

* In der Übersetzung von R. M. Rilke

lich richtet sich der erste von den beiden mit strahlendem Gesicht wieder auf und deutet auf den Horizont: »Palmenhain!« – »Palmenhain?« – »Ja, ein Palmenhain! Wir sind gerettet!«

»Abbrechen!« ruft Mage. »Das ist nicht das Wahre! Ganz und gar nicht! Wenn du das nicht überzeugender spielst, verstehst du, dann wirkt das nicht komisch. Du sollst die Leute zum Lachen bringen, klar. Aber indem du vollkommen überzeugst. Das ist das ganze Geheimnis guter Werbung.«

Und schon spielt er seinerseits die beiden Rollen: »Trinken, Trinken, was denn trinken? Ja doch, ein Palmenhain, wir sind gerettet! Auf geht's, das Ganze noch mal! Alles an die Plätze! Klappenmann, das ist Aufnahme fünfzehn. Auf jetzt, das Kamel! Wo ist das Kamel hingekommen?«

Er läuft in die Kulissen und sucht das Kamel. Schließlich findet er es in einem Winkel des Studios zusammen mit Idris, der es streichelt und mit ihm redet.

»Ach ja, natürlich! Du verstehst ja mit ihm zu reden. Wie redest du denn mit ihm? Kamelisch?«

»Nein, berberisch. Das ist von Haus aus meine Sprache.«

»Gut, dann sag' ihm auf berberisch, daß wir die Einstellung von Anfang an noch mal drehen. Auf, Kinder, alles an die Plätze. Klappenmann!«

Die beiden Forscher und das Kamel beginnen wieder ihr verstörtes Wandern in der Wüste. So kommen sie in eine Szenerie aus Plastikblumen und werden dort von einer Gruppe von Sängern und jungen Mädchen unter Führung Marios empfangen. Und im Kreis um einen Springbrunnen stehend, der ein metallisch-grünes Naß ausspeit, singen alle »Palmenhain«. Mage unterbricht sie.

»Abbrechen! Das bringt's noch nicht. Ganz echt muß das klingen, versteht ihr mich? Das hier ist keine Operette. Woran ihr nicht glaubt, das könnt ihr auch nicht verkaufen. Das ist das ABC der Werbung. Werbung heißt ehrlich sein!«

Und unermüdlich geht er wieder daran, alle Rollen zugleich zu mimen. Ganz außer Atem hält er inne und trinkt aus einer Flasche, die ihm einer reicht.

»Puah! Was ist das für ein Drecksgesöff? Palmenhain! Hätt' mir's ja denken können. Hättet ihr mir nicht ein Bier... Wir machen gleich weiter. Aber um uns in Stimmung zu bringen, rufen wir jetzt immer von neuem den Slogan: ›Die Palme für Palmenhain!‹ Alles macht mit, selbst die Studiotechniker: ›Die Palme für Palmenhain!‹ Und nun trinken alle. Eins, zwei, drei, hopp! Und das Kamel? Das Kamel ist schon wieder verschwunden. Idris, dein Kamel! Auch das Kamel muß trinken. Und sogar – das sieht echter aus – mit einem Strohhalm! Idris, bring' dein Kamel und sag' ihm auf berberisch, es soll mit einem Strohhalm Palmenhain trinken!«

Spät in der Nacht sitzt das ganze Drehteam im Café Francœur beisammen und feiert den Abschluß der Dreharbeiten für die Palmenhain-Werbung. Trotz der Müdigkeit ist die Stimmung euphorisch. Schauspieler und Techniker scharen sich um Mage: ein kleiner, ungebärdig-freundschaftlicher Hofstaat.

»Jetzt möcht' ich bloß noch wissen, was beim Schneiden daraus wird. Wir bringen das Ganze eben in den

Kasten. Wir haben bloß eine vage Vorstellung von den Eingriffen, zu denen die eng begrenzte Zeit zwingt. Der Spot darf nur – sagen wir mal – fünfundvierzig Sekunden lang sein. Stellen Sie sich das vor!«

»Nein, beim Drehen kann man sich das unmöglich vorstellen.«

»Die Meisterwerke des Films sind auf dem Schneidetisch entstanden!« verkündet Mage mit erhobenem Zeigefinger.

»Eines ist sicher: Der Werbefilm ist im Filmischen Spitze. In jeder Hinsicht: technisch, künstlerisch, psychologisch.«

»Ja, das stimmt. Ich seh' mir im Fernsehen nur die Werbespots an. Alles übrige ist im Vergleich dazu kalter Kaffee.«

»Ich auch. Ich hab' einen Videorecorder, einzig und allein um Werbespots aufzunehmen. Abends vor dem Schlafengehen schlag' ich mir damit den Bauch voll.«

Mage blüht bei diesen Worten sichtlich auf.

»Was sind sie doch nett, die Kerls von meiner Mannschaft! Das sagt ihr wohl mir zu Gefallen, wie? Denn wißt ihr, wer ich bin? Der Eisenstein des Werbefilms!«

»Früher hast du gesagt: der Orson Welles des Werbefilms.«

»Warum nicht? Und morgen werd' ich sagen: der Abel Gance des Werbefilms.«

»Unerhört ist er, dieser Kerl. Für den ist wahrhaftig nur er auf der Welt. Aber wer sind denn wir? Sind wir gar nicht vorhanden? Machst du sie etwa ganz allein, deine Filmwerbung?«

»Nein doch, nein«, räumt Mage ein. »Das filmische Kunstwerk ist, wie die gotische Kathedrale, Teamarbeit, hat Hegel geschrieben. Und doch..., jedes Team braucht sein Gehirn!«

Das laute Protestgeschrei, das diese Worte begrüßte, wurde von der Ankunft eines kleinen, grauhaarigen Mannes, des Regieassistenten, unterbrochen, der immer noch durch Fragen der Verwaltung aufgehalten worden war. Er beugte sich zu Mage hinüber.

»Sagen Sie, Chef..., es ist wegen des Kamels. Was machen wir mit dem Kamel? Es steht angeleint unten im Hof.«

»Das Kamel? Welches Kamel?«

Für Mage waren Palmenhain und alles, was damit zu tun hatte, schon vorüber und vergessen.

»Na, das von dem Werbespot. Das Palmenhain-Kamel. Was machen wir damit?«

»Was heißt: ›Was machen wir damit?‹ Wir geben es dem Eigentümer zurück. Wir haben es doch für die Dauer der Dreharbeiten gemietet, nicht?«

»Nein, eben nicht. Der Zirkusbesitzer wollte es unter keinen Umständen vermieten, sein Kamel. Nein, nein, er hat es uns schlichtweg verkauft. Ich hatte es Ihnen ja gesagt. Er war heilfroh, es loszuwerden. Sie können sich's denken: ein bejahrtes, lahmes, demnächst krepierendes Tier.«

»So sind wir die Eigentümer?« fragte Mage bestürzt.

»Genau das«, erklärte der Regieassistent erbarmungslos, »es ist Ihr Kamel. Was machen wir damit?«

»Im Grunde«, wirft ein Assistent ein, »ist das wie mit den Gastarbeitern. Man hatte geglaubt, man habe sie gemietet und könne sie wieder nach Hause schicken, sobald man sie nicht mehr braucht, und dann merkten wir, daß wir sie gekauft haben und sie in Frankreich behalten müssen.«

Mage überlegte, doch wie bei ihm üblich, schlitterte sein Gedankengang in eine unerwartete Richtung.

»Vor allem anderen«, sagte er, »sollten wir uns über einen terminologischen Punkt verständigen. Handelt es sich um ein Kamel oder um ein Dromedar?«

»Es hat nur einen Höcker«, sagte das Skriptgirl. »Also ist es ein Kamel.«

»Eben nicht: Das Kamel hat zwei Höcker. Dieses Viech hat nur einen, folglich ist es ein Dromedar.«

»Nein, es ist ein Kamel«, warf der Kameramann ein.

»Ein Dromedar«, beharrte Mage. *Ka* heißt zwei, *mel* heißt Höcker, Kamel bedeutet also *Zwei Höcker.*«

»Ganz und gar nicht! Das Gegenteil ist richtig. *Dro* heißt zwei, das Wort *madaire* heißt Höcker. Das Wort *madaire* steckt auch in *Madeira,* denn diese Inseln bilden quasi zwei Höcker auf der Meeresoberfläche. Folglich heißt Dromedar *Zwei Höcker.*«

Mage schlug auf den Tisch.

»Nun seid mal alle still! Der einzige, der weiß, wovon wir reden, sitzt stumm und einsilbig da unten am Tischende. Idris, mein Junge, du bist in unserem Team der Kamel- oder Dromedartreiber. Also nimmst du das Tier und führst es ...«

Idris war schon aufgestanden.

»Wohin soll ich es führen?«

»Ja, das stimmt: Wo soll er hin, dein Kameltreiber?«

»Oh, verflixt«, stöhnte Mage. »Der Tag ist schon zu Ende. Bringt mir mal ein Telefonbuch.«

Nach einigem Hin und Her fand sich ein Telefonbuch.

Mage, der eine andere Brille aufgesetzt und den Daumen angefeuchtet hatte, fing an zu blättern.

»A – B – C, ABC-Register, Abadie, Abat-jour, Abat-jour, Abat-jour... nichts als Lampenschirme – unglaublich, was es in Paris Lampenschirmhersteller gibt! Paris, die Hauptstadt des Lampenschirms! Daran ist Paul Géraldy schuld:

Ziehst du ein bißchen den Schirm übers Licht,
ja?, denn die Herzen, die plaudern im Dunkeln:
sieht auch die Dinge ringsum man fast nicht,
sieht um so besser die Augen man funkeln...

Ah ja, da ist das, was ich suche: Abattoir, Abattoir, etliche Schlachthäuser. Na, das ist nun nicht mehr Paul Géraldy, ganz und gar nicht! Ach, eines davon ist ja gar nicht so weit von hier: die *Pferdeschlachthallen Vaugirard*, Rue Brancion 106 im 15. Arrondissement. Genau richtig für das Kamel!«
Idris wollte gehen.
»So eilig ist's nicht, bleib' noch ein bißchen bei uns, mein Herzenskameltreiber!«

Die Nacht war noch schwarz, als Idris, den hohen, jämmerlichen Schatten des »Palmenhain«-Kamels an einem Seil hinter sich herziehend, aus dem Hof der Francœur-Studios auf die Straße trat. Sein Gedächtnis hatte sich die reichlichen, ziemlich wirren Hinweise eingeprägt, nach denen er die Pferdeschlachthallen Vaugirard finden sollte. Er hatte jedenfalls daraus entnommen, er müsse, von Norden nach Süden, quer durch ganz Paris. Die Entfernung schreckte ihn nicht, und er hatte ja die Ewigkeit vor sich. Doch ein Kamel ist kein Fahrrad. Die lächerlich-elende Gestalt, die da im regengrau dämmernden Pariser Morgen auftauchte, verblüffte die Passanten und störte die städtischen Polizisten. Gleich zu Anfang machte einer von ihnen Idris zur Auflage, den Bürgersteig zu verlassen und, die geparkten Wagen entlang, auf der Fahrbahn zu gehen. Doch die davor in zweiter Reihe abgestellten Lieferantenfahrzeuge bildeten gefährliche Hindernisse. Auf einem von ihnen war eine Ladung Gemüse. Idris stellte zu seinem Schrecken fest, daß das Kamel im Vorbei einen Kopf Blumenkohl ergattert hatte und seine Beute hochauf im Maul trug, so daß die Gemüsehändler rebellisch zu werden drohten. Er zog es vor, stehenzubleiben, und ließ das Kamel seinen Blumenkohlkopf im Rinnstein fressen, was es sehr langsam, mit zufriedenen Bläklauten tat. Dann zogen sie weiter. Die weichen Fußballen des Kamels rutschten auf dem fetten Pflaster aus. Ein feiner Regen perlte über sein Fell. Dennoch fühlte sich Idris bei dem mächtigen, unbeholfenen Wesen, das da neben ihm ging, seltsam geborgen. Er mußte an die Reg von Tabelbala, den Sand von Béni Abbès denken. Und wie er so um die geparkten Fahrzeuge herumging, an den roten Ampeln hielt, in die Straßentunnels hinabwanderte, hörte er in seinem Innern Zett Zobeidas Lied erklingen:

Die Libelle bebt über dem Wasser
Die Grille kratzt über den Stein
Die Libelle, die bebt und die singt keine Worte
Die Grille, die kratzt und die sagt keinen Ton
Doch der Flügel der Libelle ist ein feiner Libell

Doch der Flügel der Grille ist eine Schrift
Und der Libell vereitelt des Todes Hinterlist
Und die Schrift, die entschleiert des Lebens Geheimnis.

Sie kamen an eine hohe Mauer, hinter der man Bäume
ahnte. Nach dieser Nacht voll elektrischer Lichter und
voller Zigarettenrauch hätte Idris sich gerne in einem
Garten ausgeruht. Er fand ein mächtiges Tor, das offen
war. Er ging hinein. Trotz des vielen Grüns war es kein
richtiger Garten. Es war der Montmartre-Friedhof.
Um diese Zeit war er verlassen. Neben zieratüberlade-
nen Kapellen hatten andere Gräber die Form schlichter
viereckiger Blöcke. Idris legte sich auf einen davon und
schlief sofort ein. Wie lange dauerte da sein Schlaf?
Wohl nur sehr kurz, doch versetzte er ihn auf den
anderen Friedhof, den zu Oran, auf den Lala Ramirez
ihn mitgenommen hatte. Die Alte war da, und sie fuhr
ihn grob an und fuchtelte, die Hand zur Faust geballt,
mit ihrem mageren Arm. Sie fuhr ihn auf französisch
und mit Männerstimme an, und schließlich rüttelte sie
an seiner Schulter. Ein schnauzbärtiger Mann, eine
Mütze mit lackglänzendem Schirm auf dem Kopf,
stand über Idris gebeugt und befahl ihm unsanft, er
solle mitsamt seinem Kamel schleunigst von hier verschwinden.
Idris setzte sich auf den Grabstein – und sah sogleich,
wie das Kamel ein frisch mit Blumen geschmücktes
Nachbargrab verheerte. Als es endlich einen Kranz
nach seinem Geschmack gefunden hatte, ging es mit
methodischer Gemächlichkeit daran, ihn zu zerpflük-
ken. Dem Mann mit der Schirmmütze versagte die
Stimme; er sprach von Grabschändung und verwies

profihaft auf Artikel 360 des Strafgesetzbuches. Idris
mußte aufstehen, das Kamel seinen Chrysanthemen
entreißen und in einem Labyrinth von Grabsteinen
einen Ausgang suchen. Sie gingen über einen Platz,
einen Markt, einen Busbahnhof. Noch nie hatte Idris
sich so weit von Barbès fortgewagt. Dennoch kam es
ihm keinen Augenblick in den Sinn, das Kamel stehen-
zulassen und in sein Heim in der Rue Myrha zurückzugehen. Er fühlte sich gewissermaßen mit dem Tier soli-
darisch. Zwar zwang es ihn zu dieser unglückselig-
lächerlichen Tour, doch galt sie dem Nomaden aus der
Sahara, der er noch immer war, als Pflicht. Deutlich
war übrigens, daß die Passanten immer mehr so taten,
als bemerkten sie ihn nicht, je mehr er die Bezirke der
einfachen Leute verließ und in die schicken Viertel
kam. Schon am Bahnhof Saint-Lazare, aber noch mehr
an der Place de la Madeleine und in der Rue Royale war
es, als sähe in der frühmorgendlich hastenden Menge
niemand mehr den seltsamen Aufzug. Nach der gefahr-
vollen Überquerung der Place de la Concorde gab er
der Versuchung nach, hinunter auf den Uferweg längs
der Seine zu gehen, um dem Inferno des Verkehrs zu
entrinnen. Nebelfetzen trieben über den schwarzen
Wassern. Unter dem Pont Alexandre III. riefen ihm
Clochards, die sich um ein kleines Abfallfeuer drängten
und leere Weinflaschen schwangen, fröhlich ihre Späße
zu. Eine Frau, die auf einem Schleppkahn Wäsche zum
Trocknen auslegte, brach die Arbeit ab und rief ein
Kind zu sich, um ihm das Kamel zu zeigen. Bellend
stürzte ein Hund auf ihn los. Weil die Bande der sozia-
len Beziehungen hier lockerer waren, wurde Idris nun
wieder gesehen. Er ging die Vergnügungsschiffe ent-

lang, stieg wieder hinauf zum Quai, schlug den Weg über den Pont de l'Alma zum Eiffelturm ein und schritt erhobenen Hauptes, den Blick ins Ineinander der Eisenstreben verloren, unter dessen Bauch hindurch. Das Kamel, das sich bis dahin durch nichts hatte aus der Ruhe bringen lassen, tat vor einem alten Mann, der an einer Stange eine Traube bunter Luftballons hielt, plötzlich einen Sprung seitwärts und stieß ein heiseres Knurren aus. Schließlich fanden sie auch die Rue de Vaugirard; ihr Name klang in Idris' Ohren wie der Schlüssel aus dem Labyrinth, in dem sie seit einigen Stunden umherirrten. Denn man hatte ihm gesagt: in die Rue de Vaugirard, und dann in die Rue Brancion, und in dieser Straße Hausnummer 106, das sei der Pferdeschlachthof. Er durchwanderte die Rue des Morillons, als zu seiner Überraschung plötzlich eine Herde Kühe daherkam. Das Geräusch ihrer Hufe auf dem Asphalt, ihr dumpfes Muhen und vor allem der Geruch von Stallmist, der sie umgab, wirkten an diesem Ort nicht weniger sonderbar als das Erscheinen des Palmenhain-Kamels. Übrigens schien das Kamel empfänglich für die animalische Nähe der Kühe, denn es zuckte zusammen, raffte sich auf und fiel, Idris überholend, in leichten, lässigen Trab, um sich ihnen anzuschließen. So kamen sie ans Tor des Gebäudes Rue des Morillons 40, über dem ein Stierkopf aus goldglänzendem Metall prangte. Während nämlich Pferde über die Rue Brancion diese Stätte des Todes betreten, fahren Rinder von der Rue des Morillons aus in die Hölle. Eine Hölle übrigens, die zunächst ganz vertraut, ja beruhigend aussah. Denn Idris sah sich alsbald in geräumigen Ställen voll Holz und Stroh, warm und nach

Heu und Kuhmist duftend, mit der sanften Atmosphäre von friedlichem Muhen, von leisem Ächzen und schlaftrunkenen Bewegungen. Freilich ist am anderen Ende der Stallboxen eine kleine Tür, durch die die Kühe hinausgehen, eine nach der anderen, gemächlich und ohne zu drängeln, als gingen sie zum Melken oder auf die Weide. Diese Tür führt auf einen Steg, der schräg ansteigt bis an die Aufzugtür zu einem riesengroßen Raum. Auf diesem Steg stehen die Kühe wartend, den Kopf auf der Kruppe des Tieres davor, voll argloser Gelassenheit. Sie sind wie brave Hausfrauen, die mit dem Einkaufskorb in der Hand vor der Ladentür Schlange stehen. Die Tür wird nach oben aufgezogen. Die erste Kuh schreitet vorwärts. Hinter ihr fällt die Tür wieder zu. Die Kuh sieht sich in einiger Höhe über dem Boden in einen pferchartigen Rahmen gesperrt. Der Kopfschlächter wartet, bis der klagend dreinschauende Kopf in der richtigen Lage ist. Setzt dann mitten auf der Stirn, zwischen den großen, angstvoll zu ihm aufblickenden Augen, das Bolzenschußgerät an. Ein scharfer Knall. Das Tier bricht in die Knie. Die linke Seitenwand des Rahmens verschwindet, und der große Tierkörper, von Krämpfen geschüttelt, kippt auf den Rost unten am Boden. Der Schlächter bückt sich und schneidet die Halsschlagader durch. Dann befestigt er das rechte Hinterbein des Tieres an einer Kette, die von einer hoch oben sichtbaren Laufschiene herabhängt. Die Kette strafft sich, und der Tierkörper schwebt, an einem Bein hängend, in die Höhe, als hielte ein riesenhafter Jäger ein Kaninchen baumelnd in ausgestreckter Hand. Der Tierkörper gleitet an der Schiene dahin, indes eine hellrote Fontäne sich über den Rost ergießt. Das linke Hinterbein schlägt mit krampfartigen Bewegungen um sich. Gleich wird sich der warme, zuckende Körper zu anderen, gleichartigen gesellen, die als ungeschlacht-unheimliche Lüster die Halle bevölkern. Männer mit weißen Wachstuchmützen, -kleidern und -stiefeln rücken ihnen mit Hackbeil und Elektrosäge zu Leibe. Unter den abgezogenen Häuten kommen mächtige, glatte Flächen zum Vorschein, die von schimmernden Muskeln und buntfarbenen Schleimhäuten glänzen. Malvenrote und grüne Eingeweide fallen in Auffangwannen. Ein Arbeiter spült mit dem Wasserschlauch Schlachtabfälle und eine braune, eitrige Masse auf dem Boden zu den Abflußgittern. Auf einmal hält er entgeistert inne. Die hochbeinige Silhouette des Kamels ist unterm offenen Eingang erschienen. Er ruft einen Arbeitskollegen.

»He, was sagst du dazu! Komm, sieh dir das an! Das ist was! Toller kann's nicht mehr kommen: Ein Beduine mit seinem Kamel. Da kann man wahrhaftig sagen: Frankreich, das gibt's nicht mehr!«

Bald sind es schon drei oder vier Schlachthofarbeiter, die sich frotzelnd um Idris und sein Tier tummeln.

»Ach so, du bringst uns ein Kamel, damit wir Beefsteak daraus machen! Junge, Junge, du hast wohl gar keine Hemmungen!«

»Hast du schon mal 'n Kamel geschlachtet?«

»Ich? Für was hältst du mich denn? Und weißt du vielleicht einen Metzger, der das kaufen würde?«

Der Kopfschlächter kommt von seiner Arbeitsbühne heruntergeklettert und wendet sich an Idris.

»Ich brauch' bloß zu wissen, wie man Rindvieh und Gäule schlachtet. Brauch' nicht zu wissen, wie man

Rhinozerosse schlachtet. Wo langt man hin, wenn man 'n Kamel schlachten will? An den Höcker?«

»Na, einen guten Rat: Bring's zurück nach Afrika, in seine Heimat, wo's besser hätte bleiben sollen.«

»Oder gib es im Fundbüro ab, einen Katzensprung von hier in der Rue des Morillons!«

Idris geht. Doch das Unglück will es, daß dieser Hirt, bevor er draußen ist, durch die Schlachthalle für Schafe muß. Etwa zwanzig hängen da mit durchgeschnittener Kehle an einem Bein, schwingen wie Weihrauchfässer hin und her und spritzen, ein tragisch-groteskes Ballett in den Lüften, ihr Blut auf Wände und auf Menschen.

Idris weiß nicht, wohin mit seinem Kamel. Alle Müdigkeit der Nacht fällt auf seine Schultern. Aufs Geratewohl verliert er sich in Straßen, überquert Avenuen, passiert wieder die Seine. Vage hat er im Sinn, in das Heim in der Rue Myrha zurückzukehren, hat aber keinen blassen Dunst von der Richtung, die er einschlagen müßte. Was ihn lockt, sind die Bäume, die immer zahlreicher werden, und auch eine Menge Grün in der Ferne. Zu seiner Erleichterung spürt er schließlich unter seinen Füßen den weichen Boden einer Allee, die an den Zäunen prächtiger Villen entlangführt. Mit knapper Not kann das Kamel einem komischen kleinen, blauen und grünen Zug ausweichen, dessen Glocke unentwegt bimmelt. Vor einer Tür mit einem Schalter drängen sich Kinder. Es ist der Jardin d'Acclimatation. Idris folgt den Kindern, und wohl des Kamels wegen läßt man ihn ohne Eintrittskarte ein. Eine Weile streunt er zwischen der Raubvogelvoliere und dem »Zauberfluß« umher. Und dann kommt die Überraschung: Ein zweites Kamel ist da, genau gesagt eine Kamelstute, deren kleine runde Ohren sich zum Zeichen des Willkommens munter bewegen. Flanke an Flanke reiben sich die beiden Tiere aneinander. Ihre mürrisch-hochmütigen Häupter begegnen sich hoch droben im Blauen, und ihre dicken, hängenden Lippen berühren sich. Idris gewahrt in einem strohgedeckten Unterstand Esel, die Sattel und Zaumzeug tragen, und ein hübsches Wägelchen aus lackiertem Holz, vor das zwei Ziegen gespannt sind. Junge Burschen, als Türken verkleidet – mit Turban, seidener Hose und Babuschen – bemühen sich um Idris' Kamel. Sie legen ihm eine gestickte Decke auf den Rücken, streifen ihm ein glöckchenbesetztes Kopfgestell über die Ohren, binden ihm einen Maulkorb um. Kinder drängeln sich um eine Art große, rote Leiter, über die sie hoch genug hinaufklettern können, um sich dann auf den Rücken des Kamels zu schwingen.

Idris, trunken vor Müdigkeit und Glück, geht. Er geht am Zerrspiegelpalast entlang und sieht sich dick und prall wie einen Ballon oder dann im Gegenteil wieder fadendünn oder in Gürtelhöhe entzweigeschnitten. Er streckt ihnen die Zunge heraus, den grotesken Abbildern seiner selbst, die sich so vielen anderen zugesellen. Einhellig-frisches Lachen antwortet ihm. Er sieht sein Kamel, wie es, prächtig herausgeputzt, würdevoll vorüberschreitet, auf dem Rücken eine ganze Traube von kleinen Mädchen, die laut kreischen vor hingerissener Fröhlichkeit. Die Sonne entfaltet im Laub Fächer von Licht. Die Luft ist voll Musik.

Im Sahara-Museum in Béni Abbès hatte er schon Dinge hinter großen Glasscheiben betrachtet. Aber seit seiner Ankunft in Paris ging Idris wahrhaftig nur von Schaufenster zu Schaufenster. Überquerte er eine Straße, so geschah das fast immer, nachdem er sich eben erst die Augen vollgesogen hatte mit einer Schaufensterdekoration – und um sogleich die des gegenüberliegenden Geschäfts zu sehen, die ihm zuwinkte. Die kleinen Läden im Barbèsviertel quellen über, bis auf den Bürgersteig hinaus, und bieten den Händen der Passanten Kästen dar, in denen sich Schuhe, Unterwäsche, Konservendosen oder Parfumflakons zuhauf stapeln. Das Schaufenster kennzeichnet ein Geschäft, das schon auf etwas höherer Stufe steht. Es darf sich freilich nicht auf ein schlichtes Fenster beschränken, durch das man das Ladeninnere samt dem Inhaber, der Ladenkasse und dem Hin und Her der Kunden sehen kann. Nein, ein Schaufenster, das dieses Namens würdig ist, ist vom Ladengeschäft durch eine Abschlußwand getrennt. Diese schafft einen geschlossenen Bereich, der dem Einblick offen ist, der jedoch für Hände unzugänglich, der unbetretbar und ohne Geheimnis ist, eine Welt, die man nur mit den Augen berührt und die gleichwohl wirklich ist, keineswegs eine Welt der Illusionen wie die der Fotografie oder des Fernsehens. Das Schaufenster, ein zerbrechlich-provokanter Tresor, schreit danach, aufgebrochen zu werden.

Idris war noch nicht zu Ende mit den Schaufenstern. Vom Boulevard Bonne-Nouvelle kommend hatte er an diesem Abend den Weg durch die Rue Saint-Denis eingeschlagen, und er merkte, wie hier von überall der Lockruf und der Brodem des Sex aufstiegen. Er dachte zurück an Marseille und an die Rue Thubaneau. Der Kontrast zwischen diesen beiden »heißen« Straßen sprang einem freilich in die Augen. Hier schienen die Mädchen jünger, waren jedenfalls weniger dick, und keine von ihnen sah afrikanisch aus. Doch die Rue Saint-Denis übertrumpfte die Rue Thubaneau und gab sich einen Anstrich von verschwiegen-fiebrigem Luxus, vor allem durch die lichtflimmernden, buntfarbenen Läden und durch die schwarzen Stoffverkleidungen, die deren Eingang verbargen. *Sexshop. Live-Show. Peep-Show.* Die drei Worte flimmerten nacheinander in Leuchtbuchstaben auf den Fassaden. Ihre dreifache rote Grimasse verhieß den ledigen, alleinstehenden und notleidenden und darum zur Keuschheit verurteilten jungen Burschen mit ganzen Bündeln obszöner Bilder Befriedigung ihrer Nerven. An drei Läden ging Idris vorbei, am vierten schob er den Vorhang zur Seite, der vor der Tür hing.

Zunächst glaubte er sich in einer Buchhandlung. Bücher mit grellfarbigen Umschlägen und rätselhaften Aufschriften bedeckten die Wände: *Meine Frau ist eine Lesbierin – Die Lustpartie – Porno-Nächte – Scharfer Dreier – Liebe, Wonnen und Orgasmen – Die Frau stammt vom Affen ab – Sadomania.* Mühsam entzifferte Idris die Worte, die ihm gar nichts sagten. Dafür strotzten die Fotografien auf den Titelseiten von einer brutal-puerilen Erotik, die vielmehr aufs Verworfene und Burleske hinauswollte als aufs Schöne oder Verführerische. Doch erkannte er gut, was die Deftigkeit dieser Bilder entschärfte: Je mehr das Geschlecht mit all seinen anatomischen Details unverhüllt zu sehen war, desto weniger trat das Gesicht in Erscheinung. In nicht wenigen Fotografien war es sogar überhaupt nicht zu sehen. Darin lag eine Art Ausgleich. Es war, als entziehe der Mensch – Mann oder Frau –, der seinen Unterleib dem Fotografieren preisgab, seinem Körper zugleich das Wesentliche seiner Persönlichkeit. Vielleicht waren diese Fleischmarktbilder in ihrer Anonymität letztlich weniger entlarvend als das scheinbar zurückhaltendste Porträt?

Die Sachen, die auf den Auswahlgestellen und in den Regalen des Ladens prangten, fanden in Idris' Phantasie nur geringes Echo. Schon die Reizwäsche mit ihren Spitzenunterhöschen, ihren Hüfthaltern, ihren Netzstrümpfen und Büstenhaltern weckte in seinem Gedächtnis nur schwache Erinnerungen. Sprachlos stand er jedoch vor ganzen Batterien japanischer Vibratoren aller Kaliber und vor den einfachen, geriffelten, geringelten, genoppten oder mit Widerhaken besetzten künstlichen Phalli, deren Verwendung ihm schleierhaft blieb. Ein Arsenal aus Rindsleder geflochtener »Sado-Maso-Peitschen«, die sich wie Schlangen ringelten, schien ihm im Vergleich dazu vertrauter, ja geradezu beruhigend. Eine aufblasbare Puppe in Lebensgröße mit elastischen Rundungen, der es an keinem der reizvollen Attribute weiblicher Anatomie gebrach, stand steif, rund und freundlich grinsend am Fuß eines Treppchens, das zur Peep-Show führte. Idris ging hinauf.

Ein Mann, der hinter einer Theke saß, gab ihm Hartgeld in Gestalt von 5-Francs-Stücken und deutete auf die Tür der Kabine 6, an der das rote Licht erloschen war. Es war ein winziger Raum, fast ganz ausgefüllt von einem großen Ledersessel vor einem verhängten Fenster. Idris setzte sich und sah sich um. Der Boden, schlüpfrig und mit vielen feuchten Flecken, war mit Papiertaschentüchern bedeckt. Rechts an der Wand trug eine Metalldose mit einem Schlitz darin die lakonische Aufschrift: *2 x 5 Francs = 300 Sekunden*. Idris steckte die geforderten beiden Geldstücke in den Schlitz. Sofort erschien auf einem Leuchtschild die Zahl 300 und begann auch schon Sekunde um Sekunde abzunehmen. Gleichzeitig erlosch in der Kabine das Licht, und die Leinwand, mit der das Fenster abgedunkelt gewesen war, glitt nach oben. Ein Peitschenknall erscholl, und schmachtende Hintergrundmusik setzte ein. Die Szene war in gelbes Licht getaucht. Es war eine langsam sich drehende Fläche, eingeengt durch eine Reihe von Spiegeln: den Fenstern der anderen Kabinen, die verspiegelt waren, damit die Zuschauer einander nicht sehen konnten. Eine Löwin von Weib lag da auf der Seite, quer über die rotierende Fläche. Mit bitterem Grinsen schüttelte sie ihre prachtvolle fahlrote Raubtiermähne. Ihr Unterleib war eng in ein goldgelbes Fell gezwängt, das ihr Gesäß und ihre kugelrunden Brüste freiließ. Und diese Brüste hielt sie in vollen Händen, sah sie aus ihren grünen Schlitzaugen mit brennendem Blick an, rieb ihre Wange an den Titten, hielt sie mit flehender Miene einem der Fenster entgegen, wie eine Mutter ihre Kinder einem vermeintlichen Retter entgegenstreckt. Dann krümmte sie sich am Boden, überwältigt von Schmerz oder Wollust, von einem wollüstigen und doch unterm blinden Blick der Spiegel von sirupsüßer Musik umschmeichelten Schmerz. Da, ein neuer Peitschenknall zerriß die Musik. Die Löwin erbebte. Ihr großer, von seinem grellen Grinsen umrissener Mund öffnete sich und stieß ein stummes Brüllen aus. Ihr Leib bäumte sich auf, sie spreizte die Schenkel und bot klaffend ihre frischrasierte Scheide dar, und die spitzen roten Nägel ihrer einen Hand hoben darauf krampfhaft zu zucken an. Dann rollte sie sich auf den Bauch, und im Rhythmus der Musik begann ihr Gesäß in Wellen auf und ab zu wogen.

Der Vorhang hinter dem Fenster sank herab, und in der Kabine ging das Licht wieder an. Idris stand auf, bebend von ungestillter Begierde.

»Du bist verrückt, sie treffen zu wollen!« hatte Achour gesagt. »Diese Frau – das ist doch so, als wär' sie gar nicht da!«

»Aber sie ist doch da!« hatte Idris aufbegehrt. »Sie war nur durch die Glasscheibe von mir getrennt. Ich hätte mit ihr sprechen können wie jetzt mit dir!«

»Für deine Augen war sie da, aber nicht für deine Hände. Schaufenster sind fürs Auge wie Kino und Fernsehen, nur fürs Auge! Das ist eines von den Dingen, die du begreifen müßtest. Und zwar so bald wie möglich!«

Idris hatte sie noch nicht begriffen, diese Dinge, denn schon am nächsten Morgen ging er wieder in die Rue Saint-Denis. Den Sexshop fand er unschwer wieder, achtete aber nicht darauf, daß die Lichtreklame für die Peep-Show nicht eingeschaltet war. Er trat in den Laden. Nur die aufblasbare Gummipuppe stand noch immer steif, rund und freundlich grinsend am Fuß der kleinen Treppe und begrüßte ihn. Er ging hinauf. An allen Kabinen standen die Türen offen. In einer der Kabinen war der Rücken einer Putzfrau zu sehen, die mit Schrubber und Lappen aufwischte. Sie war in einen grauen Arbeitsmantel gekleidet, unter dem ihre von Krampfadern durchzogenen bloßen Waden hervorschauten. Sie hielt inne, wandte sich um und leerte einen mit Kreppapiertüchern gefüllten Müllsack. Sie gewahrte Idris.

»Was will denn das Jüngelchen hier?«

Sie hatte sehr kurz geschnittenes, graumeliertes Haar und darunter ein durch das Fehlen von Make-up hart und maskenhaft wirkendes Gesicht. Sie kniff die Augen zusammen, um Idris besser sehen zu können, der sie verblüfft betrachtete. Diese grünen, leicht geschlitzten Augen kamen ihm bekannt vor.

»Wenn's wegen Peep ist – der beginnt um fünf!« fuhr sie fort.

Sie ging und holte in der Kabine ihren Schrubber und ihren Putzeimer. Als sie an Idris vorbeikam, sagte sie noch:

»Nicht zu glauben, was für Dreckfinken die sein können, diese Männer! Überall lassen sie's hin. Auf den Sessel, an die Wände, auf den Boden! Es gibt sogar welche, die spritzen ans Fenster!«

Und bei den letzten Worten hatte ihr großer Mund das bittere Grinsen der von der Peitsche getroffenen Löwin.

Mamadou hat mir gesagt
Mamadou hat mir gesagt
Die Zitron' ist ausgepreßt
Jetzt schmeißt man die Schale weg
Die Zitrone sind die Negros
Und was sonst hat dunkle Haut in Afrika.

Die Idole der neuen Generation heißen nicht mehr Idir
der Berber, auch nicht Djamel Allam, nicht Mexa,
nicht Ahmed Zahar und nicht Amar Elachat. Die hört
man zwar noch, und man sieht sie in den hoffnungslos
abgenutzten Scopitone-Musikboxen. Doch man versteht sie nicht mehr. Die Jugend von heute erkennt sich
in den Rhythmen und Flüchen Bérangers und Renauds
wieder, und die singen – auf französisch – vom bitteren
Leben am Rand der Gesellschaft, mit einem Bein in der
Arbeitslosigkeit, mit dem anderen in der Kriminali-
tät.

Ich heiß' Sliman und bin fünfzehn, und ich wohn'
In Courneuve drauß' bei meinen Alten
Meinen Lehrbrief als Ganove hab' ich schon
Soll bloß keiner für bekloppt mich halten
In der Bande, da hat alles vor mir Flatter
Auf dem Arm hab' ich 'ne tätowierte Natter.

Fortwährend mit Geldstücken vollgestopft, ruft der Apparat die Jungen zu einer hoffnungslosen Revolte gegen das Komplott der Begüterten auf. Die von der Metro-Station Barbès hier gelandeten Gäste drängen sich am Tresen und bleiben taub für die ungestüme Beschwörung, die hinter ihrem Rücken erdröhnt. Idris sitzt an einem unweit des Tresens eingeschobenen Tisch und ist in eine Sammlung von Comics vertieft. Die Atmosphäre des Cafés mischt sich vage mit den Abenteuern, die er Seite für Seite verfolgt. Die Worte in den Sprechblasen gehen stillschweigend in die Gespräche, die Zu- und Zwischenrufe über, die er rings um sich hört. Träumt er? Die Heldin der Bildgeschichte ähnelt der Frau aus dem Landrover und auch der Hure damals in Marseille. Überdies fährt sie im Landrover, den ein Mann mit brutalem Gesicht steuert, über die Reg von Tabelbala. Plötzlich bittet sie ihn, zu halten und kehrtzumachen. Sie hat etwas gesehen, das sie fotografieren möchte. Widerwillig gehorcht ihr der Mann. Der Landrover prescht geradewegs auf eine Herde Ziegen und Schafe zu, die sich um einen jungen Hirten drängen. Der Landrover hält. Die Frau springt vom Fahrzeug. Ihr platinblondes Haar fällt ihr lose über die Schultern. Sie läßt ihre nackten Arme und Beine sehen. Sie zückt einen Fotoapparat.

»He, Kleiner!« ruft die Blase, die ihrem Mund entsteigt, »bleib' stehen, ich will dich fotografieren!«

»Du könntest ihn wenigstens fragen, was er dazu meint«, murrt die Sprechblase des Mannes. »Es gibt Leute, die mögen das nicht.«

»Das müssen gerade Sie mir sagen!« bemerkt die Sprechblase der Frau dazu.

Gewaltsam drängt sich Renauds Stimme dazwischen:

Abends streichen wir über die Parkings
Und suchen einen nicht zu miesen BMW
Leih'n ihn uns für 'ne Stunde oder zwei
Lassen die Kiste an der Port' Dauphine stehn
Gehn zu den Nüttchen dann bloß mal so zum Schau'n
Und für 'n Abend zum Drandenken später in der Falle.

»Mach' dir keine Illusionen«, meint ironisch die Sprechblase des Mannes. »Er schaut eher das Auto an als dich!«
Der Fotoapparat ist in Großaufnahme gezeichnet. Er verdeckt zu zwei Dritteln das Gesicht der Frau. Aus dem Gehäuse kommt eine Blase »Klick-klack«. Das Foto ist im Kasten.
»Gib mir das Foto!«
Der Hirt ist es, der diese Sprechblase von sich gibt und dabei zu der Frau hin die Hand ausstreckt. Sie zeigt ihm eine Landkarte, die sie aus dem Wagen geholt hat. Die sieht man, von den Händen der Frau gehalten, ganz nah vor sich. Es ist die nördliche Sahara: Tabelbala, Béni Abbès, Béchar, Oran.
»Dein Foto, das kriegst du dann aus Paris. Schau her. Siehst du, wir sind hier. In Oran geht's auf die Fähre. Fünfundzwanzig Stunden auf See. Marseille. Achthundert Kilometer Autobahn. Und da lassen wir dann dein Foto entwickeln und Abzüge machen.«

Ich hab 'ne Annonce in die Zeitung gesetzt
Um 'ne dufte Mieze mir zu finden

Die sich krummlegt, meinen Mampf zu zahlen
Denn damit ich so was wie 'ne Arbeit anrühr'
Braucht' ich doppelt soviel Finger als ich habe
Und auch damit, weißt du, ist noch nichts gewonnen!

Eine Staubwolke aufwirbelnd fährt der Wagen wieder davon. Doch der Comic folgt ihm, und ihm entsteigt ein Gespräch zwischen dem Mann und der Frau.

Er: »Du hast ihn enttäuscht, siehst du. Und – gib's nur zu – du hast ganz und gar nicht vor, ihm das Foto zu schicken.«

Sie: »Ich zumindest habe Sie nie um Fotos gebeten, die Sie von mir gemacht haben.«

Er: »Nein, hast du nicht. Ich mach' sie ja auch nicht für dich. Sondern für Kunden.«

Sie: »War's denn wirklich notwendig, mitten in die Sahara zu fahren, um mich in Dünen und Palmenhainen abzulichten?«

Er: »Was sein muß, muß sein. Bei manchen Männern spricht das die Phantasie an. Und es gibt Franzosen, die mögen die exotische Kulisse. Es gibt Ölscheichs, die mögen blonde Frauen. Ich fotografiere dich in einer Oase – und alle sind zufrieden.«

Sie: »Alle außer der blonden Sklavin, die da nach Lichtbild verkauft wird.«

Er: »Die blonde Sklavin nimmt die Sklaverei in Kauf, sofern es eine vergoldete Sklaverei ist. Bei der Wahl zwischen dem komfortablen Käfig und dem Elend in Freiheit hast du dich für den Käfig entschieden, und du beklagst dich nicht darüber.«

Sie: »Es gibt im Leben nicht bloß den Komfort. Und diese suggestiven Fotos, die Sie von mir machen und die

Sie verbreiten, stellen mich mehr bloß als alles andere. Ich hab' das Gefühl, daß ich die niemals loswerden kann. Es ist schlimmer, als wenn ich tätowiert wär', denn Tätowierungen, die kann man immerhin für sich behalten und verbergen. Bei diesen Fotos, die sich irgendwo herumtreiben, wo ich vielleicht mit viel Glück einem Mann begegne, der es ehrlich meint und mich liebt, werd' ich dagegen immer Angst haben, daß sie ihm an diesem oder jenem Tag ins Gesicht springen.«

Fort sind die Kolonialherrn; sie hatten in den Koffern
Ein paar Schiffe voll Sklaven, um in Übung zu bleiben
Ein paar Schiffe voll Sklaven, die ihre Straßen kehren
Sie sehn sich alle gleich mit ihrer Sehschlitzmütze
Eiskalt ist ihre Haut, doch kälter noch ihr Herz.

Idris schaut auf. Er ist keineswegs überrascht, Ellbogen an Ellbogen auf den Tresen gelehnt den Mann und die Frau aus dem Comic zu sehen. Er erkennt sie wieder, obschon sie nicht wie im Landrover gekleidet sind. Es ist völlig normal, daß sie hier sind und ihre stürmische Diskussion fortführen.
Er: »Inzwischen habe ich einen stinkreichen Liebhaber aufgetan. Die Fotos von dir sprangen ihm, wie du so schön sagst, ins Gesicht. Ich ruf' ihn jetzt gleich an und verabrede mit ihm einen Termin. Ober! Eine Telefonmünze bitte!«
Sie: »Und wenn ich Fotos von diesem steinreichen Kunden zu sehen verlangte? Wenigstens möchte ich eigentlich ganz gern wissen, wo ich hingehe.«
Er: »Du wirst wohl verrückt, was? Nicht du bezahlst

doch, sondern er. Darum kriegt er Fotos und trifft danach seine Wahl. Man darf doch die Rollen nicht umkehren!«

Sie: »Ob Sie wollen oder nicht – eines Tages treffe ich meine Wahl. Und zwar nicht nach Fotos. Sondern echt, im Leben.«

Er: »Aber nicht heute und nicht morgen. Weil du mir zuerst meine Unkosten ersetzen mußt. Ich habe Geld investiert und hab' nicht die Absicht, mich ausnehmen zu lassen. Ach, und überhaupt reicht's mir jetzt! Ich geh' telefonieren. Warte hier, bis ich wieder da bin.«

Idris weiß nicht, ob er träumt oder einen realen Vorgang sieht. Die Frau vom Landrover steht allein am Tresen. Ihr Blick wendet sich ihm zu, doch es ist, als sähe sie ihn nicht. Entweder ist sie kurzsichtig, oder aber er ist durchsichtig geworden.

Von neuem brüllt die Jukebox los:

Ist ein Bulle verletzt, ist ein Bulle gar tot
Bläst man lautstark zum Kampf, denn die Ordnung ist
bedroht
Großalarm, Staatsbegräbnis, nationales Wehgeschrei
Bringt den Leuten die alten Werte wieder bei!
Und ich krümme mich und kotze
Und am liebsten schlüg' ich all den Schiet entzwei …

Idris ist aufgestanden und geht hinüber zu der Frau. Einen einzigen Schritt hinüber tut er nur – und ist gänzlich drinnen in dem Comic. Und hat die ganze Kühnheit eines imaginären Helden.

»Erkennst du mich wieder? Ich bin der, den du in Tabelbala fotografiert hast.«

Sie begreift nicht.

»Wie? Was will denn der Kerl da?«

»Ich bin's, Idris aus Tabelbala. Du hast zu mir gesagt: ›Ich schicke dir dein Foto.‹ Schau, in dem Blatt da steht's.«

Er zeigt ihr den Comic.

»Er ist verrückt. Was soll das heißen?«

Sie wirft einen kurzen Blick auf das Magazin und schaut wie hilfesuchend um sich.

»Komm' mit mir. Der Mann ist böse. Er will dich verkaufen. Komm'!«

Sie weicht an den Tresen zurück und schüttet ihr Glas um. Das Gespräch anderer Gäste stockt. Idris versucht die Frau am Arm zu packen, um sie fortzuziehen.

»Komm', wir gehen miteinander. Der Mann verkauft dich mit seinen Fotos.«

Der Mann, um den es geht, ist vom Telefonieren zurück und eilt seinem Schützling zu Hilfe.

»Wer ist dieser Kanake? Willst du wohl Madame in Ruhe lassen? Oder willst du meine Faust in die Fresse?«

Idris hat noch Zeit, den großen Zob zu erkennen, der nun, im Glorienschein ritterlichen Bemühens, eingreift:

»Ja, ihr tätet gut daran, euch um ihn zu kümmern. Ich beobachte ihn schon eine ganze Weile. Er versucht, Madame mitzunehmen.«

Idris läßt nicht locker.

»Du bist ein Dreckskerl. Mit deinen Fotos verkaufst du die Dame.«

»Na so was! Habt ihr das gehört? Dieser fiese Arab, was hat der sich denn da einzumischen?«

Und er schmettert Idris die Faust ins Gesicht. Die Frau schreit erst mal gellend auf. Idris, dem Zob ein Bein gestellt hat, taumelt und schlägt hin – auf einen Tisch mitten unter den Gästen.

»Und dann«, fragt Achour, »haben sie dich gleich auf die Polizeiwache mitgenommen?«

»Ja, irgendwie waren die Flics sofort da. Ich blutete aus der Nase. Alle schrien durcheinander. Besonders die Frau.«

»In diesem Stadtviertel sind die Flics nie weit. Aber was hat dich denn geritten, um Gottes willen?«

»Auf der Polizeiwache, da haben sie mir dann Fragen gestellt, und ein Flic tippte alles auf einer Maschine. Meinen Namen, seit wann ich in Frankreich bin, wo ich wohne. Sie ließen mich in einen kleinen Ballon blasen. Sie hießen mich meine Finger mit Tinte beschmieren und auf ein Pappkärtchen drücken. Und dann haben sie mich von vorn und von der Seite fotografiert.«

»Schon wieder!«

»Ich kann nichts dafür – alles fotografiert mich.«

»Mit deiner blutenden Nase und deinem blauen Auge. So richtig eine Mördervisage, wahrhaftig! Und dann?«

»Dann haben sie hier im Wohnheim angerufen. Isidore war dran. Zehn Minuten später war er da und sprach mit den Flics, und dann haben die mich mit ihm abziehen lassen.«

»Ja, Isidore, auf den kann man sich immer verlassen. Aber was hat dich bloß geritten, um Gottes willen!«

»Daran ist der Comic schuld und auch die Musik, die

in dem Café brüllte, und die blonde Frau. Und im Grunde frag' ich mich, ob nicht der große Zob das alles ausgeheckt hat!«

Sie schweigen alle beide, sitzen auf der Pritsche in ihrem Zimmer und blicken, vom Schicksal geschlagen, zu Boden.

Achour hatte ihm gesagt: »Für die Baustelle brauchst du eine Latzhose. Die findest du bei Tati. Nimm eine blaue aus Baumwolle, die im Latz eine Tasche mit Reißverschluß hat.«

Idris hatte sich diese Einzelheiten genau gemerkt und hatte sich zum Boulevard Rochechouard begeben. Freilich erkannte er dort rasch, daß er fehlgegangen und bei »Tati-Femmes« angelangt war. Nicht wissend, daß eine verglaste Brücke über die Rue Belhomme hinweg den Zugang zu »Tati-Hommes« ermöglicht, ging er erneut in die Irre, bog auf dem Bürgersteig des Boulevard Rochechouard links ab und kam in die Ladenräume von »Tati-Garçons«. Eine Atmosphäre von Frische und Unschuld entstieg den ausgestellten Schülerschürzchen, den karierten Sporthemdchen und bunten Trainingsanzügen. Kleine Jungen aus Wachs mit blauen Augen und goldenen Sternenwimpern, die Arme in einer Bewegung gezierten Erstaunens vom Körper abspreizend, taten so, als spielten sie auf dem Kreppapierrasen, auf dem Bälle und Tennisschläger verstreut lagen. Idris wurde von zwei Männern aufgehalten, die eine solche Wachsfigur betrachteten und in lebhaftem Gespräch begriffen waren.

»Und wenn sie aus der Mode oder nicht mehr im Gebrauch sind, was macht ihr dann damit? Werft ihr sie in den Mülleimer?«

Der eine der beiden hatte diese Frage in leicht aggressivem Ton gestellt; mit seinem Kamm aus hochgetrimmten Haaren, seiner spitzen Nase und seinen von naiver Entrüstung gerundeten Augen hatte er etwas von einem jungen Gockel.

»Wir nehmen sie wieder auf Lager und warten darauf, daß wir sie vielleicht noch an Modegeschäfte in der Provinz weiterverkaufen können. Ich bekomme regelmäßig Besuch von kleinen Geschäftsleuten aus Mamers, aus Issoire oder Castelnaudary, die sich mit Mädchen, Knaben, Männern oder Frauen eindecken wollen. Das hat sogar etwas von ›Sklavenhandel‹ und ist nicht ohne pikante Note.«

Der Mann sprach gut, zuweilen mit einem hochmütigen Lächeln, das die Ironie in seinen Worten noch unterstrich. Alles an seinem Auftreten und der lässige Ton, den er anschlug, erweckte den Eindruck, für ihn sei seine Tätigkeit als Dekorationschef eines großen Kaufhauses nur ein amüsanter Zeitvertreib, gar nicht wert, ernst genommen zu werden und weit unter seinem Wollen und Können. Er betrachtete den ernsten, leidenschaftlichen jungen Mann als ein völlig absonderliches, aber deshalb nur um so spaßigeres Phänomen.

»Aber wieso, wenn ich fragen darf, sind Sie an diesen Schaufensterfiguren interessiert?«

»Ich sammle sie«, erwiderte der andere mit Nachdruck. »Étienne Milan, Fotograf. Ich wohne Rue de la Goutte d'Or, nur zwei Schritte von hier.«

»Sie sammeln Schaufensterfiguren?«

»Nicht alle beliebigen.«

»Nur von Kindern?«

»Von kleinen Jungen. Und ausschließlich solche aus den sechziger Jahren.«

Jetzt konnte der Dekorationschef seine Verblüffung nicht mehr verbergen. Beunruhigt sah er sich um, wie um sich zu überzeugen, daß seine vertraute Umgebung nicht durcheinandergeraten sei, und sah sich auf Nasenlänge Idris gegenüber, der, ohne es zu wollen, das Gespräch mitgehört hatte.

»Aber weshalb denn ... gerade aus den sechziger Jahren?«

»Weil ich 1950 geboren bin.«

»Die Schaufensterfiguren von zehnjährigen Jungen sind also ...«

»Ich selbst, ja.«

Die Augen des Chefdekorateurs wurden groß und rund, und der Kiefer schien ihm herabzusinken. Da mag einer noch so sehr aus Sizilien stammen, Giovanni Bonami heißen, sich mit Schaufenstergestaltung befassen und den Stil des Dandy, den nichts verblüffen kann, kultivieren – das Auftreten eines Originals von solchem Zuschnitt ist doch imstande, ihn aus der Fassung zu bringen.

»Könnten wir mal in Ihr Lager gehen?« setzte Milan wieder an.

Und da er Idris gewahrte, der noch immer vor ihm stand, sagte er:

»Sie könnten vielleicht mitkommen; ich brauche dabei ein bißchen Hilfe.«

Ein Lift brachte sie hinab ins dritte Untergeschoß des Kaufhauses. Unter der sehr niedrigen Decke mit den zahlreichen Leuchtstoffröhren, die ein hartes und zugleich mondscheinhaftes Licht verbreiteten, bot sich ein ob seiner Befremdlichkeit hinreißendes Bild: Ein unübersehbares, regungsloses Ballett vereinte da Hunderte nackter, in graziös-gezierter Haltung erstarrter Gestalten. Die Körper waren von einer bleichen Glätte, die bis zur Kahlheit ging, und all diese lächelnden und geschminkten jungen Gesichter wirkten durch den völlig kahlen Schädel, der über ihnen glänzte, noch viel abscheulicher.

»Ich finde das atemberaubend erotisch«, murmelte Milan.

»Wissen Sie«, sagte Bonami, »daß die Polizeipräfektur uns eine nachdrückliche Empfehlung hat zukommen lassen: das Be- oder Entkleiden von Schaufensterfiguren niemals vor Passanten durchzuführen? Unsere Schaufensterdekorateure sind angewiesen, hinter einem Vorhang zu arbeiten. Es kam sogar – stellen Sie sich das vor! – zu Strafanzeigen von Leuten, die an diesem ganz besonderen Striptease Anstoß nahmen. Man muß sich wirklich wundern, wie weit die Prüderie gehen kann!«

»Das ist keine Prüderie«, erwiderte Milan trocken, »das ist ganz einfach der Respekt, der den Schaufensterfiguren gebührt.«

Bonami ärgerte es sichtlich, daß da jemand auf seinem ureigenen Gebiet, dem der Schaufensterdekoration, seine Meinung nicht gelten lassen wollte.

»Ich glaube, Sie verwechseln fälschlicherweise Statue und Schaufensterfigur«, wandte er ziemlich erregt ein. »Deren Beziehung zur Kleidung geht in diametral entgegengesetzte Richtung. Für den Bildhauer ist der nackte Körper das primäre. Normalerweise ist ja die Statue nackt. Soll sie bekleidet sein, so wird der Bildhauer sie zuerst nackt entwerfen und ihren Körper dann in Kleider hüllen. Die Schaufensterfigur dagegen steht zur Kleidung in umgekehrter Beziehung. Hier ist die Kleidung das Primäre. Die Schaufensterfigur ist nur das Nebenprodukt, ist sozusagen ein Ausfluß der Kleidung. Damit ist schon gesagt, daß sie unschön wirkt, wenn sie sich ohne Kleider darstellen muß. Die Statue kann, wie der menschliche Körper, nackt sein. Die Schaufensterfigur kann nicht nackt, sie kann nur kleiderlos sein. Was Sie hier sehen, sind keine menschlichen Körper, ja nicht einmal Abbilder von solchen. Es sind Materialisationen von Sakkoanzügen, Phantome von Abendkleidern, Gespenster von Damenröcken, Larven von Pyjamas. Ja, Larven, das ist wohl das passendste Wort.«

Milan schenkte den von Bonami entwickelten Theorien offenbar nur mäßige Aufmerksamkeit. Rasch inspizierte er das extravagante, starre Völkchen ringsum. Da wandte sich der Dekorateur mit einemmal an Idris und begann ihn ganz freundlich nach seiner Herkunft, seiner Arbeit und seinem Aufenthaltsort zu fragen.

»Wenn Sie frei sind«, sagte er, »kann ich Ihnen vielleicht eine Arbeit in Aussicht stellen.«

Und mitgerissen von seiner mit Absicht nur leichthin geäußerten Idee konnte er nicht umhin, noch anzufügen:

»Es ist ein paradoxes, erregendes Experiment, ziemlich einmalig in seiner Art.«

Idris schaute ihn vollkommen verständnislos an.

»Es geht um folgendes: Die weit überwiegende Mehrheit unserer Kundschaft kommt aus Afrika, insbesondere aus dem Maghreb. Mir ist deshalb die Idee gekommen, Schaufensterfiguren herstellen zu lassen, die typisch maghrebinisch aussehen, wenn Sie verstehen, was ich meine. In Pantin gibt es eine Firma, die dazu das lebende Modell – Gesicht und Körper – abformt. Mit dieser Form kann man dann Polyesterpuppen fürs Schaufenster herstellen, so viele man will. Ich finde, Sie könnten dafür als Modell dienen. Es ist ziemlich gut bezahlt. Wenn Sie Lust dazu haben, kommen Sie zu mir. Aber säumen Sie nicht zu lange, denn es soll sehr bald losgehen.«

»Die beiden da – glauben Sie, ich dürfte die mitnehmen?«

Milan deutete auf zwei Puppenkörper, die unten an der Wand übereinanderlagen. »Na, Sie haben wirklich was übrig fürs Karitative! Die beiden armen Kinder sollten demnächst in Stücke zerschlagen werden. Und jetzt sind sie gerettet!«

»Ich sehe keine anderen, die mich interessieren.«

Bonami hatte sich darangemacht, die beiden Figuren voneinander zu trennen, und zog unbekümmert an Armen und Beinen. Milan stürzte sich auf ihn.

»Halt, halt! Sie tun ihnen weh. Lassen Sie mich machen.«

Behutsam kniete er nieder, wie bei Schwerverletzten; einen der Köpfe hob er etwas an und ließ ihn auf seinem Unterarm ruhen, schob die andere Hand unter die Hüfte der Schaufensterfigur und stand so, den Blick zärtlich auf den ungelenk baumelnden Körper geneigt, auf. Der Anblick von soviel andächtiger Fürsorglichkeit hatte Bonami ganz still werden lassen. Milan wandte sich um zu Idris und legte ihm den kleinen Jungen in die Arme. Dann beugte er sich zu der anderen Schaufensterfigur hinab.

»Wieviel wollen Sie dafür?« fragte er Bonami.

»Oh, die beiden – die schenk' ich Ihnen. Das ist Ausschuß.«

»Ja, die haben sehr gelitten. Ich will ihnen Wimpern und Haar wiedergeben. Ihnen wieder Wangen und Lippen malen. Und ihre Kleider! Eine ganze Aussteuer muß ich da zusammenbekommen!« seufzte er beglückt und sah in Gedanken lange Stunden geruhsamer Arbeit an seinen neuen Kindern vor sich.

Mögen die Pariser auch im Rufe stehen, sich über nichts zu wundern – diese zwei Männer, die bedächtig dahinschritten, jeder einen zerlumpten, entstellten Jungen in den Armen wiegend, dessen Beine in der Luft baumelten, diese beiden Männer, die den Boulevard Barbès hinaufgingen, ihn dann überquerten und in die Rue de la Goutte d'Or einbogen, blieben nicht immer unbemerkt. Bei manchen war das Erstaunen von einem Zweifel schwer: Waren das nun verletzte Kinder, Leichen oder Schaufensterfiguren? Manche Leute drehten sich schockiert um, andere lachten. Idris dachte an sein Kamel und wie er auf der Suche nach einem Schlachthaus quer durch Paris gezogen war. Diesmal war der Weg kürzer. Milan war vor einem verwahrlosten, mit Balken behelfsmäßig abgestützten Haus stehengeblieben.

»Wir sind da«, sagte er und stieß mit dem Knie die Haustür auf. Über eine dunkle Treppe, deren schmiedeeisernes Geländer von besseren Tagen zeugte, gelangten sie in den zweiten Stock. An der Tür pries ein Plakat fröhlich den Kasperl vom Jardin du Luxembourg. Der Raum, in den sie traten, roch nach Leim und Lack. Ein über zwei Böcke gelegtes Brett diente als Werkbank oder Operationstisch. Den Platz darauf nahm übrigens eine große Gliederpuppe aus Holz ein, und es war außerdem allenthalben bedeckt mit Pinseln, Spateln, Tuben, Radiermessern und Fläschchen. Milan ließ sich auf die Knie nieder und legte seine Last auf ein Feldbett. Dann nahm er Idris die andere Schaufensterpuppe ab und legte sie neben die erste. Nun stand er wieder auf und gönnte sich einen Augenblick zärtlicher Betrachtung.

»Es ist, als wären es zwei Zwillingsbrüder«, brachte er traumverloren heraus. »In ihrem Alter hatte ich zwei Zwillinge in meiner Klasse. Sie brachten ihre Zeit damit zu, sich jeweils für den anderen auszugeben. Getrennt voneinander war jeder von ihnen ein völlig normaler, durchschnittlicher Junge. Und dann kam plötzlich das Abnorme: Man sah doppelt. Ihr völlig gleiches Aussehen wirkte schwindelerregend, obendrein nicht ohne einen Stich ins Komische. Genau wie bei Schaufensterfiguren: Angsterregendes und Komisches in einem. Übrigens sind Schaufensterpuppen und Zwillinge nahe Verwandte, denn eine Schaufensterfigur läßt einen zwangsläufig an ein Verfahren denken, mit dem man ein und dasselbe Modell beliebig oft reproduzieren kann.«

Sie gingen ein paar Schritte weiter.

»Ich habe nur zwei Zimmer: hier die Werkstatt und nebenan mein Schlafzimmer.«

Er hob den Vorhang, der die beiden Räume trennte, und trat zur Seite, als sollte der Schock dessen, was es zu sehen gab, Idris allein treffen. Der Raum gemahnte an eine Schlachtszene oder auch an des Menschenfressers Speisekammer. Zwar bemerkte man in einer Ecke eine kleine Bettstelle mit Nachttischlampe. Aber ganze

Stapel von Rümpfen, Gebinde von Armen und Bündel von Beinen, alle sorgsam an den Wänden aufgetürmt, ließen an ein Massengrab besonderer Art denken, an ein sehr sauberes, sehr trockenes, das durch einen ganzen Schwung lächelnder Köpfe mit rosigen Wangen, alle auf Wandborden aufgereiht, noch seltsamer und unheimlicher wurde.

»Hier können Sie schlafen?« wunderte sich Idris.

Milan gab keine Antwort; er war völlig im Bann seiner ihn ringsum in Stücken umlagernden Menschenkinder. Er griff einen Rumpf heraus und klopfte mit dem Finger auf dessen glatte Oberfläche.

»Hörst du? Das klingt hohl. Das ist eine Gipsschale. Ich mag Gips. Er ist ein bröseliges, poröses Material, empfänglich für die geringste Feuchtigkeit, zerbrechlich, aber leicht herzustellen, zu bemalen und herrlich zu gestalten. In einer Welt aus Gips zu leben wär' meine ganze Wonne. Während einen der Akt bei den Malern und Bildhauern aufs Anatomische, auf die Physiologie hinweist, weiß man bei der Schaufensterfigur von vornherein, daß sie hohl ist. Eine Schaufensterpuppe seziert man nicht. Das Kind, das seine Zelluloidpuppe aufmacht, um zu sehen, was in ihr steckt, ist ein Tor oder ein angehender Sadist. Es wird enttäuscht sein, wenn es darin dann nichts findet. Die Schaufensterfigur hat kein Innenleben. Sie ist eine völlig oberflächliche Person, ohne die mehr oder weniger ekelhaften Geheimnisse, die sich unter der Haut lebendiger Menschen verbergen. Kurzum, das Ideale!«

Sie gingen wieder in das erste Zimmer zurück.

»Aber was machen Sie bloß mit all diesen Schaufensterfiguren?«

»Was ich damit mache? Eigentlich könnte ich mich damit begnügen, mit ihnen zu leben. Was machen Sammler mit ihrer Sammlung? Sie umgeben sich mit ihr, befassen sich mit den einzelnen Stücken, stauben sie ab. Ich kümmere mich eben um meine kleinen Menschlein. Manchmal nehme ich einen Rumpf, setze Arme, Beine und Kopf daran und bastle mir eines zusammen. Das kann rührend falsche Proportionen geben. Das ist immer ein großer Moment. Vaterfreuden... Übrigens bin ich nicht allein. Ich habe Brieffreunde, die meine Passion teilen. Das heißt... mehr oder weniger. Die meisten interessieren sich nur für Frauen, bestenfalls für kleine Mädelchen. Wir schreiben einander. Mitunter tauschen wir unsere besten Fundstücke aus. Aber ihnen fehlt es an Gespür. Sie schreiben, wunder was sie mir schicken; ich stürze mich darauf – und dann ist es überhaupt nichts. Davon versteh' nur ich was, ich allein! Im Sommer fahren wir hinunter in die Provence. Meine Eltern wohnen immer noch im Lubéron. Sie nehmen gesundheitlich angeschlagene Kinder, die ärztliche Betreuung brauchen, als Pensionsgäste auf. Dort hat bei mir alles angefangen, sobald ich dafür das rechte Alter hatte. Später, als ich dann älter war, wurde ich hinausgeworfen in die äußerste Finsternis. Ich habe eine Borie in der Nähe für meine kleinen Menschlein eingerichtet. Da hinunter fahre ich immer mit dem Wagen. Mein 2 CV ist randvoll mit Schaufensterpuppen, die ich im Lauf des Winters gesammelt und repariert habe. Wir fahren gemächlich, in mehreren Etappen. Wir haben keinen schlechten Erfolg, sag' ich dir! Was die Leute schreckt ist, daß ich selber aus Fleisch und Blut bin. Sie hatten erwartet, der Wagen würde gleichfalls von einer Schaufensterpuppe gefahren! Im Grunde haben sie recht. Ich müßte eigentlich auch eine Schaufensterfigur sein. Das würde mich ihnen näherbringen. Wunderbar ist die Ankunft in der Provence. Die kleinen Menschlein, die ich bei mir habe, kommen aus dem nördlichen Frankreich. Ich zeige ihnen die Olivengärten, die Lavendelfelder. Ich beobachte das frohe Staunen auf ihren gemalten Gesichtern. Wenn wir bei meinen Eltern ankommen, sind wir gleich umringt von ihren jungen Pensionsgästen. Die betrachten neugierig meine Reisegefährten. Die meisten verstehen das nicht. Sie haben Angst. Doch immer gewahre ich einen oder zwei, die mein Spiel mitspielen wollen. Sie sind übrigens leicht herauszufinden: Es sind die, die meinen kleinen Schaufensterpuppen ähnlich sehen. Runde Wangen, Mandelaugen, blondes, sorgsam gekämmtes und seitlich gescheiteltes Haar – sie haben etwas Übermenschliches, Unmenschliches, das unverkennbar ist. Die nehmen dann ihren Platz in meiner Mannschaft ein, und sie mischen sich ganz unauffällig unter meine kleinen Menschlein ... Gleich an den folgenden Tagen beginnt das Fest. Es dauert den ganzen Sommer. Wir nehmen die Garrigue und die steineichenbestandenen Kalkhügel in Besitz. Wir spielen Ball und Federball und Blindekuh. Wir picknicken. Für die Siesta während der heißesten Stunden verfüge ich über ein Kissenlager unter einem Sonnensegel. Am Abend des 13. Juli gibt's Feuerwerk, Bal Musette und Souper bei Kerzenschein. Herrliche große Ferien! Das ist übrigens der Titel eines Fotobuches, das ich herausgeben will. Denn all diese Feste mit meinen kleinen Menschlein fotografiere ich, und zwar farbig.«

»Sie fotografieren sie!«
Idris hatte sich des Ausrufs nicht enthalten können.
»Ja, gewiß, das ist Tradition. Große Augenblicke fotografiert man doch immer: Taufe, Kommunion, Hochzeit, Einrücken zum Militär. Mit meinen kleinen Menschlein komponiere ich Bilder, und spielerisch mische ich unter sie einen oder zwei lebendige kleine Jungen. Das zunächst nur lokale, kurzlebige Fest wird durch die Fotografie universell und ewig. Sie ist die Weihe des Ganzen.«
»Sie fotografieren Schaufensterpuppen!« wiederholte Idris, denn er spürte, wieviel unterschwellig böser Zauber in diesem ganzen Gebaren lag.
»Ja, aber mit einem Stück Landschaft, echter Landschaft, mit wirklichen Bäumen, wirklichen Felsen. Und da, siehst du, entsteht so etwas wie eine gegenseitige Ansteckung zwischen meinen knabenhaften Puppengestalten und der Landschaft. Das Reale der Landschaft gibt den Figuren ein viel intensiveres Leben, als es eine Schaufensterkulisse vermag. Doch vor allem das Umgekehrte ist bedeutsam: Meine Schaufensterfiguren machen die Landschaft fragwürdig. Durch sie sind die Bäume ein bißchen – nicht ganz, nur ein wenig – aus Papier, die Felsen aus Pappe, und der Himmel ist teilweise nur noch ein gemalter Bühnenhintergrund. Und das Foto von den Schaufensterfiguren, die ja selbst schon Abbilder sind, ist ein Abbild des Abbilds, und das führt dazu, daß sich seine zersetzende Kraft verdoppelt. Daraus entsteht der Eindruck eines Wachtraums, einer wahrhaftigen Halluzination. Es ist schlechthin die durch das Bild in ihren Grundfesten unterminierte Realität.«

Idris hatte schon lange nicht mehr zugehört.

»Wenn Sie mich nicht mehr brauchen«, sagte er, »dann geh' ich jetzt wieder ins Tati. Ich muß mir eine Arbeitshose kaufen.«

»Wenn du willst, kannst du dableiben und mit mir zu Mittag essen. Aber ich muß dir gleich sagen, daß ich Vegetarier bin.«

»Vegetarier? Was ist das?«

»Ich esse weder Fleisch noch Fisch.«

»Bei uns zu Hause, in Tabelbala, ißt man bloß Gemüse.«

»Ja, aber nur aus Not. Bei mir ist es freie Entscheidung. Fleisch gleich Mann und Fisch gleich Frau – diese zwei Dinge habe ich aus meinem Leben ausgemerzt.«

Später kam er auf die Art ihres Zusammentreffens und auf die Frage zurück, was für eine Arbeit Idris von Bonami angeboten worden sei.

»Er will einen Abguß von mir machen lassen und damit dann lebensgroße Afrikanerpuppen herstellen. Für seine Schaufenster«, erläuterte Idris.

»Das hat er dir vorgeschlagen?«

Milan sah ihn, wie eine Wundererscheinung, erschrocken an.

»Ja ja, aber es ist nicht sicher, daß ich hingehe.«

»Du mußt hingehen, hörst du, unbedingt mußt du hingehen! Das ist ein erstaunliches Experiment!«

»Gehen Sie doch selber hin, wenn Ihnen das so interessant erscheint!«

»Erstens bin ich kein maghrebinischer Typ. Und wie du gesehen hast, waren wir beide da. Aber er will dich haben. Und zweitens ist es für mich auch zu spät. Das hätte man vor fünfzehn Jahren machen müssen. Nur –

als Zehnjähriger war ich ein kleiner Bauernjunge aus dem Lubéron, und da nahm man von mir nicht nur keinen Abguß, sondern auch die wenigen Fotos, die man damals von mir gemacht hat, sind jämmerlich. Meine Armut bot mir dafür nur einen einzigen Ausgleich: Meine Mutter warf nichts weg. Hatte ich eine Hose oder ein Hemd abgetragen, so legte meine Mutter sie für eine – was weiß ich für welche – hypothetische Verwendung beiseite. Und so hab' ich auf unserem Dachboden einen ganzen Koffer voller Kinderkleider aus den sechziger Jahren gefunden. Das ist mein ganzer Schatz. Ich hole ihn nur ausnahmsweise hervor, um den einen oder anderen besonders bevorzugten kleinen Mann damit zu bekleiden, aber nur bei großen, bei ganz großen Anlässen.«

Idris bemühte sich nicht, zu erfahren, worin diese großen Anlässe bestanden. Er aß Reis mit Tomaten und Zwiebelpüree und versuchte sich dabei vorzustellen, wohin ihn diese Geschichte mit dem Abformen wohl führen werde, um die er, wie er spürte, nicht herumkommen werde. Er sah sich schon verzehnfacht, verhundertfacht, zu einer endlosen Zahl von Kleiderpuppen geworden, alle unter den Blicken der bei Tati massenhaft vor den Schaufenstern stehenden Menschen in lächerlichen Posen erstarrt. Wie die Verwandlung vor sich gehen würde – davon wußte er noch nichts.

»Du mußt hingehen!« wiederholte Milan nochmals, bevor er ihm mit aufmunterndem Lächeln einen Schlag auf die Schulter versetzte und ihn ziehen ließ. »Und vor allem komm' wieder und erzähl' mir das Ganze!«

Er ging hin. Bonami holte ihn eines Morgens mit dem Wagen am Bürgersteig des Boulevard de la Chapelle, wo er sich mit ihm getroffen hatte, ab und fuhr mit ihm in Richtung Avenue Jean Jaurès. Die Laboratorien der Glyptoplastique-Gesellschaft befanden sich nämlich in Pantin, und zwar in den Räumen der früheren Wachsbildnereiwerkstätten des Dr. Charles-Louis Auzoux. Der berühmte Anatom hatte dort über hundert Jahre zuvor eine seltsame Manufaktur gegründet: Sie lieferte an alle medizinischen Fakultäten Frankreichs und der Welt vollständig zerlegbare anatomische Modelle aus Wachs, bei denen alle inneren Organe, bis in die Farbtöne hinein gewissenhaft nachgebildet, von den Studenten heraus- und in die Hand genommen werden konnten. Alsbald nach dem Ersten Weltkrieg hatte die »Glypto« diese Techniken modernisiert und ihren Anwendungsbereich erweitert. Sie belieferte das Grévin-Museum – das Wachsfigurenkabinett –, die Filmgesellschaften, die Schaufenstergestalter, die Zauberkünstler und sogar manche Leichenbestattungsfirmen, die damit ihrer Kundschaft ein lebensgroßes Ganzkörpermodell des teuren Entschlafenen anbieten konnten.

Die Räume der Glypto boten dem Besucher eine ziemlich ungeordnete Kollektion von Mustern sowohl aus der ruhmreichen Vergangenheit als auch aus der neuen Produktpalette. Noch aus der Zeit von Dr. Auzoux stammend, hingen da wie Jagdtrophäen zwei hellrote, durch die Luftröhre verbundene Lungenflügel, eine metallisch-braune Leber mit ihrer Pfortader, ihrer Arterie und ihren Lymphgefäßen und, niemand wußte weshalb, ein Brett, von dem acht rosige Nasen in die Luft ragten; darunter prangte in schöner Rundschrift ihr jeweiliger charakteristischer Zug: Gerade Nase (griechisch), Stumpfnase (schwarze Rasse), Hakennase (rote Rasse), abfallende, aufgeworfene, Adler-, Bourbonen- und Knollennase. Die Bedürfnisse eines Films, von dem einige Szenenfolgen in einem Aussätzigenheim spielten, erklärten das Vorhandensein eines Sortiments elastischer, pustelnübersäter Masken, künstlicher Hände mit zerfressenen Fingern sowie einer Art Harnisch, der einem weiblichen Oberkörper samt den von einem eitrigen Geschwür zerfressenen Brüsten nachempfunden war. Aber es gab auch, für Friseurschaufenster, Büsten mit lächelnden Gesichtern und blendendweißen Zähnen, eine Tänzerin mit drallen Formen unter ihrem verstaubten Tüllröckchen und, bei einer Umgestaltung im Grévin-Museum gerettet, einen Vincent Auriol, den früheren Staatspräsidenten, und einen Édouard Herriot, einst Sekretär der radikalen Partei. In einem benachbarten Raum umwickelte ein junger Bildhauer, von der ganzen Glyptomannschaft umringt, einen lebensgroßen Christus, der eben erst aus der Gußform gekommen war, mit Binden, um ihn in seinem Kleinlaster mitnehmen zu können. Er hatte bislang nur Konservendosen zusammengelötet und daraus abstrakte Kompositionen gestaltet; der Auftrag, einen hundertachtzig Zentimeter großen Christus mit kreuzförmig ausgestreckten Armen für eine jüngst restaurierte Kirche zu schaffen, hatte ihn völlig unerwartet getroffen. Um den Auftrag nicht zu verlieren, hatte er sich an die Firma Glypto gewandt und sich aus Sparsamkeitsgründen selbst als Modell zur Verfügung gestellt mit der Folge, daß es sein eigener Abguß war, den zu kreuzigen er sich nunmehr anschickte.

»Weiter kann man die berufliche Gewissenhaftigkeit wohl kaum treiben«, erklärte er den anderen, indem er sein Ebenbild verpackte, »aber wenn ich irgendwie einen Hang zum Mystischen hätte, weiß ich nicht, wohin ein derartiger Scherz mich führen könnte.«

Daß Bonami und Idris kamen, brachte Abwechslung. Sie wurden zum Abgußlabor geführt. Die Abgußzelle glich einer engen Telefonzelle aus Plexiglas. In sie hatte man zwei Tage zuvor den Bildhauer mit kreuzförmig ausgebreiteten Armen hineingestellt, bevor er in der Abgußmasse versank. Eine Treppenleiter ermöglichte den Zugang zum Obergeschoß. In einem elektrisch beheizten Bottich wurden 700 Liter Alginat – eine zähflüssige Substanz, die durch die Schleimabsonderung bestimmter Braunalgen im Kontakt mit Wasser entsteht – bei einer Temperatur von 25 Grad gehalten. Sie konnten über ein Auslaufrohr im Fußboden ins Erdgeschoß und in die Abgußzelle geleitet werden. Gebrauchsfertig waren auch noch zwei andere Bottiche. Im einen wurden 60 Liter Polyesterharz (gewichtsgleich mit Idris) mit 50 Prozent Wasserzusatz in Emulsion gehalten, und zwar durch einen Mischer, dessen Brummen den Raum erfüllte. Der andere enthielt die 80 Liter Härter, die dem Alginat im letzten Augenblick zugesetzt werden mußten, damit es fest wurde. Ein an einem Dachbalken angebrachter Flaschenzug, dessen

Seil in eine Trapezstange auslief, diente dazu, das Modell aus der erhärtenden Alginatmasse zu ziehen.

Die ganzen Erläuterungen des Laborleiters, von denen Idris nichts verstand, flößten ihm erst recht Grauen ein. Man versicherte ihm jedoch, er werde nur ein paar Minuten in der Zelle sein, nur bis das Alginat eine teigige Konsistenz annehme, ähnlich wie Puddingmasse beim Konditor. Dann werde die von seinem Körper geformte Höhlung mit Polyesterharz ausgegossen, das nach sechsunddreißigstündigem Abkühlen eine ihm ähnliche und mit ihm gewichtsgleiche Matrize liefere. Diese Matrize diene zur Anfertigung einer Gießform aus Aluminiumguß, mittels deren man dann eine unbegrenzte Zahl Schaufensterfiguren aus Polyäthylen oder Polyvinylchlorid herstellen könne. Vorab freilich benötige man sein Gesicht, um davon einen Abdruck zu machen. Ein leichter Vorgeschmack der Prozedur beim Abguß seines ganzen Körpers.

Man setzte ihn mit nacktem Oberkörper an einen Tisch, auf dem ein Becken mit Alginat stand. Ein Laborgehilfe goß den Härter hinein und kontrollierte das Gerinnen der Masse. Da das Herausziehen des Gesichts keinerlei Schwierigkeit bot, konnte man das Erhärten etwas beschleunigen und dafür die Eintauchdauer abkürzen. Idris holte tief Luft und steckte die Nase in das Becken. Eine Hand drückte auf seinen Nacken und tauchte ihm das Gesicht bis an die Ohren ein. Man hatte ihm eingeschärft, er solle darin aushalten, so lange er nur könne. Nach ungefähr einer Minute richtete er sich halb erstickt auf. Doch die Masse war schneller erhärtet als vorgesehen, und so mußte er Haare lassen: seine Wimpern und Augenbrauen.

»Die wachsen wieder«, scherzte einer der Laborgehilfen. »Aber siehst du, wir könnten unser Zeug auch als Enthaarungscreme verkaufen.«

Dann mußte er sich ganz nackt ausziehen und in der Abgußzelle Platz nehmen. Hier kam nun Bonamis künstlerische Ader ins Spiel: Schaufensterfiguren seien ja starr und steif und hätten später alle die Haltung, die Idris in der Abgußmasse einnehme. Und so wurde lange und minutiös an seiner Haltung herumkorrigiert. Das rechte Bein müsse leicht nach vorn, ohne daß das linke steif dastehe. Der Oberkörper müsse eine leichte Drehung haben, die Arme müßten eine locker-einladende Geste andeuten. Man müsse Bewegung und Gleichgewicht, Eleganz und Natürlichkeit, Grazie und Männlichkeit in Einklang bringen. Die Techniker der Glypto hatten andere Sorgen. Die formlose Masse von 800 Kilo Alginat drohte nach dem Herausziehen des Modells in sich zusammenzufallen und sich über dem Abguß des Körpers wieder zu schließen. Sie verteilten deshalb rings um Idris etwa zehn lange, mit Stahlscheiben versehene Metallstangen, die als »Armierung« der Abgußmasse dienen sollten. Bei den ersten Versuchen war es ihnen passiert, daß sie das Modell aus diesem ungeheuren, festhaftenden Klumpen nicht hatten herausziehen können. Sie brachten zwischen Idris' Zehen dünne Röhrchen an, die an eine Preßluftflasche angeschlossen wurden. Die einströmende Luft blies dann den Abguß etwas auf und erleichterte es, das Modell von ihm zu lösen.

Die Glypto-Leute wußten aus Erfahrung, daß die nervliche und seelische Durchhaltefähigkeit des Modells ein wesentlicher Faktor für das Gelingen der Prozedur ist. Sie griffen ein, damit Bonami aufhörte, Idris zu plagen. Es war Zeit, endlich Schluß zu machen. Der Laborchef stieg auf eine Trittleiter, um von oben in die Abgußzelle hineinsehen zu können. Mit seinem Kopf war er dabei nur ein paar Zentimeter von Idris und seiner verkrampften Schaufensterfigurenpose entfernt. Seine Hand lag auf dem Hebel des Zulaufschiebers.

»Na, wie geht's, Väterchen? Also, dann los!«

Mit dünnem Klatschen zerspritzte ein grünlicher Fladen auf Idris' Füßen. Dann spie das Zulaufrohr seinen dickflüssigen Alginatstrom aus, dem jeweils in entsprechender Menge der Härter beigemischt wurde. Idris spürte, wie das breiige Naß sehr rasch an seinem Körper emporstieg. Es war weich, lau, ganz und gar nicht unangenehm. Dennoch begann ihm angst zu werden, als es seine Brust erreichte. Er pustete seine Lungen auf, wie man es ihm empfohlen hatte, um den Raum in dem Kloß zu erweitern, in dem er erstickte. Das eigentlich Erschreckende jedoch war, daß die Masse sich mehr und mehr verfestigte und, von den Füßen ausgehend, jetzt seinen ganzen Körper umschloß. Als sie Idris bis ans Kinn gestiegen war, schloß der Laborleiter den Einlaßschieber, so daß nur noch ein dünner Strahl in die Zelle lief.

»Hab' keine Angst«, sagte er, »ich nehm' zwar deinen Mund noch hinein, aber bevor's dir in die Nase geht, stopp' ich!«

Idris hatte die Augen geschlossen. Ihm war, als atme er nicht mehr und sein Herz habe aufgehört zu schlagen. Bevor ihm der grüne Brei in den Mund lief, preßte er noch ein Wort hervor.

»Was hat er gesagt?« fragte Bonami.

»Ich weiß nicht. Es klang wie ein Name. Ähnlich wie *Ibrahim*.«

»Er soll uns bloß nicht umkippen.«

»Malen Sie den Teufel nicht an die Wand! Mindestens drei Minuten heißt es sich eben noch gedulden, damit die Masse genügend aushärten kann. Sonst müssen wir alles von vorn anfangen.«

»So lange, wie man braucht, um ein Ei weichzukochen!«

»Sehr witzig!«

Mit tödlicher Langsamkeit verrannen die Sekunden. Alle Augenblicke tauchte der Laborleiter den Finger ins Alginat, um dessen Konsistenz abschätzen zu können.

»Ich glaub', jetzt könnt' es gehen«, sagte er schließlich. »Laß Preßluft rein.«

Ein leichtes Zischen, dann ein tiefes, hohles Rülpsen. Die Luft bahnte sich einen Weg an Idris' Körper entlang.

»Trapez!« befahl der Laborleiter.

Er hatte Idris' Arme aus der Masse gelöst und half ihm, mit den Händen die Trapezstange zu umfassen. Im Stockwerk darüber zogen zwei Männer aus Leibeskräften am Seil des Flaschenzugs. Langsam hob sich das Trapez. Jetzt packten zwei Männer zu und hielten Idris' um die Trapezstange gekrampfte Fäuste fest. Unter gräßlichen Pup-, Saug- und Schlucklauten gab die Alginatmasse den nackten Körper frei.

»Es ist, als erlebte man die Geburt eines Kindes mit«, meinte Bonami.

»Das sieht eher aus wie bei einem Kalb, das man aus dem Leib der Kuh zieht!«

Die Männer im oberen Stockwerk ließen das Seil des Flaschenzugs los und halfen Idris wieder auf den festen Boden. Nackt, den Körper von schleimigem Firnis glänzend, taumelte er wie ein Schiffbrüchiger.

»Führ' ihn zum Duschen und gib ihm seine Klamotten wieder, während ich statt seiner jetzt Kunstharz einfülle!«

Eine Stunde später fuhr Bonami selbst ihn zurück in die Rue Myrha. Er quoll über von Begeisterung.

»Ein bißchen hart war's wohl schon, was? Aber welch ein hinreißendes Abenteuer! Die Geburt eines Kindes, ja, das war die Geburt eines Kindes! Und in nicht mal ganz einem Monat werden schon an die zwanzig Idrise, alle einander ähnlich wie Zwillinge, meine Schaufenster und meine Innendekorationen bevölkern. Übrigens habe ich zu diesem Punkt eine Idee, die Sie sich mal überlegen sollten. Und zwar: Könnten Sie sich vorstellen, daß Sie lernen, einen Automaten zu mimen? Sie bekommen dieselbe Kleidung wie die anderen Schaufensterfiguren, Ihre Zwillingsbrüder. Sie werden geschminkt, damit Ihr Gesicht, Ihr Haar, Ihre Hände den Eindruck des Künstlichen machen, wenn Sie verstehen, was ich meine. Und Sie sind im Schaufenster, stocksteif, und machen ein paar eckige, abgehackte Bewegungen. Damit hat sich's schon, das müssen Sie bedenken. Der Erfolg ist sicher. Morgens wie abends wird's vor dem Schaufenster von Menschen wimmeln. Es ist gar nicht schwer, aber ermüdender, als man vielleicht meint. Das schwierigste sind die Augen. Sie dürfen nicht mit den Wimpern zucken. Ja, Ihre Lider müssen offen bleiben. Anfangs leidet das Auge etwas unter Trockenheit, aber man gewöhnt sich daran. Was sagen Sie dazu? Sie würden sehr gut bezahlt. Überlegen Sie sich meinen Vorschlag. Und dann kommen Sie und sagen's mir.«

Hundemüde von all den Strapazen, verließ Idris an den folgenden Tagen kaum das Heim in der Rue Myrha. Er empfand das Bedürfnis, sich vor der Außenwelt abzuschirmen, und er wollte ihren Fallstricken und Trugbildern entgehen, wie sie ihm auf Schritt und Tritt vor Augen traten. Das Heim lag den ganzen Nachmittag im Halbschlaf da und wurde erst mit den von der Arbeit Kommenden ab sechs Uhr abends lebendig. Isidore nutzte das aus, um mit Hilfe seines Hauptschlüssels einen Blick in die Zimmer zu werfen. Und in Gedanken notierte er sich die Beanstandungen, die am Abend gegenüber den Zimmerbewohnern fällig sein würden. Manche Zimmer verrieten peinlich genaue Ordnung. Andere hingegen boten einen empörend schmutzigen Anblick. Isidore kannte sein Völkchen. Diese jungen Burschen, jäh aus dem Bled mit seinem Leben im Schoß der Familie herausgerissen, vergaßen mitunter, daß Wäsche und Geschirr sich nicht von selbst waschen und daß es sich nicht gehört, kurzerhand die Fensterscheibe einzuschlagen, um den Müll leichter auf die Straße werfen zu können. Er paßte auf, der alte Isidore, väterlich, autoritär und durch lange Erfahrung gewitzigt. Einige alte Fremdarbeiter, die Rente bezogen, hatten sich für immer in dem Heim eingenistet, das von Verwaltungsseite eigentlich nicht dazu bestimmt war, ein Altenheim zu werden. Sie waren die Mieter, die Isidore am liebsten mochte, die ruhigsten, die pünktlichsten und unkompliziertesten. Sie versammelten sich im Aufenthaltsraum um das tönerne Kanonenöfchen, auf dem der Tee köchelte, spielten Domino oder Kharbaga und wechselten dabei nur selten ein paar Worte. Isidore gesellte sich in ruhigen Stunden manchmal zu ihnen, und sie ergingen sich in Erinnerungen an das Algerien ihrer Jugend.

Diese alte Garde bildete zusammen mit den am frühesten eingewanderten Arbeitern die Gruppe der Radiohörer, die durch eine Generation – oder zwei – von den Fernsehfanatikern getrennt waren. Das Fernsehen – das bedeutete Bild, modernes Leben, französische Sprache, ja, ein kleines Fenster mit Blick auf die faszinierende Welt amerikanischen Lebens. Das Radio – das nur zu bestimmten Stunden und manchmal nur mit den Ohren dicht am Empfangsgerät zu hören war –, das bedeutete Kairo, Tripolis oder Algier, arabische Sprache, politische Reden und vor allem den Koran und die traditionelle Musik. Idris, nach seinem mehrfachen Mißgeschick ein gebranntes Kind, suchte die Gesellschaft dieser älteren Leute, die ihm wohlwollend entgegenkamen und ihn in die unsichtbare, knisternde Welt der Ionosphäre, des Kurzwellenempfangs einführten. Allmählich begriff er: Vor der unheilvollen Macht des Bildes, die das Auge verführt, kann Hilfe und Zuflucht vom Klang, vom tönenden Zeichen kommen, durch welches das Ohr wach wird. Einen begeisterten Führer fand er hierbei in der Person eines aus Ägypten stammenden Schneidereiarbeiters. Mohammed Amouzine war unmittelbar nach dem Krieg nach Frankreich gekommen. Das Schicksal hatte ihn gehindert, in sein Heimatdorf zurückzukehren, wo eine

ganze Sippe von den Geldern abhing, die er ihr über-
wies. Aber das Heimweh verzehrte ihn. »Der Ägypter,
seit siebentausend Jahren dem Land am Nil verhaftet,
ist der Bauer, der in der ganzen arabischen Welt am
wenigsten zum Nomaden taugt. Nichts widerstrebt
ihm so, wie seine Heimat zu verlassen«, erklärte er. Die
Hände überm Koran gefaltet, das Ohr an sein Radio
gepreßt, hatte er in Angst und Bangen 1948 die erste
Niederlage der ägyptischen Armee gegen Israel, 1952
den Sturz König Faruks, 1956 die Nationalisierung des
Suezkanals und danach den dreifachen, feigen franzö-
sisch-englisch-israelischen Angriff, den Sechstagekrieg
von 1967 und vor allem den Tod Nassers, des Bikbachi, am 28. September 1970 und dessen grandioses
Leichenbegängnis erlebt. Er weckte bei Idris das Ver-
ständnis für die düster-erregende Schönheit der politi-
schen Reden, die täglich von der *Stimme der Araber*
ausgestrahlt wurden, diese volltönend vorgetragene
Siegesgewißheit, die durch die Tatsachen so wenig ge-
rechtfertigt, der potentiellen Macht der islamischen
Welt aber völlig angemessen war.
Doch vor allem war es die herrliche Stimme Oum
Kalsoums, die ihn zu glühender Begeisterung hinriß.
Von der »Nachtigall vom Nildelta«, dem »Stern des
Orients«, von ihr, die man schließlich ganz einfach
»die Dame« (As Sett) nannte, konnte Mohammed
Amouzine, der kleine Schneider aus Kairo, unerschöpf-
lich reden. Weil er im selben Jahr – im Jahre 1904 –
unweit von Simballawen in einer Landschaft im ägypti-
schen Rif namens Dachalia geboren war, aus der auch
sie stammte, glaubte er, ihr Landsmann, beinahe ihr
Bruder zu sein. Aus Sprödigkeit als Junge gekleidet,

hatte sie schon im Alter von acht Jahren bei Hochzeits-
feiern gesungen. Man entlohnte sie mit ein paar Stück
Kuchen, bevor sie erschöpft in den Armen ihres Vaters
einschlief. Kein Instrument begleitete sie, denn die
Stimme ist das einzige Musikinstrument, das von Gott
geschenkt ist. Immer weiter verbreitete sich der Ruf des
kleinen Beduinenmädchens, das mit seinen Preisliedern
auf den Propheten Familienfeste verschönte. Doch an
dem Tag, da zum ersten Mal ihr Foto in einer Zeitung
erscheint, bricht ein tragischer Konflikt auf: Es ist der
Beginn des Ruhmes, für ihren Vater jedoch ist es eine
unauslöschliche Schande. Ihr ganzes Leben lang hat sie
von nun an mit den Fotografen zu kämpfen, die danach
gieren, hinter ihr Privatleben zu kommen und davon
ordinäre Bilder unter die Leute zu bringen. Oum Kalsoum hat ein fast ausschließlich männliches Publikum,
und sie ist eine Frau ohne Mann. (Viel später erst
heiratet sie ihren behandelnden Arzt.) Denn sie will die
Frau sein, die mit dem ganzen arabischen Volk verhei-
ratet ist, eine Art Madonna, eine Vestalin der Nation,
die ihre Kunst als eine von Gefühlen lebende und zugleich patriotische Mission sieht. »Das ist wie eine
politische Kundgebung«, sagen die Ehemänner zu ihren Frauen als Erklärung dafür, daß sie allein weggehen, um die Sängerin zu hören. *Kalsoum* bedeutet übrigens »Standarte«, und auf der Bühne hält sie in der
rechten Hand stets ein großes Taschentuch, und das
schwenkt sie wie einen Schleier, wie eine flatternde
Fahne. Das ist ihr Symbol, aber auch ihre Zuflucht, der
Vertraute, der Anteil nimmt an ihren Tränen und ihrem Schweiß.
Und so tritt Oum Kalsoum auf: die wegen eines Krop-

fes etwas hervorquellenden Augen hinter einer großen
schwarzen Brille verborgen, einen Seidenschal über das
Haar geknotet (denn – ein arabischer Atavismus – mit
bedecktem Haupt fühlt sie sich wohler), in der molli-
gen Hand das Taschentuch schwenkend. Sie hat als
erste die Kühnheit besessen, das literarische Arabisch
abzulehnen und in ägyptischer Volkssprache im Rundfunk zu singen. Und wie durch ein Wunder gelingt es
ihr, in der ganzen arabischen Welt gehört und verstanden zu werden. Wenn einer ihrer Liederabende vom
Rundfunk direkt gesendet wird, leeren sich die Straßen
und Märkte in Kairo, in Casablanca, in Tunis, Beirut,
Damaskus, Khartum und Riad. Die Menge ihrer Zuhörer umjubelt sie mit unsinnigen Worten: »Du gehörst
uns! Du bist die Braut meines Lebens! Ich bin taub, seit
ich dich kenne: Ich höre nur noch deine Stimme, und
ich bin stumm: Ich rede nur noch von dir!«
Fortan ist diese Stimme mit dem Leben der Nation
untrennbar verbunden. Sie ist die Seele Ägyptens und
der ganzen arabischen Welt. Redensarten machen die
Runde: »Wie steht's um Ägypten? Sehr gut: drei Tage
Fußball, drei Tage Oum Kalsoum, einen Tag Fleisch!«
Am 22. Juli 1952 setzt eine Gruppe junger Offiziere
jahrtausendealter Fremdherrschaft ein Ende. Zum ersten Mal seit den Pharaonen ist Ägypten unabhängig.
Doch General Negib und Oberst Nasser können die
Ausstrahlung von Oum Kalsoum nicht entbehren. Die
Krönung der Revolution muß ein Liederabend sein,
den der Stern des Orients gibt. Negib und Nasser sitzen
in der ersten Reihe. Und als nach den katastrophalen
Ereignissen des Sechstagekrieges im Juni 1967 der verzweifelte Bikbachi verlautbart, er werde seinen Rück-

tritt erklären und sich ins Privatleben zurückziehen, da ist es wieder Oum Kalsoums Stimme, die sich meldet und ihn zum Bleiben zwingt:

Richte dich auf und hör, mein Herz, den Ruf des
Volkes
Bleib! Denn du bist der Deich für uns, der schützende
Bleib! Denn du bist allein noch Hoffnung deinem
Volke
Du bist das Heil, das Licht, das Ausharren vor dem
Schicksal
Du bist der Sieger und du bist der Sieg
Bleib! Denn du bist die Liebe der Nation
Die Liebe und die Pulsader des Volkes! *

Am 21. März 1969 schienen alle Bedingungen gegeben, die es Muammar el Gaddafi und Abdesselam Jalloud ermöglichten, König Idris zu stürzen und in Libyen die Macht zu ergreifen. Alle Bedingungen außer der einen: An diesem Abend sang in Benghasi die Nachtigall vom Nildelta! Ein nationales Ereignis, unvereinbar mit einem Staatsstreich! Die Verschwörer konnten nicht anders, sie mußten unter den Zuhörern sein und ihrem Idol zujubeln. Sie mußten die Revolution abblasen und über sechs Monate – bis zum 1. September – warten, bis wieder dieselben günstigen Umstände zusammentrafen.
Amouzine wurde nicht müde, in der Erinnerung an die beiden denkwürdigen Konzerte zu schwelgen, die Oum

* Text von Saleh Gaoudat, nach der Biographie *Oum Kalsoum* von Ysabel Saïah

Kalsoum in Paris – im *Olympia* – am 15. und 17. November 1967 gegeben hatte. Die ungeheure Menschenmenge, die sich am 15. November auf dem Bürgersteig des Boulevard des Capucines drängte, hatte ihm damals nur wenig Hoffnung gelassen, in den Saal zu kommen. Zwar liefen zwielichtige Gestalten umher und boten Eintrittskarten »schwarz« an, doch überstieg deren Preis bei weitem die Mittel eines Hilfsschneiders, an dem eine Familie hing. Da griff das Schicksal wundersam zu seinen Gunsten ein. Er gewahrte einen Blinden, der sich mit seinem weißen Stock in langsamer, sanfter Mähbewegung durch die Passanten wand. Es war ein alter Araber, mit einer Djellaba bekleidet und einem Turban auf dem Kopf. Amouzines erste Regung war, zu ihm zu eilen und ihm uneigennützig zu helfen. Doch begriff er bald, welchen Nutzen er aus seiner eigenen Hilfsbereitschaft ziehen konnte. Er faßte den Blinden am Arm und sagte rasch zu ihm: »Komm mit, ich helfe dir, hineinzukommen.« Dann durchschritt er die im Foyer des Theaters wartende Menge, indem er den Blinden vor sich herschob und immerfort rief: »Bitte Platz machen, bitte Platz machen!« In allen Ländern der Welt, aber mehr noch in einem überwiegend aus Afrikanern bestehenden Publikum, flößt der Blinde den Menschen respektvolle Scheu ein. Amouzine und sein Schützling sahen sich rasch drinnen im Saal, schließlich gar in der ersten Reihe, unmittelbar am Rampenlicht. Es war ein wahres Wunder, und der Schneider lachte noch immer vor Freude, wenn er davon erzählte. Aber dem Wunder folgte noch ein zweites, und wieviel tiefer, sinnträchtiger, bewegender war es!

Der Vorhang hob sich. Das kleine Orchester, das Oum Kalsoum üblicherweise begleitete, war zur Stelle und spielte, wie sonst auch, ein langes Einleitungsstück. Es war eine monoton auf- und absteigende Melodie, von den Violinen angedeutet, dann von den Kanuns und Lauten aufgenommen, schließlich von der elektronischen Orgel unterstrichen. Nun erschien die Sängerin selbst, vom Lichtkreis eines Scheinwerfers umgeben, und schritt langsam zum Mikrophon. Mit ergriffener Miene hob sie den Kopf; den langen Seidenschal in ihrer Hand ließ sie träge herabhängen. Kein Zuruf, kein Applaus, keine Freudenkundgebung begrüßte ihr Kommen, das doch so sehnlich erwartet worden war. Sie neigte ein wenig den Kopf und schien suchend den schwarz gähnenden Rachen des Saales zu mustern. Oum Kalsoum hat außerhalb der arabischen Länder nur relativ wenige Tourneen gemacht. Sie ist in der Erde ihres Nildeltas so tief verwurzelt, daß sie immer einen gewissen Widerwillen dagegen empfindet, sich in jenen fernen Westen zu wagen, den die Hauptstädte Europas und die amerikanischen Großstädte für sie bedeuten. Man spürt das an ihrer Haltung gegenüber dem Pariser Publikum. Offenbar sucht sie in dieser dunklen Masse einen Blick, ein Gesicht, in dem sie ruhig und geborgen ist und durch das ein Strom zwischen ihr und dem Publikum fließen kann. Sie findet es auch. Aber es ist ein Gesicht ohne Blick. Sie hat in der ersten Reihe vor sich den Blinden in Djellaba und Turban mit seinem weißen Stock bemerkt. Mit unhörbarer Stimme flüstert sie: »Ich singe für dich.« Hat es jemand gehört außer dem Blinden? Das ist nicht sicher. Doch der alte Mann ist zusammengezuckt. Sein von Blindheit verdunkeltes Antlitz ist von einem Lächeln erhellt. Hingerissen hört er zu. Sie singt ja für ihn! Und der kleine Schneider neben ihm, der Zeuge des Wunders war, eines Wunders, an dem er teilhat, schweigt still, starr vor Freude und bewunderndem Staunen.

»Als wir hinausgingen«, erzählt er Idris, »trat die Menge respektvoll zur Seite. Ich konnte mich nicht enthalten, den Blinden zu fragen, wie er sich Oum Kalsoum vorstelle. In meiner Verwirrung hab' ich ihn wohl gar gefragt, wie er sie sehe. Als ob meine Frage nicht unpassend wäre, antwortete er mir ohne Zögern: ›Grün!‹ sagte er. Dieser von Geburt an Blinde sah unsere Nationalsängerin als Farbe, als Grün! Und erläuternd setzte er hinzu: ›Ihre Stimme hat so viele Zwischentöne wie all das Grün in der Natur, und grün ist ja die Farbe des Propheten.‹«

Amouzine schwieg, nachdem er diese Äußerung erwähnt hatte, und blickte Idris lächelnd an. Dieser blutjunge Bursche – verstand der wohl, daß das Wort mächtig genug ist, einen Blinden sehend zu machen, daß das Zeichen reich genug ist, in seinem verfinsterten Haupt die Farbe Grün zu erzeugen?

Idris hatte Oum Kalsoum ebensowenig gesehen wie der Blinde, und der Zeitungsausschnitt, den Amouzine in seiner Brieftasche verwahrt trug und auf dem man eine dicke Dame mit plumpem, von einer großen Brille halb verdecktem Gesicht erahnen konnte, war nicht dazu angetan, seine Phantasie zu beflügeln. Aber er hörte ihr stundenlang zu, und allmählich lebte die Erinnerung an Zett Zobeida übermächtig in ihm auf. Es war dieselbe Stimme, ein wenig zu dunkel für eine Frau, die Stimme des jungen Beduinen, dessen Äußeres Oum Kalsoum zu

Beginn ihrer Laufbahn angenommen hatte, eine Stimme mit sinnlichen Zwischentönen voll verzehrender Schwermut. Idris sah wieder den schwarzschimmernden Bauch der Tänzerin, diesen Mund ohne Lippen, aus dem der ganze, schamhaft verschleierte Körper sprach. Es war dasselbe, vollkommen deutliche Artikulieren, die hämmernde Aussprache, die nach den Sprechregeln des Korans klar getrennten Worte und auch jene modulierende Wiederholung, jene unermüdliche Wiederkehr desselben Verses, der in unterschiedlichem Tonfall immer von neuem beginnt, schwindelerregend, hypnotisch... Die Libelle ist ein Libell und vereitelt des Todes Hinterlist, eine Schrift ist die Grille und entschleiert des Lebens Geheimnis...

Amouzine war es auch, der Idris dem Meisterkalligraphen Abd el Ghafari vorstellte.

>Wenn das, was du zu sagen hast,
nicht schöner ist als die Stille,
dann schweige!«

Dieses Gebot, kalligraphisch in den eckigen, geometrischen Schriftzügen des Koufi-Stils auf den Türsturz geschrieben, war Idris' erste Lektion gewesen. Es war in der Tat so, daß Meister Abd el Ghafari seinen Schülern einschärfte, während der ersten drei Viertel der Unterrichtsstunde den Mund nicht aufzutun.

In dem kleinen Kämmerchen, wo die Tinte für die Werkstätte hergestellt wurde, stand ein anderer Text an der Wand zu lesen. Es war jenes Wort des Propheten, das zwischen der Weisheit des Islam und dem für das Christentum bezeichnenden Kult des Leidens und des Todes einen eindeutigen Trennungsstrich zieht:

>In der Tinte der Gelehrten ist mehr Wahrheit als im Blut der Märtyrer.«

Diese Tinte der Gelehrten lernte Idris herstellen. Man mußte fünf Gramm Salz, zweihundertfünfzig Gramm Gummiarabikum, dreißig Gramm geröstete und dann gemahlene Galläpfel, vierzig Gramm Sulfat und dreißig Gramm Honig in einen halben Liter Wasser geben. Zwei Stunden auf schwachem Feuer durchziehen lassen und dabei von Zeit zu Zeit umrühren. Dann zwanzig Gramm Kienruß zugeben und noch eine weitere Stunde auf dem Feuer lassen. Schließlich die Tinte durch ein ganz feines Sieb streichen.

Er übte sich auch darin, Schilfrohr zurechtzuschneiden, denn der Kalligraph soll sein Schreibgerät selbst herstellen und von ihm nicht mehr als einmal Gebrauch machen. Die Länge des Schreibrohrs beträgt eine Spanne, das ist bei gespreizten Fingern der Abstand zwischen der Spitze des Daumens und der des kleinen Fingers. Man drückt das Ende des Schilfhalms auf eine Schneideunterlage aus Elfenbein, Perlmutt oder Schildpatt. Schräg geschnitten, stellt das Schilfrohr eine Zunge dar, die eine ovale Öffnung – den Leib – bedeckt. Die Zunge wird nicht etwa in der Mitte eingeschnitten, sondern bei vier Fünfteln ihrer Breite. Der Einschnitt muß für schwerfällige Hände kurz, für gewandtere Hände länger sein. Für jeden Schreibstil – Roqa, Farsi, Koufi, Neskhi, Toulthi, Diwani, Ijaza – gibt es ein Schreibrohr, und dasselbe gilt auch für alle Schriftbreiten.

Doch diese kleinen, friedlich-monotonen Aufgaben stellten in Wahrheit nur das Vorspiel dar, nach dem es das Grundlegende, Wesentliche zu schaffen galt: die Schriftzüge. Schon bei seiner ersten kalligraphischen Arbeit sah sich Idris wieder in die unermeßliche Zeit versunken, in der er, ohne es zu wissen, in Tabelbala gelebt hatte. Er begriff nun, diese weiten Zeiträume seien ihm von seiner Kindheit geschenkt worden, und er werde sie künftig im selbstvergessenen Studieren und Üben wiederfinden. Die dem Kalligraphen gegebene Fähigkeit, gewisse Buchstaben waagrecht in die Länge zu ziehen, fügt in die Zeile überdies Zonen der Stille, der Ruhe und Erholung ein, die darin geradezu wie die Wüste sind.

Ebenso wie seine Hand muß der Schüler auch sein Atmen beherrschen. Idris lernte jene Seite aus dem

Werk des Meisterkalligraphen Hassan Massoudi auswendig, in der er davon spricht, daß Atem und Schrift zusammengehören:

»Die Fähigkeit des Kalligraphen, den Atem anzuhalten, spiegelt sich in der Beschaffenheit dessen, was seine Hand hervorbringt. Es gibt eine Technik des Atmens. Normalerweise atmet man regellos. Aber wenn man Kalligraphie betreibt, darf man nicht mehr zu irgendeinem beliebigen Zeitpunkt ein- und ausatmen. Der Kalligraph muß im Zuge seiner Ausbildung allmählich lernen, seinen Atem anzuhalten und ein Stokken im Lauf des Schreibens auszunutzen, wieder Atem zu holen. Eine schiebende oder ziehende Bewegung kann nicht dieselbe sein, je nachdem, ob man ein- oder ausatmet, während man sie ausführt. Und wenn es um eine längere Schreibbewegung geht, so unterbricht man, damit die Linie klar und rein bleibt, das Atmen, um zu vermeiden, daß es die Bewegung der Hand beeinträchtigt. Bevor man einen Buchstaben oder ein Wort kalligraphisch zu schreiben beginnt, muß man schon die Stellen vorsehen, an denen man wieder Atem schöpfen und an denen man bei dieser Gelegenheit auch sein Schreibgerät wieder mit Tinte versorgen kann. Diese Atempausen liegen an genau festgelegten Stellen und werden eingehalten, auch wenn man den Atem noch länger anhalten kann und wenn noch genug Tinte in der Rohrfeder ist. Diese Pausen dienen demnach dazu, den Bestand an Luft und an Tinte wieder voll aufzufüllen. Kalligraphen, die bestrebt sind, die traditionellen Schreibmethoden am Leben zu erhalten, benutzen nicht gerne Füllhalter mit Metallfedern, denn die geben ununterbrochen fließende Tinte von sich, was die Beherrschung der genannten Technik unnötig macht und den Kalligraphen der Freude beraubt, das Gewicht der verrinnenden Zeit zu spüren.«

Da das Arabische mit der rechten Hand und von rechts nach links geschrieben wird, muß man achtgeben, daß die Hand das frisch Geschriebene nicht verwischt. Tatsächlich soll die Hand leicht wie eine Ballerina über das Pergament tanzen und es nicht schwerfällig beackern wie ein Bauer mit dem Pflug.

Die Kalligraphie scheut das Leere. Das Weiß der Seite zieht sie an, wie ein atmosphärisches Tief die Winde anzieht und den Sturm hervorruft. Einen Sturm von Zeichen, die sich in Schwärmen auf der weißen Seite niederlassen wie Tintenvögel auf einem Schneefeld. Die schwarzen Zeichen, in streitbaren Kohorten aufgereiht, ziehen vorbei, Zeile um Zeile, die Schnäbel gereckt, die Brüstchen geschwellt, die Flügel gesträubt, sammeln sich dann in weiser Symmetrie zu Blütenkringeln, zu Rosetten, zu Chören.

Der Meißel des Bildhauers erlöst das junge Mädchen, den Athleten oder das Roß aus dem Marmorblock. Nicht anders sind auch die Schriftzeichen sämtlich gefangen in Tinte und Tintenfaß. Das Schreibrohr erlöst sie daraus und entläßt sie in die Freiheit: auf die weiße Seite. Kalligraphie ist Befreiung.

Mehr als einmal hatte der Meister Abd el Ghafari in seinen Gesprächen auf ein gleichnishaftes Märchen angespielt, das seinen Äußerungen zufolge das letzte Wort seiner Lehre und die ganze Weisheit der Kalligraphie enthalte. Es hieß *Die Legende von der blonden*

Königin. Freilich müßten seine jungen Adepten zuerst imstande sein, dessen Sinn zu erfassen und daraus Honig zu saugen. Diese jäh in die westliche Großstadt hinein verschlagenen halbwüchsigen Muselmanen erlebten all die Aggressivität, wie sie dem Bildnis, dem Idol, der Figur eigen ist – drei Worten, die ein und dieselbe Versklavung bezeichnen. Das Bildnis ist ein Riegel, das Idol ein Gefängnis, die Figur ein davorgehängtes Schloß. Nur *ein* Schlüssel läßt diese Ketten abfallen: das Zeichen. Das Bild ist immer ein Blick nach rückwärts, ein ins Vergangene gewendeter Spiegel. Es gibt kein reineres Bild als das Profil des Verstorbenen, die Totenmaske, die auf dem Sarkophag ruhende Skulptur. Doch leider schlägt dieses Bild schlichte Gemüter, die dafür schlecht gerüstet sind, geradezu allmächtig in seinen Bann. Ein Gefängnis bedeutet ja nicht nur vergitterte Fenster, sondern auch ein Dach überm Kopf. Ein Riegel hindert mich, es zu verlassen, doch er schützt mich auch vor nächtlichen Ungeheuern. Eine in den Stein gemeißelte Gestalt weckt die Versuchung, mit schwindelndem Sprung hinabzutauchen ins Dunkel einer unvordenklichen Vergangenheit. Der trivialsten Form solchen Opiums begegnet man in den Kinos. Dort, in dunklen Sälen, lassen sich Männer und Frauen dicht nebeneinander in ein schäbiges Gestühl fallen, sitzen stundenlang starr und steif da und betrachten hypnotisiert eine große, blendendweiße Leinwand, die ihr ganzes Gesichtsfeld einnimmt. Und auf dieser schimmernden Fläche agieren tote Bilder, die ihnen tief zu Herzen gehen und gegen die sie gänzlich wehrlos sind.

In Wahrheit ist ja das Bild das Opium des Okzidents.

Das Zeichen ist Geist, das Bild ist Materie. Die Kalligraphie ist die Algebra der Seele, entworfen vom durchgeistigtsten Organ des Körpers: der rechten Hand. Sie ist die Lobpreisung des Unsichtbaren durch das Sichtbare. Die Arabeske verkündet die Gegenwärtigkeit der Wüste in der Moschee. Durch sie entfaltet sich im Endlichen das Unendliche. Denn Wüste – das ist der reine Raum, befreit von allen Wechselfällen der Zeit. Sie ist Gott ohne den Menschen. Der Kalligraph, der in der Einsamkeit seiner Zelle von der Wüste Besitz ergreift, indem er sie mit Zeichen bevölkert – der entgeht dem Elend des Vergangenen, der Angst vor der Zukunft und der Tyrannei der anderen Menschen. Allein, in einem Klima zeitloser Dauer, redet er mit Gott.

Abend für Abend ging Idris so seiner Heilung entgegen, indem er den Lehren des Meisterkalligraphen Abd el Ghafari zuhörte und seinen durch die groben Arbeiten des Tages heruntergekommenen Händen Erholung angedeihen ließ.

Bis zu dem Tag, da der Meister ihn und einige andere einlud, sich im Kreis um ihn zu setzen und *Die Legende von der blonden Königin* zu hören.

DIE BLONDE KÖNIGIN

Es war einmal eine Königin, und diese Königin er-
strahlte in so großer Schönheit, daß die Männer sie
nicht sehen konnten, ohne sie leidenschaftlich zu lieben. Eine in südlichen Ländern seltene und sonderbare
Eigenheit mochte zu dem gefährlichen Zauber dieser
Frau beitragen: Sie war blond wie das reife Korn, und
das erheischt eine Erklärung, denn ihre Eltern hatten
beide kohlschwarzes Haar.
Sie hatten einander sehr jung kennengelernt, und sie
gehörten zwei vornehmen Familien an, die Nachbarn
und zugleich Rivalen waren und die einander haßten.
Die beiden mußten sich verbergen, wenn sie beisammen sein wollten, und sie pflegten sich in einem aufge-
lassenen, sandverwehten Palmenhain zu treffen. Doch
eines Nachts, da sie sich glühender geliebt hatten als in
anderen Nächten, verspäteten sie sich, und der erste
Strahl der aufgehenden Sonne liebkoste das engum-
schlungene Paar gerade in dem Augenblick, da ihr
erstes Kind empfangen ward – was einen schweren
Verstoß gegen die Regeln des Anstandes darstellt.
Doch muß man Liebesleute nicht entschuldigen, die
durch Dummheit und Haß gezwungen sind, sich in der
Wildnis unter Palmen und Himmel zu lieben wie Rehe
oder kleine Vögel? Jeder freilich in jenem Lande wußte
um die Strafe derer, die am hellichten Tag der Liebe
pflegen: Das Sonnenkind ist dazu verdammt, blond zur
Welt zu kommen – eine Blondheit, die anklagend, un-
anständig, bezaubernd ist . . .

So lag es also auch im Fall ihrer Tochter, die ringsum Skandal erregte und Verachtung erntete, lange bevor sie etwas von dem Fluch verstand, der auf ihr lag. Doch je mehr sie den Kinderschuhen entwuchs, desto strahlender wurde ihre Schönheit, desto leuchtender blond wurde sie. Und so kam, was kommen mußte. Der Thronfolger des Königreiches, der sie flüchtig gesehen hatte, verliebte sich in sie und stürzte seine Familie und den Hof in tiefsten Kummer, als er solch eine Entartete mit schamlosem Haar zur Frau begehrte. Die Feierlichkeiten zu ihrer Hochzeit waren um so strahlender, als sie mit der Krönung des Prinzen zusammenfielen. Er hatte in der Tat warten müssen, bis er König war, um den Widerstand all dieser Notabeln gegen das zu überwinden, was diese als eine entsetzliche Mesalliance betrachteten.

Leider war das Glück des jungen Paares nur von kurzer Dauer. Der jüngere Bruder des Königs, der als Page an einem fremden Hof war und seine Schwägerin zum erstenmal sah, faßte eine maßlose Leidenschaft zu ihr. So kam er dazu, daß er seinen Bruder umbrachte – nicht aus Berechnung und um dessen Platz auf dem Thron und in seinem Bett einzunehmen, sondern in einem Anfall irrsinniger Eifersucht, auf daß der Bruder die blonde Königin nicht berühren könne.

Diese selbst litt tief und schmerzlich unter diesem Brudermord, als dessen Ursache sie sich erkannt hatte. Sie wies jeden Gedanken an eine Wiederverheiratung weit von sich und beschloß, allein zu regieren. Und um den Verheerungen, die ihre blonde Schönheit anrichtete, ein Ende zu setzen, bedeckte sie Kopf und Gesicht mit einem Schleier, von dem sie sich nur in ihren Gemächern trennte, wenn bloß ihre Dienerinnen zugegen waren. Da der Herrscher immer und überall ein Vorbild für seine Untertanen ist, bürgerte sich in dem Königreich die Übung ein, daß die Frauen nur noch verschleiert ausgingen.

Diese Gepflogenheit machte sich ein junger Mann namens Ismail zunutze, um ein kühnes Vorhaben zu verwirklichen. Er hatte die Überzeugung gewonnen, seine künstlerische Begabung werde erst zu ihrem vollen Erblühen finden, wenn er das Bildnis der Königin malen könne. Er bestach eine der im Frauenhaus tätigen Dienerinnen, nahm, das Gesicht unter einem Schleier verborgen, deren Platz ein und konnte sich so Tag für Tag mit der Schönheit der Königin die Augen vollsaugen. Kaum hatte er dann einen Augenblick frei, schloß er sich in ein Kämmerchen ein und arbeitete mit Hingabe an dem Werk seines Lebens.

Und dieses Werk sollte sein einziges bleiben: Ismail, in der Erkenntnis, niemals mehr etwas anderes malen zu können, obendrein berauscht von einer Liebe ohne Hoffnung, erhängte sich neben dem Bildnis.

Die Königin ward älter, ihr Haar ward weiß, sie starb. Doch unversehrt – und auf geheimnisvolle Weise sogar noch gesteigert – bewahrte ihr Bildnis den gefährlichen Zauber ihrer Züge. Es ging von Hand zu Hand und entfachte in den Herzen eine allesverzehrende, hoffnungslose Liebe. Eine Zeitlang war es zusammen mit den durch Generationen von Tyrannen angehäuften Schätzen in einem Saal des Palastes ausgestellt. Der Palastverwalter erschrak über die glühenden Liebesbriefe, die jeden Tag von Unbekannten an die blonde Königin gerichtet wurden. Eines Morgens fand er die

Wachen ermordet vor. Diebe hatten ein Loch ins Dach gebrochen und sich in den Saal mit den Schätzen herabgelassen. Aber sie hatten sich nicht um das vergoldete Tischgeschirr, die Edelsteine und die goldenen Medaillen gekümmert. Einzig das Bildnis der Königin war verschwunden.

Zwei Jahre später stieß ein Reisender, der die nahe Wüste durchquerte, auf die Leichen von zwei Männern. Da sie die Waffen noch in den Händen hielten, war leicht zu erkennen, daß sie sich gegenseitig umgebracht hatten. Und auch der Gegenstand dieses mörderischen Streites lag da, strahlend von zauberischer Blondheit: das Bildnis der Königin.

Der Reisende war fromm, und so begrub er die verdorrten Leichen, sprach ein Gebet für sie und setzte seinen Weg fort. Das Bildnis aber hatte er zu seinem Gepäck genommen. Er hieß Abder, gehörte einer strenggläubigen Sekte an und verkaufte in den Suks der Stadt Ikonen und fromme Bilder. Doch hütete er sich, die blonde Königin in seinem Laden auszustellen. Er hängte das Bildnis im ehelichen Schlafgemach auf und sagte seiner Frau, er wisse nicht, wen es darstelle – was ja eigentlich auch zutraf. Aischa, zunächst beruhigt, begriff bald, welche Verwirrung dieses Bild im Herzen ihres Mannes nährte. Sie kannte seine Augen, die Bedeutung seiner Blicke zu gut, um nicht die düstere Flamme zu sehen, die darin erglühte, wenn sie sich der Frau auf dem Gemälde zuwandten. Und so faßte sie den Vorsatz, dieses Bild voll bösen Zaubers zu zerstören. Eines Tages, da ein Kupferstecher im Laden arbeitete, entwendete sie ihm sein Fläschchen mit Vitriol und zerbrach es über dem Gesicht der Königin. Doch –

welch ein Geheimnis – auf dem Bildnis war keine Spur
davon zu sehen. Nur Aischa spürte statt dessen ein
furchtbares Brennen im Gesicht und sah sich am Abend
furchtbar entstellt. Sie schwor allen, ihr Mann habe ihr
im Verlauf eines Streites Vitriol ins Gesicht geschüttet.
Abder wurde bei seiner Sekte vor Gericht gestellt. Er
lehnte es ab, sich zu verteidigen. Er hätte es sonst auf
sich nehmen müssen, Aischa zu beschuldigen und das
Geheimnis von dem Gemälde der Königin zu lüften,
was über seine Kräfte ging. Sein Schweigen galt als
Eingeständnis, und so erging gegen ihn das Urteil, daß
er seine ganze Habe verliere und den Rest seiner Tage
in einem Kloster zubringen müsse.

Das Gemälde der Königin war dann einige Jahre ver-
schollen, doch hatte es möglicherweise etwas mit einer
Reihe dunkler Affären zu tun, die nie geklärt werden
konnten.

Lange danach geschah es, daß der König eines Nach-
barlandes seinen Hof durch sein sonderbares Verhalten in Sorge versetzte. Er besaß ein geheimes Gemach,
das niemand betreten durfte. Man sah nur, daß er sich
jeden Tag darin einschloß und stundenlang, manchmal
eine ganze Nacht, darin verweilte. Trat er dann heraus,
so war er bleich und abgezehrt, und man sah seinen
Augen an, daß er viel geweint hatte.

Und es geschah auch, daß dieser König alt wurde und
seine Kräfte schwinden fühlte. Er versammelte seinen
Hof und seine nächsten Verwandten um sich und tat
ihnen seinen letzten Willen kund. Als er geendet hatte,
behielt er niemand mehr bei sich außer seinem treue-
sten Diener.

»Sogleich, wenn ich tot bin«, sprach er zu ihm,

»nimmst du diesen Schlüssel, der an der goldenen Kette um meinen Hals hängt. Du öffnest die Tür des geheimen Gemachs. Schon vorher hast du dich mit einem Sack versehen und dir eine Binde um die Augen geschlungen. Wenn du mit ausgestreckten Armen in das Gemach hineingehst, so wirst du ein Bildnis finden. Dieses Bildnis steckst du, ohne die Augenbinde zu lösen, in den Sack. Sodann gehst du auf die große Mole am Hafen und wirfst den Sack samt seinem Inhalt in die Fluten. Damit wird dieses Bildnis, das ein halbes Jahrhundert lang Glück und Unglück meines Lebens war, endlich aufhören, seine im ganzen doch unheilvolle Macht auszuüben.«

Und darüber schloß er die Augen und verschied.

Der treue Diener führte gewissenhaft aus, was der König ihm aufgetragen. Er bemächtigte sich des Schlüssels zu dem geheimen Gemach, versah sich mit einem Sack, band sich die Augen zu, öffnete die Tür des Gemachs, ergriff das Bildnis, steckte es, ohne es anzusehen, in den Sack und warf das Ganze ins Meer.

Es geschah indessen, daß ein armseliger Fischer mit Namen Antar etliche Zeit danach einen Hai fing und nicht versäumte, dessen Magen zu öffnen, denn diese Fische, die zu den gefräßigsten zählen, haben oft denen, die sie fangen, höchst erfreuliche Überraschungen zu bieten. Und der Magen enthielt den Sack, und darin war auch das Bildnis. So enthüllte Antar, zu Hause angekommen, das Antlitz einer blonden jungen Frau, und dieses Antlitz war so schön, daß der Fischer sogleich mit Entsetzen und Entzücken begriff, in seinen Augen werde fortan nichts anderes auf der Welt mehr von Bedeutung sein. Nachdem dieses Gemälde zuvor

Glück und Unglück des Königs gewesen war, beseligte und zugleich verheerte es nun das Leben des geringsten seiner Untertanen.

Drei Tage lang kümmerte sich Antar nicht um sein Boot und seine Netze, und als er schließlich auf die beschwörenden Bitten seiner Frau und seiner Kinder beschlossen hatte, wieder aufs Meer hinauszufahren, kam er am Abend mit leeren Händen zurück. Er kam mit leeren Händen zurück, seine Familie würde hungern müssen, doch ein seltsames Lächeln, traurig und ekstatisch zugleich, umspielte seine Lippen: das Lächeln der Liebe zu der blonden Königin.

Nun hatte aber dieser Fischer einen zwölfjährigen Sohn mit Vornamen Riad. Dieser Junge hatte sich für die Wissenschaften des Geistes und die Künste der Seele als so begabt erwiesen, daß Ibn al Houdaida, ein Weiser, ein Dichter und Kalligraph, ihn in seine Obhut genommen hatte, um sein Wissen an ihn weiterzugeben. Riad hatte – als sein Lehrmeister ihn wegen seines abgespannten Aussehens zur Rede gestellt hatte – sich nicht enthalten können, ihm von dem Mißgeschick zu erzählen, das seinem Vater zugestoßen, und von dem seltsamen Zustand sehnsüchtigen Dahinsiechens, in den er verfallen sei.

»Und diese blonde Königin«, fragte ihn der Weise, »hast du die selbst gesehen?«

»O nein! Mein Vater hält sie verborgen und bewacht sie mit erbitterter Eifersucht. Und was kann mir überhaupt daran liegen, sie zu sehen?«

»Das ist sehr gut so, zumindest vorerst«, bestätigte der Weise. »Aber wenn du dann etwas abgehärteter bist, wirst du dich schon daranwagen müssen, sie anzuschauen, wenigstens wenn du danach trachten willst, deinen Vater einem bösen Zauber zu entreißen.«

»Und wie soll ich das anstellen?«

»Es geht um ein Bild, das heißt um ein Ineinander von Linien, die tief in ein Wesen aus Fleisch und Blut eingegraben sind und jeden zum Sklaven der Materie machen, wer auch immer unter ihren Einfluß gerät«, erwiderte Ibn al Houdaida. »Das Bild ist mit einer Ausstrahlung begabt, die lähmend wirkt wie das Haupt der Medusa, das alle versteinern ließ, die seinem Blick begegneten. Unwiderstehlich ist diese bannende Kraft jedoch nur für das Auge des Analphabeten. Tatsächlich ist das Bild nichts als eine Gesamtheit ineinander verhedderter Zeichen, und ihr böser Zauber kommt von der verworrenen, disharmonischen Summierung ihrer verschiedenen Bedeutungen, so wie das Fallen und Aufeinanderprallen von Milliarden Tropfen Meerwasser zusammen das unheimliche Tosen des Sturmes ergeben – anstelle des kristallfeinen Zusammenklingens, das ein mit übermenschlichem Unterscheidungsvermögen begabtes Ohr da heraushören könnte. Für den Gebildeten ist das Bild nicht stumm. Sein raubtierhaftes Brüllen löst sich in zahlreiche anmutige Worte auf. Man muß sie nur lesen können …«

Nun lernte Riad lesen. Sein Lehrer lehrte ihn zunächst, daß *Figur* nicht nur *menschliche Gestalt* bedeute, sondern daß es auch *Redefiguren* gebe, die Prothesis, Epenthesis, Paragoge, Apheresis, Synkope, Apokope, Metathesis, Diairesis, Synthesis und Krasis hießen, ferner *Satzfiguren,* die man Ellipsis, Zeugma, Syllepsis, Hyperbate und Pleonasmus nenne, und *Wortfiguren* oder *Tropoi,* die Metapher, Ironie, Allegorie, Allusion,

Katachresis, Hypallage, Synekdoche, Metonymie, Euphemismus, Autonomasis, Metalepsis und Antiphrasis genannt würden. Und schließlich *Denkfiguren,* die Antithesis, Apostrophe, Epiphonem, Subjektion, Obsekration, Hyperbel, Litotes, Prosopopöe und Hypotyposis hießen.

Das ergab ein Gewölk von sechsunddreißig Figuren – dreimal zwölf –, die ihn umringten, wohin er auch ging, wie man auf manchen Ikonen einen Schwarm geflügelter Engelsgesichter sehen kann, welche die Werke und Tage eines Heiligen begleiten.

Aber das war noch nichts als Literatur, und der Meister gab ihm die geschlitzte und abgeschrägte Rohrfeder in die Hand und lehrte ihn, auf ein Blatt Pergament mit Maulbeersaft die achtundzwanzig Buchstaben des Alphabets (oder neunundzwanzig, wenn man das Lam-Alif als zusätzlichen Buchstaben betrachtet) zu zeichnen.

Von diesem Tag an drang der junge Bursche, mit seiner Rohrfeder und seinen kalligraphischen Schriftzeichen bewaffnet, immer weiter in die furchtbare Welt der Bilder ein – wie ein junger Jäger mit Bogen und Pfeilen sich immer tiefer in einen dunklen Wald hineinwagt. Aber unter allem, was ihm an Gestalten begegnen mochte, leitete sein Meister ihn an, sich am meisten vor dem menschlichen Antlitz zu fürchten, denn es ist für die des Lesens und Schreibens Unkundigen die ausgiebigste Quelle von Furcht, Scham und vor allem von Haß und Liebe.

Er sprach zu ihm:

»Es gibt ein untrügliches Zeichen, an dem man erkennt, daß man einen anderen wahrhaft liebt: Wenn sein Gesicht mehr sinnliche Begierde erweckt als jeder andere Teil seines Körpers.«

Auch sagte er:

»Eines der Geheimnisse um die Macht des Gesichts liegt in seiner spiegelbildlichen Gestalt. Denn es scheint ja aus zwei völlig gleichen Hälften zusammengesetzt, beide durch die Mittellinie getrennt, die über die Mitte der Stirn, den Nasenrücken und die Kinnspitze verläuft. Das ist jedoch nur eine oberflächliche Symmetrie. Für den, der die Zeichen zu lesen weiß, aus denen sie sich bildet, sind es zwei Gedichte voller Anklänge und Widerklänge, und das Echo darin hallt um so stärker wider, als sie trotz ihrer inneren Verwandtschaft nicht dasselbe bedeuten.«

Er entnahm seiner Truhe das Porträt eines bärtigen Mannes von ernstem, herrischem Gesichtsausdruck, in dem der Wille lag, sich Dinge und Menschen zu unterwerfen, die sich auf seinem Weg befänden.

»Was empfindest du bei diesem Gesicht?« fragte er ihn.

»Furcht und Respekt zugleich«, antwortete Riad. »Und auch eine Art Mitleid. Man möchte ihm gehorchen, aber nicht nur aus Furcht. Wenn so etwas möglich wäre, möchte man ihn gern auch ein wenig lieben.«

»Das ist ganz richtig gesehen. Dies ist das Porträt von Sultan Omar, dessen ganze Regierungszeit nichts als eine Kette von Gewalttaten und Treulosigkeiten war. Wichtig ist aber – und dazu bist du nun imstande –, daß du dich als Schriftkundiger frei machst von den düsteren Strahlen, die von diesem Porträt ausgehen. Schau gut zu, was ich jetzt tue.«

Er griff nach einer Rohrfeder und zeichnete in weiten, kalligraphischen Lettern auf die rechte Hälfte des Pergaments die Worte:

Das Kind – der Vater des Mannes[1]

Dann wählte er ein anderes Blatt und schrieb mit beflügelter Hand auf dessen linke Hälfte:

Junge Wunden, große Schicksale[2]

Auf die rechte Seite eines dritten Pergaments schrieb er:

Was man in der Jugend wünscht,
hat man im Alter die Fülle[3]

Sodann schrieb er auf die linke Hälfte eines anderen Blattes:

Die Macht macht verrückt,
absolute Macht macht absolut verrückt[4]

Schließlich schrieb er nochmals auf ein anderes Blatt – aber diesmal über dessen ganze Fläche – die Worte:

Ein Mensch allein ist immer in schlechter Gesellschaft[5]

»Und jetzt schau gut her!«

Vor Riads staunend aufgerissenen Augen legte Ibn al Houdaida die fünf durchscheinenden, mit kalligraphischen Arabesken bedeckten Pergamentblätter übereinander. Und da gewahrte man in zartem Filigran, wie am Grund eines stillen Sees, ein Gesicht, ja, Sultan Omars Gesicht, mit jenem Ausdruck, der Riad so getroffen hatte: bitter und brutal, aber auch gemildert von verletzter Zärtlichkeit.

»Und das ist noch nicht alles«, fuhr der weise Kalligraph fort. »Sieh dir auch das an.«

Er veränderte die Anordnung, in der die Pergamentblätter übereinandergelegt waren, einmal, zweimal, dreimal – und jedesmal veränderte sich der Gesichtsausdruck des Sultans um eine feine Nuance: Bald überwog der Machtwille, bald die Grausamkeit, bald die Erinnerung an eine Kindheit, die sich vergebens nach Zärtlichkeit gesehnt hatte.

»Das kann gar nicht anders sein«, erklärte der Meister. »Das obenauf liegende Blatt mit seinen deutlicheren Linien dominiert gegenüber dem untersten. Auch die drei anderen schimmern mehr oder weniger durch. Aber ist das im Leben nicht ganz genauso?«

»Sicherlich«, meinte Riad zustimmend, »in jedem von uns stecken mehrere Menschen, und bald wird der eine, bald der andere in unserem Gesicht lebendig.«

»Und dieses Gesicht ist nichts anderes als eine Summe von Zeichen, und die drücken eine Wahrheit aus, die sich erkennen läßt«, schloß Ibn al Houdaida, »doch wir gewahren sie nur ganz grob, wie einen Aufschrei, eine Drohung, ein Schluchzen. Und jetzt geh! Geh, tritt der Königin auf dem Gemälde kühn entgegen und rette deinen Vater aus ihrem Bann! Nimm deine Tinte, deine Pergamentblätter und Rohrfedern und kehr' nach Hause zurück!«

Und Riad lief weg, seinem Elternhaus zu.

Das Boot war aufs Trockene gezogen, und es war deutlich zu sehen, daß es seit Tagen nicht benutzt worden war. Durch die weit offen gähnende Haustür blickte man auf das Elend der Mutter und der Kinder. Doch Riad wußte, alles gehe in einer Art Bretterbude vor sich, in der Antar seine Netze und Gerätschaften aufbewahrte und die er eifersüchtig verschlossen hielt. Tatsächlich war diese Hütte zum Tempel der blonden Königin geworden, und der junge Bursche mußte all seinen Mut zusammennehmen, ehe er hinging und an die Tür klopfte. Niemand antwortete. Die Tür war verschlossen und verriegelt, aber morsch, und so konnte sich Riad durch leichtes Dagegendrücken mit der Schulter gewaltsam Eingang verschaffen. Eine Kerzenflamme bohrte sich durch die Dunkelheit, wie das Öllämpchen in einer Gebetskapelle. In dem schwachen, zitternden Schimmer sah man nichts als ein Gesicht: das Gesicht der blonden Königin.

Riad ging in das Dunkel hinein, von dem Bildnis unwiderstehlich angezogen. Es war das erste Mal, daß er es sah, und die unheilvolle Kraft des Bildes wirkte voll und ganz auf dieses unschuldige Gemüt. Er fiel auf die Knie, wie vor einem Götzenbild, und ihm war, als tauche er, völlig von Sinnen, hinunter in die Tiefen dieses hellen Gesichts, dieses goldenen Haars, dieser blauen Augen.

Minuten vergingen. Riad gewöhnte sich an das Dunkel, und mit der Zeit konnte er einzelne Dinge in der Hütte erkennen: zerbrochene Ruder, verhedderte Angelschnüre, Körbe ohne Boden, geborstene Reusen aus Weidengeflecht – ein tristes Durcheinander, das vom Schiffbruch im Beruf zeugte, über dem aber das rätselvolle Lächeln der Königin schwebte.

Doch dann gewahrte Riad vor seinen Füßen seine Pergamentblätter, seine Tinte und seine Rohrfeder, all dies kleine Schülergerät, durch das er gegen die Faszination des Bildes hatte gerüstet sein sollen. Da setzte er sich im Schneidersitz nieder, legte sein Zeichenheft auf die Knie, nahm eine Schreibfeder in die rechte Hand und ließ einen durch begierige Aufmerksamkeit geläuterten und erquickten Blick auf dem Bildnis ruhen.

Er brauchte nicht lange hinzusehen, um festzustellen, daß dieses Gesicht – wie das Gesicht Omars, vermutlich wie das Gesicht aller lebenden Menschen – nicht genau symmetrisch war. Er betrachtete zunächst das linke Auge, das offenbar nicht dasselbe sagte wie das rechte Auge. Was sagte es, dieses linke Auge? Riad entwarf mit geschickter Hand die wesentlichen Züge, aus denen es bestand, und diese Züge besagten:

Der Ruhm – das glanzvolle Begräbnis des Glücks[6]

Dann zeichnete er auf ein anderes Blatt den Umriß des rechten Auges, und da merkte er, daß er die Worte geschrieben hatte:

Das Auge einer Königin muß verstehen, blind zu sein[7]

Dann kam die kleine, gerade Nase an die Reihe, deren von leisem Hochmut ganz leicht aufgeschürzte Linie er zeichnete. Da entzifferte er die Worte:

Geruchssinn – das Gegenteil von Spürsinn[8]

Damit hatte er die drei mittleren Ebenen des menschlichen Gesichts entschlüsselt. Blieb noch, darüber, die Stirn. Und der Schriftzug auf der Stirn besagte:

Die Ehre einer Königin – ein Schneefeld ohne die Spur eines Schrittes[9]

Das Kinn schließlich, ganz unten, mit seinem festen, willensstarken Umriß besagte:

Was die Frau begehrt, meint der Mann zu wollen[10]

Nun war nur noch die verwirrende, schwierigste Stelle des Bildnisses übrig, jene Masse blonden Haares, das, zunächst durch die Krone gebändigt, in zwei stürmischen Wogen darunter hervorbrach. Riad bedeckte ein ganzes Pergamentblatt mit ineinanderverschlungenen Zeichen, so daß ein Unkundiger darin nur ein Gewirr seidenweichen, geschmeidigen Haares gesehen hätte. Dem jedoch, der zu lesen verstand, sagte die rechte Seite dieses Gewirrs:

Blond – die Unschuld[11]

Und die linke Seite:

Lichtes Haar, leichtes Weib[12]

Zum Schluß zeichnete Riad die glatte, regelmäßige Kuppe der Frisur, die den metallenen Reif der Krone überragte. Und diese goldenen Haare, sorgsam gelegt und geordnet und eng von einem goldenen Ring umschlossen, sagten:

Gerechtigkeit, Treue, helles Gemüt[13]

»Elender, was tust du da?«

Antars Gestalt hob sich schwarz im hellen Türausschnitt ab. Zitternd stand Riad auf. Der Fischer hatte eine Harpune ergriffen und schickte sich an, sie auf den Eindringling zu schleudern, den er in der Dunkelheit nicht erkennen konnte.

»Halt ein, Vater, ich bin's, Riad, dein Sohn!«

»Wer hat dir erlaubt, diese Tür aufzubrechen und hier einzudringen?«

Der Ton war noch immer bedrohlich, doch die Harpune wies nun nach unten, dem Boden zu.

»Ich habe bei meinem Lehrer gelernt, der Königin in diesem Bild hier auf neue Weise zu huldigen.«

»Dieses Bild gehört mir allein. Ich verbiete dir, es anzusehen!«

»Ich brauche es nicht mehr anzusehen. Ich habe jetzt etwas viel Besseres«, erklärte Riad und deutete auf den Packen Pergamentblätter, die er in der Hand hielt.

»Was soll das heißen?«

Das war die Frage, die große Frage, auf die Riad gewartet hatte. Rasch ging er an die Tür, ans volle Tageslicht.

»Sieh her, Vater. Ich bin mit meinen Rohrfedern, meiner Tinte und meinen Pergamentblättern hierher gekommen, um zu entschlüsseln, was es mit der blonden Königin auf sich hat. Und nun schau her, was ich gefunden habe!«

Er hielt die aufeinanderliegenden acht Pergamentblätter, die er mit seinen kalligraphischen Zeichen bedeckt hatte, gegen den Himmel. Sogleich erschien das Gesicht der Königin, ein Gesicht, aus Arabesken zusammengefügt, ein lichtdurchschimmertes, versöhntes, vergeistigtes Gesicht.

Antar ließ die Harpune fallen und griff nach den Blättern, um sie genauer betrachten zu können. Er war überwältigt von dieser himmlischen Version des Bildes, in dessen gnadenloser Sklaverei er schon so lange gelebt hatte.

»Das begreife ich nicht«, murmelte er.

»Du begreifst nicht alles, weil du nur ein paar Buchstaben zu lesen verstehst«, erklärte ihm Riad. »Aber du siehst schon, daß diese Linien ein Gedicht verkünden: Die Klage der blonden Königin, die das Opfer ihrer eigenen Schönheit ist.«

Und er lieh ihm seine helle, jugendliche Stimme, diesem schwermütigen Lied, in dem ein Kind, ungeliebt ob seines schimpflichen Ursprungs, ein gefährlich begehrtes Mädchen und dann eine Frau wird, die von den einen gehaßt, von den anderen abgöttisch geliebt, am Ende nur im strengen, einsamen Ausüben der Macht eine Art Frieden findet.

Er sprach, sprach; seines Vaters Blicke schweiften von seinen Lippen hinüber zu den Pergamentblättern, und der Fischer bemühte sich, jedes Wort, jeden Satz zu wiederholen – wie beim Lernen eines Gebets, einer

Beschwörungsformel, die einen bösen Zauber lösen soll.

Tags darauf kehrte Riad zu seinem Lehrmeister zurück, um seine Lehrzeit fortzusetzen. Antar fuhr wieder aufs Meer hinaus. Doch allabendlich trafen sich Vater und Sohn in der Hütte, und unter dem rätselhaften, nun aber keinen Schaden mehr stiftenden Lächeln der blonden Königin führte der Jüngling seinen Vater ein in die große Kunst und in die tiefe Weisheit der Kalligraphie.

Anmerkung:
Die ewigen Wahrheiten, die in den Linien des Gesichts geschrieben stehen, wurden im Lauf der Jahrhunderte und Jahrtausende so manches Mal ausgesprochen. Wir haben beschlossen, sie für dieses weitere Mal bei folgenden Schriftstellern zu entlehnen:

1. William Wordsworth.
2, 7, 11. Ibn al Houdaida.
3. Goethe.
4. Alain.
5. Paul Valéry.
6. Germaine de Staël.
8, 9, 10, 12, 13. Edward Reinroth.

Achour jubelte.

»Place Vendôme! Mein lieber Vetter! Das ist das Feinste vom Feinen im Leben von Paris. Juweliere, Parfümerien, das Hotel *Ritz* und das Palais des Justizministers. Und über alledem der große Napoleon droben auf seiner Säule! Nein, das kannst du dir gar nicht vorstellen mit deinem Hirn. Und wir Arabs, na, was sollen wir da? Wir kommen mit unserem Werkzeug an und schlagen alles kaputt!«

Es ging um den ersten Spatenstich zum Bau eines vierstöckigen unterirdischen Parkhauses, in dem bis zu neunhundert Fahrzeuge Platz finden sollten. Arbeit für mehrere Monate in der luxuriösesten Umgebung, die Paris zu bieten hat. Idris, dafür wenig empfänglich, kümmerte sich mehr um das Arbeitsgerät, das er zu handhaben hatte und das für ihn neu war: den fast schon zum Wahrzeichen des maghrebinischen Arbeiters gewordenen Preßlufthammer.

Bei Tagesanbruch fanden sich die Männer auf dem Platz ein, gelbe Schutzhelme auf dem Kopf, Lederhandschuhe an den Händen, und mit ihnen kamen auch die ersten Lastwagen und der Kompressoranhänger. Man begann damit, die Heraklithbaracken für die Baustelleneinrichtung aufzuschlagen.

Idris ging noch mal weg und streckte die Nase in die Luft. Achour hatte nicht gelogen. Alles hier hatte das Flair von Eleganz, Geld und altem Frankreich. Auf der einen Seite das *Ritz* und die hochmütige Fassade der früheren königlichen Kanzlei. Auf der anderen Schaufenster, die selbst durch ihre Schlichtheit noch Pracht, Reichtum, Luxus ausdrückten. Nacheinander entzifferte er die Namen von Firmen, von deren Weltruf er nichts ahnte: Guerlain, Morabito, Houbigant, Bank of India, Boucheron, Schiaparelli, Les Must de Cartier, Les Bois du Gabon. Vor einem Juweliergeschäft blieb er stehen. Hinter einer daumendicken, mit Erschütterungsfühlern armierten Scheibe aus getöntem Glas funkelte auf granatrotem Grund ein Diamanthalsband. Der kleine Ziegenhirt aus Tabelbala spürte voll und ganz den eigenartigen Hochmut, den das wundervolle Juwel ausstrahlte. Er ging wieder zu seinen Arbeitskollegen, die im Kreis um den Ingenieur, den Architekten und den Bauleiter herumstanden. Sie wechselten knappe Worte.

»Einfahrt zum Parkhaus: Castiglione-Seite. Ausfahrtseite: Rue de la Paix.«

»Haben Sie keine Angst, daß die Vendômesäule ins Wanken gerät?«

»Bei ihrem enormen Gewicht wird sie sich nicht um ein Haar bewegen. Aber wenn die Fassaden der Häuser Risse bekämen, stünden wir dumm da!«

Mit lautem Schlucken war inzwischen der Dieselmotor des Kompressors angesprungen. Die Nabelschnur, die ihn mit dem Preßlufthammer verband, ringelte sich auf dem Kleinpflaster des Platzes. Achour hatte sich des Hammers bemächtigt und gab Idris Ratschläge.

»Schau her, Vetter, am besten hältst du ihn so. Vermeide es, mit dem Bauch dranzukommen, sonst kriegst du 'ne Kolik.«

Einer der Erdarbeiter mischte sich vehement ein. »Ja, du mußt aufpassen! Das hier, das ist die größte Gemeinheit, die sie bloß erfunden haben, um Araber umzubringen! Wenn du nicht aufpaßt, fliegen dir die Haare weg, du schluckst deine Zähne, und dein Magen, der fällt dir runter bis in die Schuhe!«

Achour protestierte.

»Ach nein, so schlimm ist es nicht! Der Preßlufthammer, der ist phantastisch, das kannst du mir glauben. Das ist dein Spitz, verstehst du? Ein Riesenspitz. Mit dem sprengst du Paris und fickst Frankreich in den Hintern!«

Alles ringsum lachte. Idris hatte das Gerät an den Griffen gepackt. Der Rumpf des Geräts mit seinem Zylinder, seinen Abluftkanälen und Federn, das waren fünfundzwanzig Kilo Stahl, und die schwangen auf dem in einen dicken Kaltmeißel auslaufenden Werkzeug immerfort rasch auf und ab. Es war ein Eckchen lockerer Erde da, in dem Idris einen Versuch machen konnte. Er drückte den Starthebel. Die Entladungen der komprimierten Luft entfesselten sofort eine Reihe wütender Zuckungen. Idris begriff, welch unentbehrliche Rolle der Arbeiter mit seiner Masse von Muskeln und Knochen am einen Ende des Geräts spielte. Drückte nicht dieses lebendige, elastische Polster dagegen, so konnte der Meißel am anderen Ende seine Aufgabe, in das Material einzudringen und es aufzubrechen, nicht erfüllen. Als der Meißel am Ende des Werkzeugs sich dreißig Zentimeter in den Boden eingegraben hatte, stellte Idris die Luft ab und versuchte, das Gerät wieder herauszuziehen. Eben darauf hatten die Erdarbeiter, die ihm frotzelnd zugesehen hatten, gewartet: Das

Werkzeug steckte unerschütterlich fest im anstehenden Mutterboden. Er hätte den Hammer, bevor er ihn so tief eindringen ließ, etwas kippen und dadurch die Kruste des Bodens aufbrechen müssen.

»Schalt' wieder ein und zieh' ihn raus«, riet ihm Achour.

Das Knattern ging wieder los, und Idris bog sich weit zurück. Doch jetzt wirkten die Stöße der Preßluft auf seinen ganzen Körper und vor allem auf sein Kreuz. Ganz benommen von den Schlägen, wie ein Boxer, der soeben eine Serie von Geraden auf den Magen einstecken mußte, stoppte er wieder.

Unterdessen hatte der Bauleiter mit Kreide auf dem anstoßenden Bürgersteig eine Reihe von Linien gezogen und damit den ersten Abstich angezeichnet. Idris, den Preßluftschlauch seines Hammers hinter sich herziehend, trat hinzu.

Cristobal & Co
Jewels and Gems
From Africa and the Middle East

Idris las diese Buchstaben auf der Vitrine ganz in seiner Nähe. Ein einziges Schmuckstück lag darin ausgestellt: Auf schwarzem Samtgrund glänzte einsam der Goldtropfen. Idris traute seinen Augen nicht: Da war sie, unbestreitbar, die bulla aurea, wie er sie erstmals an Zett Zobeidas Hals gesehen, in der schwülen Straße in Marseille verloren, oval, an der Basis leicht verdickt, in Glanz und Form so wundervoll, daß sie Leere um sich her zu schaffen schien, da war sie, Symbol der Befreiung, Gegengift gegen die Versklavung durch das Bild.

Da hing sie, hinter dieser schlichten Scheibe, und Idris schaute sie an, auf sein fabelhaftes Werkzeug zum Teerbelagaufreißen gestützt. Er hatte alles um sich her vergessen: seine Arbeitskollegen, den Bauleiter, der ungeduldig wurde, die Place Vendôme mit ihrer Säule und dem Kaiser Napoleon obendrauf. Er sah wieder Zett Zobeida in der Nacht tanzen, mit ihrem klingenden Geschmeide, ihrem stummen Goldtropfen. Er setzte das Ende seines Hammers auf den Teerbelag und drückte auf den Starthebel. Das eisenklirrende Donnern erfüllte seinen ganzen Körper. Doch ein Splint, der sich plötzlich löste und wie toll gebärdete, begleitete jetzt das Rattern mit schrill-metallenem Klirren. Es war ein irrwitziges Geklingel, ein gellender Kastagnettenklang, ein infernalisches Bimmeln. Mühelos brach der Bitumenbelag auf und schälte sich wie eine Schlangenhaut. Idris rückte nach, ohne sein Werkzeug abzuschalten. Als es über die Gehwegfläche tänzelte, wunderte er sich, daß es so leicht ging. Es war seine Tänzerin, die einen höllischen Tanz mit ihm tanzte, war Zett Zobeida, verwandelt, zum tollwütigen Roboter geworden.

Mit seinem Preßluftpickel auf der Stelle tanzend, sieht er nicht, wie die Schaufensterscheibe von Cristobal & Co von oben bis unten zerbirst. Er hört nicht das Heulen der von den Erschütterungsfühlern ausgelösten Alarmsirene. Ting, ting, ting. Idris tanzt immer weiter, im Kopf eine wirre Scheinwelt von Libellen, Grillen und Juwelen, alle von rasender Erregung geschüttelt. Ein Polizeibus sperrt die Rue Castiglione. Ein zweiter stellt sich quer über die Rue de la Paix. Behelmte Polizisten in schußsicheren Westen springen heraus und laufen zu der von sternförmigen Rissen durchzogenen Scheibe, die fortwährend heult wie ein waidwundes Tier. Idris, taub und blind, tanzt weiter, tanzt mit seiner pneumatischen Tanzpartnerin vor dem Goldtropfen weiter und weiter...

NACHWORT

Die Sahara – das ist viel mehr als nur die Sahara. Der Islam ist ein unergründlicher Brunnen. Meine zahlreichen Reisen im Maghreb und im Nahen Osten lehrten mich vor allem richtig einzuschätzen, wie wenig ich wußte. Von all denen, die mir halfen, dieses Buch zu schreiben, kann ich hier nur wenige namentlich erwähnen:

Dominique Champault, der die Abteilung Weißafrika im Musée de l'Homme leitet und dessen Buch *Tabelbala** eine mustergültige ethnographische Monographie und eine unerschöpfliche Informationsquelle ist.

Salah Riza, der nicht nur *L'Hégire des Exclus*** geschrieben hat, sondern der auch mein Führer durch die Heime für maghrebinische Arbeiter in Paris und Umgebung war.

El Gherbi, der mir das *afrikanische* Marseille erschlossen hat.

Und alle, die, sachkundiger als ich, bereitwillig meine Fragen beantwortet haben: Germaine Tillion, Roger Frison-Roche, Leila Menchari, Claude Blanguernon, Marcel Ichak und Ysabel Saïah, die alles über *Oum Kalsoum**** weiß.

---

* Édition Centre national de la recherche scientifique
** Édition Ken Productions
*** Édition Denoël

Ein besonderer Gruß gilt dem Gedächtnis von Colonel Alexandre Bernard. Ich traf ihn noch kurz vor seinem Tod auf dem Bauernhof bei Bourg-en-Bresse, wo er seinen Lebensabend verbrachte. Er hatte 1920, mit sechsundzwanzig Jahren, als Pilot das Flugzeug von General Laperrine gesteuert. Die Erzählung Sigisberts de Beaufond – einer Gestalt, die erfunden und überdies mythoman ist, da sie sich ja mit Alexandre Bernard identifiziert – ist die getreue Wiedergabe von Bernards Bericht, den ich auf Tonband festgehalten habe. Daraus ergibt sich, daß alle angeführten Einzelheiten authentisch sind – bis hin zu dem in der Radfurche des Flugzeugs ausgehobenen Grab Laperrines mit dem Flugzeugrad darauf und mit dem zuhöchst daraufgesteckten Képi des Generals... Als Sigisbert de Beaufond seine Handgelenke vorweist, um die Narben von seinem Selbstmordversuch zu zeigen, kann Idris natürlich nichts dergleichen sehen. Aber diese Narben habe ich gesehen – an Bernards Handgelenken.

Danken möchte ich zum Schluß auch dem Meisterkalligraphen Hassan Massoudy*, der es mir ermöglicht hat, Zugang zu einer traditionsreichen Kunst zu finden, in der sich Schönheit mit Wahrheit und Weisheit vereint.

M. T.

* *Calligraphie arabe vivante,* Édition Flammarion

Sibylle Knauss

Ach Elise oder Lieben ist ein einsames Geschäft
Roman. 200 Seiten, gebunden

Das Herrenzimmer
Roman. 208 Seiten, gebunden

Erlkönigs Töchter
Roman. 224 Seiten, gebunden

Charlotte Corday
Roman. 288 Seiten, gebunden

HOFFMANN
UND CAMPE